헌터세계의 귀환자

FUSION FANTASTIC STORY

김재한 장편소설

헌터세계의 귀환자 4

김재한 장편소설

초판 1쇄 찍은 날 § 2019년 2월 25일
초판 1쇄 펴낸 날 § 2019년 3월 4일

지은이 § 김재한
펴낸이 § 서경석

총괄팀장 § 최하나
편집책임 § 최광훈

펴낸곳 § 도서출판 청어람
등록번호 § 제387-1999-000006호
등록일자 § 1999. 5. 31
어람번호 § 제1-3005호

주소 § 경기도 부천시 부일로 483번길 40 서경B/D 3F (우) 14640
전화 § 032-656-4452 팩스 § 032-656-4453
http://www.chungeoram.com
E-mail § chungeorambook@daum.net

ISBN 979-11-04-91949-7 04810
ISBN 979-11-04-91899-5 (세트)

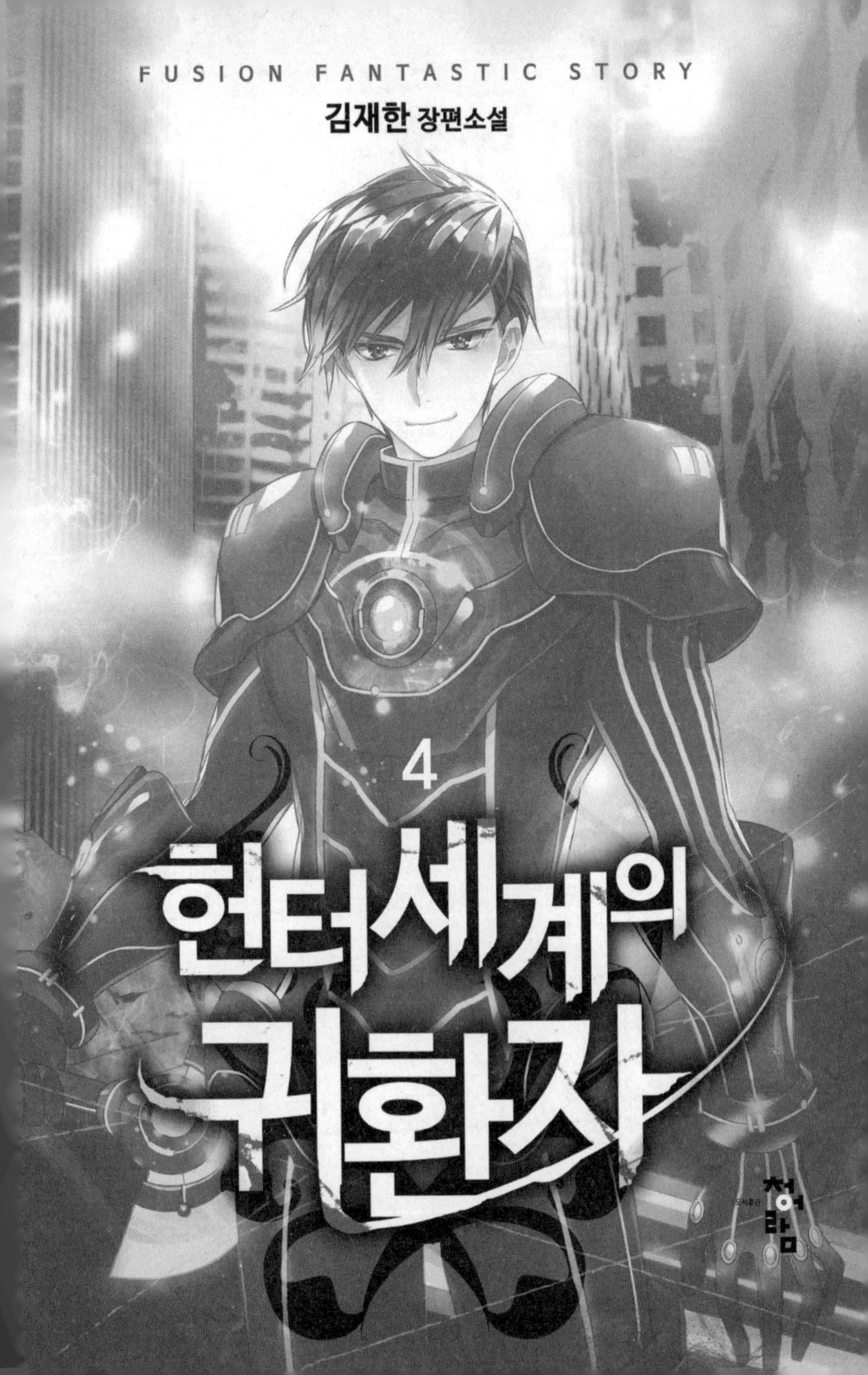
FUSION FANTASTIC STORY
김재한 장편소설
4
헌터세계의
귀환자
청어람

헌터세계의 귀환자

Contents

Chapter23

사자의 털을 뽑으면

1

　용우와 우희, 리사가 사는 아파트는 40층짜리 고층 아파트였고 그들의 집은 맨 꼭대기 층에 있었다.

　우희는 자신의 집 바로 위, 즉 아파트 옥상에서 눈을 껌뻑이고 있었다.

　"뭐야? 뭐가 어떻게 된 거야?"

　우희는 조금 전까지의 일을 되새겨 보았다.

　김경숙이 차에서 내려 팔라딘과 대치했을 때, 용우에게서 전화가 걸려왔다.

　용우는 다짜고짜 물었다.

　"우희야, 무사해?"

　"으, 응. 하지만 이제 잡힐 것 같아. 경숙 씨가 위험해."

"알겠다. 아침마다 너한테 새겨줬던 거, 기억하지?"

보름쯤 전부터였다.

용우는 아침마다 우희를 붙잡고 오른팔의 팔뚝에다 뭔가를 했다.

그게 뭔지는 모르겠다. 물어보면 용우는 '만약의 경우를 대비한 조치'라고만 말했을 뿐이다.

"기억은 하는데… 그게 뭔데?"

"눈 감고 있어."

"왜?"

"하라는 대로 해. 잠깐 어지럽고 나면 다른 데 가 있을 거야. 꿈이 아니라 현실이니까 그런 줄 알아. 설명은 나중에 해줄게."

그 말대로 눈을 감았더니 정말로 갑자기 현기증이 난 것처럼 어지러웠다.

그리고 갑자기 바람이 느껴져서 눈을 떠보니 아파트 옥상이 아닌가?

"오빠, 도대체 뭘 한 거야?"

우희는 멍청하니 중얼거렸다.

*　　　　　*　　　　　*

공간 간섭계 스펠들은 공식적으로는 세계 어디에도 보유자가 존재하지 않는다. 그렇기에 그 종류와 특성을 아는 자가 없었다.

용우와 구세록의 계약자들을 제외하고는.

공간 간섭계 스펠은 종류가 다양하다.

블링크는 100미터 안쪽의 단거리 이동이 가능하다.

텔레포트는 좌표만 확보할 수 있으면 어디든 한 번에 갈 수 있다.

오버 커넥트는 거리에 상관없이 두 지점을 잇는 워프 게이트를 만들어낸다.

용우는 미리 지정해 둔 아파트 옥상의 좌표를 이용해서 강원도 산간 지방에서 단숨에 서울까지 텔레포트해 왔다.

텔레포트는 공간 좌표를 탐색하고 설정하는 데 큰 마력을 소모하지만, 일단 좌표가 설정되어 있다면 블링크와 비슷한 마력 소모만으로도 지구 어디든 단번에 갈 수 있는 스펠이었다.

우희를 공간 좌표로 설정해 놨으면서 곧바로 그녀에게 가지 않은 이유는 간단했다.

ㅡ리버스 포지션!

좌표 각인을 새겨둔 상대와 자신의 위치를 뒤바꾸는 스펠을 써서 우희와 위치를 뒤바꾸기 위해서였다.

그것이 용우가 이 자리에 나타나기까지의 과정이었다.

*　　　*　　　*

팔라딘은 정신없이 두들겨 맞고 있었다.

기습으로 그의 팔을 잘라 버린 용우가 공격해 왔기 때문이다.

—라이트닝 블로!

주먹이 팔라딘의 복부에 꽂히면서 뇌전이 터졌다.

—용참격!

나이프에서 뻗어 나온 시퍼런 섬광이 팔라딘의 몸통을 깊숙이 가르고 지나갔다.

팔라딘은 허우적거리며 물러났다.

처음에 기습당해서 너무 크게 맞았다. 한 팔이 잘린 것은 너무 뼈아픈 타격이었다.

용우가 헬멧 속에서 악귀처럼 웃으며 말했다.

"대지의 로드인가."

팔라딘이 들고 있는 것은 길이 1미터 20센티 정도 되는 가느다란 지팡이다. 끝에는 동그란 구슬 같은 것이 달려 있었다.

7성좌 중에서 대지의 로드의 힘을 받은 결과물이 분명했다.

—어스 바운드!

쿠과과과과!

팔라딘은 어떻게든 용우의 공격 흐름을 끊기 위해 스펠을 발했다. 그를 중심으로 도로의 아스팔트가 원형으로 터져 나가면서 파편이 사방을 강타했다.

"고작 이 정도냐?"

하지만 용우는 허공장으로 그것들을 받아내며 걸어왔다.

굳이 기기묘묘한 기술을 동원해 가며 싸울 필요도 없다. 지금의 용우는 힘으로도 팔라딘을 압살할 수 있으니까.

—마격탄!

용우의 마격탄이 팔라딘의 머리를 강타했다.

파지지직!

그리고 용우가 양손을 뻗었다. 허공장과 허공장이 충돌하면서 격렬한 스파크가 튀었다.

하지만 그것도 잠시뿐이다.

팔라딘이 머리를 얻어맞은 충격에서 벗어나기도 전에, 그의 허공장을 잠식한 용우의 양손이 양팔을 잡는다.

헬멧 안쪽에서 용우가 잔인하게 웃었다.

콰아아앙!

용우가 붙잡았던 지점이 폭발하면서 팔라딘의 양팔 모두가 끊어졌다.

〈아아아아아아악!〉

팔라딘이 끔찍한 비명을 지르며 몸을 뒤틀었다.

전혀 상대가 안 된다.

팔라딘은 페이즈13 수준의 마력과 허공장, 그리고 그 톱클래스 헌터들과 비교해도 더 다양한 스펠을 보유하고 있다. 게다가 열화 복제품이기는 해도 대지의 로드까지 장비했다.

그런데도 속수무책이었다.

처음에 기습당해서 큰 대미지를 받았다고는 하지만, 그것만으로는 납득이 안 갈 정도로 압도적인 격차가 있었다.

'속 빈 깡통들.'

용우는 팔라딘을 비웃었다.

저 힘을 제대로 쓴다면 제법 훌륭할 것이다. 용우의 상대는 안 된다 해도 그럭저럭 반항은 해볼 수 있으리라.

하지만 팔라딘은 훈련도, 경험도 부족한 티가 역력했다. 눈앞의 팔라딘만이 아니라 용우가 본 모든 팔라딘이 그랬다.

'그 힘이 아깝다.'

그동안의 경험으로 용우는 팔라딘의 특성과 약점을 파악했다.

팔라딘은 소모품이다.

일단 변신 시간이 한정되어 있다. 그리고 변신 자체가 그릇이 되는 실험체에게 큰 부담을 준다.

그러니 그들이 자신에게 주어진 힘을 제대로 다루지 못하는 건 당연했다.

변신을 하지 않으면 딱히 전투 능력이 대단하지 않고, 변신 자체가 귀중한 기회비용을 소모하는 것이다 보니 변신해서 훈련할 기회도 없을 것 아닌가?

"이렇게까지 해도 나오지 않는 걸 보니 신중한 놈인가 보군. 아니면 겁이 많은 놈인가?"

주저앉는 팔라딘의 머리를 용우가 붙잡았다.

"하지만 안다."

용우가 팔라딘의 얼굴 앞에 자기 얼굴을 들이밀었다.

"대지의 로드의 주인, 보고 있겠지?"

용우는 다 안다는 표정으로 말했다.

"똑똑히 들어둬라. 너는 이제 곱게 죽긴 틀렸어."

용우는 그렇게 말하며 나이프 한 자루를 팔라딘에게 찔러 넣었다.

그리고…….

파지지지직!

나이프로 찌른 부위에서 투명한 푸른 불꽃이 타오르기 시작했다.

〈끄아아아아아아악……!〉

동시에 팔라딘이 끔찍한 비명을 지르며 몸을 뒤틀었다.

"너도 비명을 지르고 있을까?"

용우는 그 비명 앞에서도 웃는다.

아스트랄 플레어로 정신체를 공격했다. 과연 비명을 지르는 것은 팔라딘뿐일까, 아니면 거기에 힘을 불어 넣은 구세록의 계약자도 함께일까?

콰직!

용우는 투명한 푸른 불꽃을 발하는 나이프 한 자루를 팔라딘에게 찔러 넣었다.

그리고 만족하지 못한 듯 하나를 더 찔러 넣는다.

"일단은 3개로 할까?"

아무 일도 없다는 듯 덤덤하게 말하는 용우의 앞에서 팔라딘은 발광하고 있었다.

용우는 그 모습을 오래 지켜보지 않았다. 뒤로 한 걸음 물러나면서 손가락을 튕겼다.

—아스트랄 버스트!

그리고 빛이 폭발했다.

섬광을 제외한 물리적 영향력은 전혀 없는, 기묘한 폭발이었다.

＊　　　　＊　　　　＊

프랑스를 대표하는 헌터 팀, 에스쁘아의 CEO실은 방음이 완벽한 방이었다.

그만이 아니라 구세록의 계약자들은 완벽한 방음, 완벽하게 출입을 통제하는 것에 편집적인 집착을 갖고 있다.

성좌의 힘을 쓸 때는 외부와 격리될 필요가 있기 때문이다.

그렇기에 이 방은 설령 안에서 의자를 들어 책상을 내려친다고 하더라도 문 너머에 있는 비서가 그 소리를 듣지 못한다.

현대 기술만이 아니라 스펠의 힘이 작용하고 있기 때문에 가능한 일이었다.

엔조 모로는 그것이 다행인지 불행인지 알 수 없었다.

지금 그는 무언가를 판단할 만한 사고능력이 없었기 때문이다.

쿠당탕!

블라인드가 쳐진 창문 쪽에서 요란한 소리가 울려 퍼졌다.

소름 끼치는 비명을 지르던 엔조 모로가 의자에서 굴러떨어지는 소리였다.

"헉, 헉, 허억……"

엔조 모로는 한참 동안이나 고통스럽게 숨을 몰아쉬었다.

어찌나 비명을 질렀는지 숨을 몰아쉬는 것만으로도 목이 따끔거린다.

온몸이 식은땀으로 축축해졌고 이마를 따라 흘러내리는 땀방

울이 눈으로 들어가서 따가웠다.

하지만 그런 사소한 것들을 신경 쓸 겨를이 없다. 엔조 모로는 공포와 고통으로 몸을 떨었다.

'내가… 살아 있나?'

그렇게 끔찍한 고통을 겪었는데도, 아직 죽지 않고 살아 있는 것인가?

그 사실을 믿을 수가 없었다.

"……"

그가 진정한 것은 한참 뒤의 일이었다.

아무리 쉬고, 물을 벌컥거리면서 마셔도 진정이 안 되어서 진정제까지 먹고 효과가 돌기를 기다렸다.

쨍그랑!

잠시 늘어져 있다가 물을 더 마시려고 했던 그는, 손이 덜덜 떨려서 컵을 떨어뜨리고 말았다.

깨진 컵을 내려다보던 그는 찡그린 얼굴로 오른손을 들어보았다.

지지직…….

오른손에 전류가 흐르는 것 같은 통증이 느껴졌다.

"이, 이건 또 뭐야?"

생소한 그 통증이 마치 자신에게 찍힌 낙인이라도 되는 것 같았다.

엔조 모로는 극도의 불안감을 느끼며 손톱을 물어뜯기 시작했다.

"그놈은 뭐든지 할 수 있는 건가?"

자신이 당한 일을 믿을 수가 없었다.

직접 팔라딘을 조종하고 있었던 것도 아니다. 힘을 빌려주고 자율적으로 전투하게 만들었을 뿐.

그런데도 자신에게 이토록 끔찍한 고통을 선사할 수 있다니, 상상도 못 해본 일이다.

0세대 각성자는 정말로 무엇이든 할 수 있는 존재란 말인가?

"나도… 살해당하는 건가, 미켈레처럼?"

엔조 모로의 목소리가 덜덜 떨려 나왔다.

그는 미켈레의 죽음으로부터 비롯된 공포에서 벗어나지 못했다.

그렇기에 서용우가 자신을 찾아서 공격하기 전에 그를 통제할 수단을 마련해야 된다고 생각했고, 가장 손쉬운 방법을 선택했다.

서용우의 유일한 가족, 여동생 서우희를 납치해서 인질로 잡는 것.

하지만 그 시도는 실패로 돌아가고 말았다.

"이렇게 된 이상… 어떻게든 없애는 수밖에 없어. 놈이 공격해 오기 전에 먼저."

엔조 모로는 그나마 믿을 수 있다고 생각하는 상대를 떠올렸다.

'허우룽카이… 너도 응할 수밖에 없다.'

팬텀의 관계자들은 서용우의 공격 타깃에서 벗어날 수 없을 것이다.

엔조 모로는 그 점을 이용해서 허우룽카이를 협력하도록 만들기로 했다.

'적어도 내일, 늦어도 사흘 안에는 공격한다.'

사실은 지금 당장 실행하는 게 좋으리라.

하지만 몸도, 마음도 따라주지 않았다. 방금 전에 맛본 끔찍한 경험은 그에게서 전투 의지를 말살해 버렸던 것이다.

그렇기에 엔조 모로는 알 수 없었다.

자신이 빠르다고 생각하는 시점이, 사실은 너무나 늦은 것임을.

                    *   *   *

용우는 산산이 흩어지는 팔라딘을 보고 있었다.

"이제는 자기가 무슨 짓을 하고 있는지 알았겠지. 물론 뉘우칠 기회 따위는 없겠지만."

용우는 팔라딘을 조종하던 대지의 로드의 주인을 비웃으며 중얼거렸다.

하얀 갑옷이 산산조각으로 부서져서 허공으로 녹아버리듯 사라지고, 그릇이 되었던 동양인 남자는 숨이 끊어진 채로 쓰러졌다.

이제까지 쓰러뜨린 팔라딘들이 그랬듯 이 남자 또한 인간미라고는 조금도 없었다. 마치 뇌를 표백당한 것처럼.

'아마도 세뇌겠지.'

용우는 고스트들이 자신과 대등할 정도로 다양한 스펠을 보유했다고 상정했다.

그렇다면 행동을 완전히 구속한 상대를 장시간에 걸쳐 세뇌하는 것도 충분히 가능한 일이다.

'어차피 세뇌는 약물과 폭력에 심리적 기술을 더하는 것만으로도 가능한 일.'

거기에 스펠을 양념처럼 뿌려서 뇌를 백지 상태로 만들었다면 놀랄 것도 없었다.

만약 용우가 구출하지 않았다면 리사 역시 같은 운명을 겪었으리라.

그러나 용우는 철저하게 도구로 이용당한 남자를 죽였다는 사실에 거부감을 느끼지 않았다.

그의 처지를 동정하지만, 그뿐이다.

이런 상황이 앞으로 몇 번이고 반복된다고 하더라도 용우는 결코 망설이지 않을 것이다.

"…복수는 해주지."

용우가 죽은 자를 위해 할 수 있는 일은 그 정도뿐이리라.

문득 용우는 잘려 나간 팔라딘의 손이 쥐고 있던 것, 대지의 로드의 열화 복제품을 집어 들었다.

치지지직……!

팔라딘의 갑옷처럼 부서지던 지팡이가 격렬한 스파크를 발하기 시작했다. 마력과 허공장을 컨트롤해서 지팡이의 형상을 붙잡아둔 용우가 새로운 스펠을 꺼내 들었다.

—형상 복원!

그러자 놀라운 일이 벌어졌다.

부서져 가던 대지의 로드 열화 복제품이 다시 원래 형태로 수

복되는 게 아닌가?

"이런 거였군. 쓸 만하겠는데?"

복원을 완료한 용우는 그것을 아공간에다 넣어두었다.

그리고 백원태에게 전화를 걸었다.

[지금 어딥니까, 용우 씨?]

백원태는 상황을 알고 있었는지 곧바로 그렇게 물었다.

"서울입니다. 알고 계시는 것 같으니 짧게 말하죠. 제 여동생이 납치당하는 건 저지했습니다. CCTV와 차량 블랙박스는 다 부쉈으니 저에 대한 게 노출될 가능성은 적을 겁니다. 그리고 지금 전송하는 위치에 팔라딘이었던 남자의 시신이 있습니다. 아마 곧 경찰이 와서 수습할 겁니다."

[알겠습니다. 용우 씨는 경찰과는 얽히지 않을 거지요?]

"네. 여동생이나 안심시켜 주러 가야겠습니다."

[그러세요. 저녁때 내가 가겠습니다.]

"그때까지 일을 끝내두죠."

용우는 의미심장한 말을 남기고는 통화를 끊었다.

그러고는 경호원 김경숙을 한번 바라본 다음, 경찰이 오기 전에 텔레포트로 현장에서 사라졌다.

2

우희는 아파트 옥상에서 안절부절못하고 있었다.

마음 같아서는 당장 내려가서 집에 들어가고 싶었다. 이불을 뒤집어쓰고 펑펑 울고 싶은 마음이다.

하지만 사태가 어떻게 된 건지도 모르는 채 그러자니 너무 불안했다. 그리고 리사에게 이런 모습을 보여주고 싶지 않다는 생각도 발목을 잡았다.

"깜짝이야!"

그렇게 갈팡질팡하던 우희는 어느 순간 눈앞에 누군가 나타나는 바람에 화들짝 놀랐다.

느닷없이 눈앞에 머리부터 발끝까지 시커먼 헬멧을 써서 얼굴이 안 보이는 남자가 출현했으니 당연한 반응이다.

"나야."

"모, 몰라서 놀란 거 아니거든?"

용우가 헬멧을 벗으며 말하자 우희가 투덜거렸다.

그런 그녀에게 용우가 한숨 섞인 목소리로 말했다.

"미안하다."

"……."

여러 가지 의미가 담긴 사과의 말에 우희는 말문이 막혔다.

가슴속에서 복잡한 감정이 울컥 치솟아서 눈물이 그렁그렁해졌다.

"무서웠어……."

우희는 일반인으로 살아왔다. 아무리 용우가 언제라도 헌터로 활약할 수 있는 힘을 줬어도 그녀에게 목숨이 오가는 싸움은 먼 세상의 이야기였다.

그 모든 것이 용우로 인해서 산산조각 나고 말았다.

용우가 돌아오는 순간부터 우희의 삶은 조금씩 파괴되고 있었다.

만약의 경우를 대비해 무장한 경호원들이 따라다닌다는 것은 남들과는 다른 위협에 노출되어 있다는 뜻이다. 아무렇지도 않은 척했지만 그 사실만으로도 심한 불안과 스트레스에 시달렸을 것이다.

게다가 결국 우려는 들어맞았다.

그녀는 눈앞에서 자신을 지키려는 사람이 총을 맞고 쓰러지는 것을 보았고, 자신을 납치하려는 자들에게 위협받아야 했다.

평생의 상처로 남을 경험이다.

용우는 우희에게 죄스럽고 미안했다.

"……."

자신이 돌아오지 않았더라면.

돌아오더라도 그녀의 앞에 나타나지 않고 조용히 숨어 지냈더라면……

그런 자책감 어린 생각들이 떠올랐다.

하지만 용우는 그 생각을 입에 담지 않았다. 그것이 우희에게 실례임을 알기 때문이다.

"오빠……."

우희는 떨리는 목소리로 용우를 불렀다.

"괜찮아."

그녀는 용우의 가슴에 손을 얹은 채 고개를 저었다.

"이게 오빠가 돌아와 준 대가로 치러야 하는 일이라면."

우희는 눈물을 닦으며 용우를 올려다보았다.

"버텨낼게."

우희는 용우가 무엇과 싸우고 있는지 안다.

그가 평범한 헌터들과는 다른, 거대한 적과 싸울 숙명을 짊어지고 있다는 것을 안다.

그리고 그 적들이 세상을 이렇게 만든 원흉과 관련이 있다는 것도.

"난 믿으니까."

세상 사람들에게 있어서 퍼스트 카타스트로피는 새로운 형태의 자연재해일 뿐이었다.

소중한 사람들을 잃고 삶을 파괴당했는데, 원망할 대상이 존재하지 않는다.

운명이나 신 같은, 실존하는지조차 모를 것들을 향해 저주를 퍼붓는 것만이 잃은 자들에게 허락된 초라한 권리였다.

"오빠가 이길 거라고."

하지만 용우가 돌아옴으로써 우희는 알게 되었다.

존재하지 않는다고 생각했던 원한의 대상이 사실은 존재한다는 것을.

자신에게 상냥했던 오빠를 납치해 갔던 누군가가 있다.

자신이 부모님을 잃은 그 절망적인 재앙을 만들어낸 누군가가 있다.

그렇다면 그 누군가는, 세상이 이렇게 된 것에 대한 책임을 져야 하지 않겠는가?

"그러니까… 난 괜찮아."

아무도 돌아오지 못한 곳에서 돌아온 용우를 믿는다.

세상 그 누구도 할 수 없는 일을 할 수 있는 용우를 믿는다.

그러니까 괜찮다.

힘들어도 견뎌낼 것이다.

"우희야."

용우는 우희를 와락 끌어안고 속삭였다.

"반드시 대가를 치르게 할 거야."

"응."

"그놈들이 누구든, 무엇을 해왔든… 설령 세상 모든 사람에게 숭배받는 신이라고 하더라도."

그로 인해 세상 전부가 적으로 돌아선다고 하더라도 상관없다.

50억 인류 모두가 그들의 편을 든다고 하더라도, 용우는 그 존재에게 대가를 치르게 할 것이다.

"우리를 상처 입힌 것을 뼈저리게 후회하게 만들어줄 거야."

그리고 당장 그 대가를 받아야만 하는 존재가 있었다.

*　　　　*　　　　*

팀 이그나이트의 게이트 제압 작전을 지휘하다가 이 사태를 알게 된 다니엘 윤은 경악했다.

그는 곧바로 정신 공간으로 돌입, 다른 구세록의 계약자들을 불러 모았다.

"엔조 모로! 무슨 짓을 한 거냐?"

"엔조는 아직 오지 않았어."

격노한 다니엘 윤의 말에 대꾸한 것은 대만의 허우룽카이였다.

다니엘 윤이 그를 노려보았다.

"허우룽카이, 네놈도 거들었나?"

"무슨 소리를 하는지 모르겠군."

"팬텀이 일을 벌였는데 네놈은 상관없었다는 말을 믿으라고?"

"전의 일 때문에 심통이 난 건 알겠는데 근거도 없이 시비를 건다면……."

허우룽카이가 감정을 드러낼 때였다.

"이보셔들, 대체 무슨 일인지부터 설명해 주지그래?"

심드렁한 목소리가 들려왔다.

구세록의 계약자의 가면 너머로 부스스한 검은 머리칼이 보이는 동양인 남자였다.

정확히는 일본인이다.

"난 그림 방송 중이었거든? 잠깐 기다려 달라고 하고 온 참이니 시간 오래 끌지 말아줬으면 좋겠는데."

일본을 지켜온 구세록의 계약자, 사다모토 아키라는 대외적으로는 은퇴한 만화가로 일러스트 업계에서 일하고 있는 것으로 알려져 있었다.

하지만 실제로는 지난 13년 동안 일본 열도를 두려움에 떨게 만든 광기의 폭군이다.

일본에서 '피의 레지스탕스'라고 불리는 전설적인 살인마로, 그동안 대놓고 자기가 죽였다는 표식을 남겨가면서 죽인 인간의 숫자만도 300명을 넘는다.

다니엘 윤이 혀를 차며 말했다.

"팬텀이 0세대 각성자의 가족을 납치하려고 시도했다가 실패했다. 실행자는 엔조 모로."

"확신하는 근거는?"

"대지의 로드의 힘을 쓰는 팔라딘이 목격되었으니까."

"한국에서 한 거지?"

"그래."

"그럼 알아서들 해. 난 간다."

사다모토 아키라는 귀찮다는 듯 말하고는 정보 공간에서 나가 버렸다.

그는 예전부터 그랬다. 일본과 관련 없는 일이면, 정확히는 일본의 문화 시장에 영향이 없다면 어떻게 되든 상관없다는 태도였다.

하지만 그 영역을 건드리면 전쟁조차 불사하는 광기를 드러낸다.

국가의 위기 상황을 명분으로 문화를 규제하고 탄압하려던 일본의 정치가들을 비롯해서 그 협력자들까지 모조리 그의 손에 죽었다.

그 결과 일본의 권력 구도가 요동쳤지만 사다모토 아키라는 신경도 쓰지 않았다.

"0세대 각성자가 우리 모두를 적으로 돌리면, 더 이상 상관없는 이야기가 아닐 텐데……."

"이 지경이 되어서도 그놈 편을 들 생각이냐? 미켈레가 살해당했는데?"

"증거는?"

다니엘 윤이 허우룽카이를 노려보며 말했다.

허우룽카이가 가면 안쪽에서 혀를 찼다.

"상황이 말해주고 있지 않나."

"증거는 없다는 소리군. 심증만으로 그를 친다? 그게 옳다고 생각하나?"

"하! 다니엘 윤, 언제부터 그런 도덕군자가 되셨지? 한국의 군사정권을 끝장낸 장본인께서?"

그 말에 다니엘 윤의 분위기가 싸늘하게 가라앉았다.

구세록의 계약자들은 그 힘으로 인류를 지켜왔다.

그리고 역사를 자신이 옳다고 생각하는 지점으로 이끌기 위해 손에 무수한 인간의 피를 묻혀왔다.

다니엘 윤도 예외는 아니다.

역사적으로 한국은 퍼스트 카타스트로피 이후 군부의 권력이 절대화되었던 시기가 있었다.

이 시기를 끝장낸 것은 팀 크로노스의 사장 백원태와 팀 블레이드의 사장 오성준으로 알려져 있고, 겉으로 드러난 사실만 보면 그게 사실이다.

하지만 궐기한 각성자들이 군부와 대립했을 때, 그 이면에서는 수수께끼의 암살자에 의한 피바람이 불었다.

군부의 머리라고 할 수 있는 자들이 하루아침에 수십씩 죽어나갔고, 명령 체계가 박살 난 군부는 몰려드는 각성자들을 어쩌지 못하고 무너지고 말았다.

이 배후의 암살자가 바로 다니엘 윤이다.

뿐만 아니라 그는 군부의 권력이 붕괴한 후, 권력 구도가 재편성되는 과정에도 적극적으로 개입했다.

그 시절, 다니엘 윤이 위험인물이라고 생각한 이들 중 살아 있는 자는 아무도 없었다.

"피차 마찬가지지."

다니엘 윤은 분노를 가라앉히고 말했다.

허우룽카이 역시 퍼스트 카타스트로피 이후 대만을 자신이 뜻하는 형태로 만들기 위해 수많은 인간을 죽여온 인물이다.

그 결과 대만은 여전히 독립된 민주국가로 남았다.

대만 경제는 퍼스트 카타스트로피 이전보다 훨씬 더 활성화되어서 최정상급 선진국의 일원으로 불리고 있다.

또한 붕괴하여 7개로 쪼개진 구 중국 영토 일부를 대만령으로 병합하는 데 이르렀다.

'그걸 위해 1억이 넘는 인간을 죽인 놈이지만…….'

구세록의 계약자들은 과거 2번, 9등급 몬스터의 출현에 맞서지 않고 방치했다.

그린란드의 경우는 거의 대부분 인간이 살지 않는 땅이라는 것이 이유였다.

하지만 중국의 경우는… 허우룽카이가 강력하게 주장했기 때문이다.

아니, 그냥 주장하는 것으로 끝나지 않았다.

그것을 위해서는 무력행사도 불사하겠다는 의지를 보였기에 싸우길 원했던 자들조차도 물러날 수밖에 없었다.

허우룽카이는 지금의 대만을 만들기 위해 중국이 회생 불가능한 타격을 받길 바랐다.

퍼스트 카타스트로피로 베이징이 궤멸한 것에 이어 9등급 몬스터까지 출현한 중국은 실제로 그가 바란 대로의 길을 걸었다.

다니엘 윤이 말했다.

"도덕적인 문제를 거론하는 게 아니다. 심중만으로 감당할 수 없는 적을 건드리는 게 어리석다고 말하는 거다."

"놈이 다른 헌터들과는 격이 다른 존재라는 건 인정하지. 셀레스티얼 이상이라고 하니. 하지만 아무리 그래도 우리가 감당할 수 없을 리 없어."

"감당 못 하면 그 뒷감당은 우리 모두가 해야 하고?"

다니엘 윤이 빈정거리자 둘 사이에 날카로운 기류가 감돌았다.

"허우룽카이."

그때까지 잠자코 있던 카르타가 입을 열었다.

"엔조 모로를 계속 불러봤는데 응답하지 않고 있다. 전화라도 걸어서 확인해 보도록."

"내게 명령하지 마라."

"그럼 정중하게 부탁하지. 부디 전화라도 걸어봐 주지 않겠나?"

카르타가 전혀 감정을 드러내지 않고 말하자 허우룽카이가 혀를 차더니 정보 공간에서 나가 버렸다.

카르타가 다니엘 윤에게 말했다.

"만약 미켈레가 0세대 각성자에게 살해당한 게 사실이라면 어떻게 할 거지?"

"그럼 더더욱 적으로 돌려서는 안 돼."

"어째서? 그 시점에서 돌이킬 수 없는 강을 건넌 셈인데?"

"어떻게든 설득해야 한다. 생각해 봐라. 미켈레가 살해당했다면, 그 시점에서 이미 우리를 능가하는 힘을 가졌다는 뜻이다. 그런데 만약 미켈레를 죽이고 빙설의 창의 소유권을 계승하기라도 했다면?"

"……."

그 말에 카르타가 숨을 삼켰다.

그녀만이 아니라 정보 공간에 남아 있던 또 한 사람도 마찬가지였다.

"카르타, 당신이나 나와 달리 미켈레는 계승자를 정해두지 않았어. 그가 죽었을 때 빙설의 창이 어떻게 될지 우리는 알 수가 없고, 지금은 행방조차 알지 못하는 상황이다. 0세대 각성자가 그걸 가졌다면… 그는 이미 우리가 감당 못 하는 괴물이야."

그렇게 말하는 다니엘 윤의 목소리에는 절박한 진심이 담겨 있었다.

*   *   *

겨울을 싫어한다.

모든 것이 삭막하게 얼어붙는 계절.

춥고, 힘들고… 그것만으로도 사람이 죽을 수 있는 세계.

용우는 그런 세상 속에 있었다.

〈으윽, 지, 지독한 놈……!〉

저편에서 텔레파시가 들려온다.

상처 입은 적의 목소리다.

쿠구구구구……!

꽝음이 울리며 마치 화산이 폭발한 것처럼 대규모의 흙먼지가 일어 오르는 곳에서.

"…하지만 정말 싫었던 것이 좋아지는 순간도 있게 마련이지."

용우는 그렇게 중얼거리며 몸을 날렸다.

도약 스펠이 발동, 한 발 내디딜 때마다 수십 미터씩 날아서 폭심지로 향한다.

―형상 복원!

흙먼지를 뚫고 접근하는 용우의 손에 새하얀 빛이 맺혔다.

그리고 급속도로 새하얀 창의 형상을 빚어내기 시작한다.

빙설의 창처럼 얼음처럼 투명한 질감의 창이다. 그 주변을 차가운 빛이 감싸고 있었다.

―프리징 버스트!

용우가 스펠을 발하자 그 창의 주변을 거대한 한기가 휘감으면서, 폭심지를 향해 아음속으로 쏘아져 갔다.

콰아아아아아!

폭심지 안쪽에서 새하얀 한기가 대폭발을 일으켰다.

작렬한 지점으로부터 반경 100미터를 모조리 빙결시켜 버리는 한기 폭발이었다.

6월 말에 페이즈18 수준이었던 용우의 마력은 한 달이 지나는 동안 한 단계 더 상승, 페이즈19 수준에 달했다.

하지만 그걸 감안해도 믿을 수 없는 위력이다.

'쓸 만하군.'

그것은 용우가 던진 창이 빙설의 창의 열화 복제품이기 때문에 가능한 위력이다.

팔라딘에게 주어지는, 성좌의 무기의 열화 복제품을 고스란히 재현한 것이다.

용우가 미켈레에게서 빙설의 창을 강탈하고 나서 연구한 끝에 얻은 성과였다.

〈크윽……!〉

정신파로 고통스러운 신음이 울려 퍼졌다.

콰콰콰콰콰!

그리고 폭발하는 기세 그대로 삐죽삐죽하게 형성된 거대한 얼음을 가르면서 지진파가 폭발했다.

〈호락호락하게 당해주진 않겠다!〉

폭발을 가르며 걸어 나오는 것은 은회색 표면 위로 새카만 문양이 복잡한 패턴으로 양각(陽刻)된 갑옷을 입은 자였다.

그 손에는 길이 1미터 20센티 정도 되는 은회색 지팡이가 들려 있었다. 끝에는 주먹만 한 구슬이 달려 있고 그 안쪽에서 황록색 빛이 꿈틀거린다.

이계의 7성좌 중 하나, 대지의 로드의 힘이 담긴 무기였다.

용우가 싸늘하게 웃었다.

"그럴 거라고는 기대도 안 했어. 어디 열심히 발버둥 쳐보시지."

전투는 이제 막 시작되었을 뿐이다.

그리고 적을 철저하게 괴롭히고 파괴하기 위한 용우의 계획도 마찬가지였다.

엔조 모로는 어쩌다가 자신이 이런 상황에 몰렸는지 생각해 보았다.

팀 에스쁘아의 CEO실에서 쉬고 있던 참이었다. 팔라딘을 통해서 받은 지독한 정신적 고통을 추스르기 위해 애쓰는 그의 등 뒤에 갑자기 오버 커넥트로 생성한 워프 게이트가 열렸다.

그리고 항거할 수 없는 힘이 그를 붙잡아서 허공의 검은 구멍 안으로 처박았다.

엔조 모로가 그 순간 곧바로 변신을 시작한 것은 두려워하고 있었기 때문일 것이다.

언제 어디서 서용우의 공격을 받을지도 모른다는 위기의식이 있었기에 그는 워프 게이트로 끌려들어 가는 순간 성좌의 힘으로 변신하는 결단을 내릴 수 있었다.

그리고 그 결단이 그를 살렸다.

"넌 좀 제정신이 박혀 있군."

엔조 모로가 워프 게이트로 나오자마자 공격을 가한 용우가 조금 감탄했다는 듯 말했다.

그리고 용우와 엔조 모로의 전투가 시작되었다.

엔조 모로는 용우와 싸우기보다는 곧바로 이탈하길 선택했지만, 뜻대로 되지 않았다.

용우가 안티 텔레포트 필드를 펼쳐 두고 있었기 때문이다.

뿐만 아니다.

무슨 수단인지 몰라도 광범위하게 펼쳐진, 일종의 결계 같은 에너지막 때문에 외부와 연락할 수가 없었다. 구세록의 계약자들이 모이는 정보 공간과도 단절되어 버린 것이다.

결국 엔조 모로는 혼자서 용우와 맞서야 했다.

그리고 그 전투 양상은, 엔조 모로가 각오했던 것과는 상당히 다르게 흘러갔다.

화력으로만 비교하면 엔조 모로가 용우를 압도했다.

용우의 마력은 5등급 몬스터 수준으로, 공식적으로 알려진 각성자들의 한계치를 월등히 능가하고 있었다. 하지만 7등급 몬스터 수준의 마력을 지닌 엔조 모로 앞에서는 약자일 뿐이었다.

결국 화력전에서 밀린 용우는 정신없이 피하면서 도망치는 길을 선택할 수밖에 없었다.

이에 자신감을 얻은 엔조 모로는 적극적으로 용우를 몰아붙이기 시작했고…….

제대로 함정에 걸려 버렸다.

'대체 뭘 어떻게 한 거지?'

엔조 모로는 당황하고 있었다.

도망치는 용우를 추격하면서 공격을 퍼붓던 어느 순간, 발밑에서 대폭발이 일어났다.

그 폭발은 거의 그가 전력을 다해서 대규모 파괴 스펠을 썼을 때와 비슷한 위력이었다. 허공장이 찢겨져 나가면서 부상을 입고 말았다.

뿐만 아니었다.

용우가 그 폭발에 무슨 짓을 한 건지 사고능력과 감각에 노이즈가 발생했다. 눈앞의 뻔한 위기 상황에도 집중력을 유지하기 힘들었고 감각 정보에 이상이 발생하고 있었다.

'이대로 계속 싸우면 위험해. 탈출해야 한다.'

엔조 모로는 자신이 경솔했음을 깨달았다.

당장 보이는 마력만으로 판단한 게 실수였다. 용우의 저력은
끝을 알 수 없었다.

"이봐, 구세록의 계약자."

용우는 그를 보며 씩 웃었다. 그리고 그가 반응하든 말든 장
난스럽게 말을 이어갔다.

"아니, 프랑스의 넘버원 헌터 기업, 팀 에스쁘아의 CEO 엔조
모로라고 불러줄까?"

⟨……!⟩

엔조 모로가 경악했다.

정직하게 퍼져 나가는 경악의 정신파를 음미하듯이 고개를
끄덕인 용우가 말했다.

"도망칠 테면 도망쳐 봐. 그렇게 놔두진 않겠지만 만약 성공하
더라도 앞으로 안전한 곳에 숨을 수 있다는 망상은 접는 게 좋
을걸?"

용우가 한 발 내디뎠다.

엔조 모로는 자기도 모르게 한 발 물러났다.

"난 네가 누군지 알아. 세상 어디로 도망쳐도 넌 내 손에서 벗
어날 수 없어."

미켈레도, 엔조 모로도 팔라딘을 이용해서 자기 손을 더럽히
지 않는 방식이 안전하다고 생각했다.

하지만 실제로는 그렇지 않았다.

용우는 팔라딘을 통해서 배후에서 힘을 제공하는 그들을 찾아내어 공간 좌표로 설정하는 데 성공했다. 그 결과가 바로 저번과 이번의 오버 커넥트를 이용한 기습인 것이다.

〈미, 미켈레가 말한 건가?〉

엔조 모로가 믿을 수 없다는 듯 물었다.

그러자 용우가 대답 대신 오른손을 옆으로 뻗었다.

후우우우우!

그러자 광풍이 휘몰아치기 시작했다.

공기 중의 수분을 응결시키면서 사방으로 새하얀 눈과 얼음을 휘날리게 하는 눈바람이다.

그리고 아공간에서 한 자루 창이 모습을 드러냈다.

섬광이 용우를 휘감으면서 어마어마한 마력 파동이 주변을 휩쓸었다.

"그래. 그놈이 나불나불 다 말해줬지. 자신과 함께 팬텀의 주인 노릇을 하던 놈이 누구랑 누구였는지."

엔조 모로를 비웃는 용우의 손에는 빙설의 창이 들려 있었다.

〈역시 네가 미켈레를 죽였군…….〉

자신의 추측이 진실을 짚었음을 알게 된 엔조 모로가 몸을 떨었다.

"자, 그럼 전초전은 끝났으니 본격적으로 싸워볼까?"

용우가 손을 들어서 엔조 모로를 가리켰다.

우우우우우우우!

동시에 그의 마력장이 폭증하기 시작했다.

페이즈19의 마력이 10배 이상 증폭되면서…….

—초열투창!

빙설의 창이 극초음속으로 발사되었다.

콰아아아아아!

순백의 충격파가 폭발한다.

대지가 진동하면서 얼음과 토사가 터져 나가고, 그 직후 중심부에서 영하 250도의 한기 파동이 터져 나오면서 모든 것을 빙결시킨다.

엔조 모로는 피하지 못했다.

〈이, 이놈……!〉

하지만 치명상을 입지도 않았다.

용우의 함정에 빠져서 너덜너덜해진 허공장을 전방으로 압축해서 공격을 받아낸 것이다.

하지만 그 직후 폭발한 한기 파동은 온전히 막아내지 못했다.

몸이 새하얗게 얼어붙고 한기가 갑옷 안으로 침투해 버렸다.

—태양의 가호!

엔조 모로는 열기를 둘러 한기에 저항하는 스펠을 발하고는 곧바로 지진파를 폭발시키려고 했다.

쩌광!

그러나 용우는 그에게 그럴 틈을 주지 않았다.

M—링크 시스템을 발동시키고 제우스의 뇌격으로 쏜 뇌격의 에너지탄이 엔조 모로에게 정통으로 명중했다.

쾅! 쩌광!

세 번의 사격으로 엔조 모로를 날려 버린 용우가 뛰어들어서 빙설의 창을 잡았다.

우우우우우!

용우의 마력장이 다시금 폭증한다.

하지만 용우는 굳이 빙설의 창을 타격용으로 쓰지 않았다. 등 뒤에 짊어지듯이 붙여 버리고는 제우스의 뇌격을 꺼내서 재차 사격을 가했다.

콰아아앙!

극초음속으로 날아간 에너지탄이 작렬하면서 산의 일부가 터져 나갔다.

〈총격으로 이런 위력을?〉

아슬아슬하게 그 자리를 피한 엔조 모로가 당황했다.

쾅! 콰광! 콰아아아앙!

엄청난 위력의 에너지탄이 연달아 날아든다. 일격이 작렬할 때마다 산이 터져 나가면서 지형이 바뀐다.

아무리 최대 용량의 증폭 탄두를 쓴다고 해도 터무니없는 위력이다.

심지어 용우는 M─링크 시스템은 발동하지도 않은 상태다. 그런데도 이런 위력이 나오는 것이다.

'변신도 하지 않았으면서 어떻게 이런 힘을 내는 거지?'

엔조 모로는 경악을 금치 못했다.

용우는 빙설의 창을 몸에 붙여두고 마력을 증폭시키는 용도로 쓸 뿐, 그 진정한 힘을 끌어내지 않았다.

변신은커녕 빙설의 창에 내장된 기능조차도 안 쓰고 있는 것이다.

그런데도 공격의 위력이 터무니없이 강하다. 성좌의 힘으로 변신한 엔조 모로에게도 충분히 유효타가 될 정도로.

'저 빛, 그리고 총구 앞에 발생하는 빛의 고리와 관련이 있다.'

엔조 모로도 전투 경험이 풍부한 인물이다.

자신을 위협하는 인간은 처음이었지만 미지의 강적을 앞두었을 때, 위험 요소를 파악하는 안목은 있었다.

지금 용우에게서 보이는 이상 현상은 두 가지다.

용우의 몸을 휘감고 연기처럼 피어오르는 푸르고 투명한 빛.

그리고 용우가 사격을 가할 때마다 총구 앞에 발생하는 빛의 고리.

'저 빛은 전혀 뭔지 모르겠군. 하지만 빛의 원은… 일종의 증폭 기술 같은 건가?'

총구에서 발사된 에너지탄이 빛의 고리를 통과하는 순간 그 위력이 확연히 폭증하고 있었다.

'젠장, 뭔지 감도 안 잡히는군. 내가 모르는 스펠인가, 아니면 놈의 특수 능력?'

엔조 모로는 당황하면서도 계속해서 반격을 가했다. 용우가 자유롭게 쏘게 만들면 계속 불리한 국면으로 몰리게 될 것이다.

"정말이지 머저리 같은 놈이군."

용우는 엔조 모로의 반격을 피하면서 중얼거렸다.

엔조 모로의 정신파를 통해서 당황한 기색이 손에 잡힐 듯 생생하게 느껴졌다.

정말이지 짜증 나게 정직한 놈이다.

상대에게 말을 할 때 말고는 정신파를 차단하는 편이 좋을 텐데, 여태까지 그럴 이유가 없어서인지 말하고자 하는 바만이 아니라 심리 상태까지 여과 없이 드러내고 있었다.

'왜 변신을 안 하고 있는지 궁금해하고 있겠지.'

물론 용우가 성좌의 힘을 받아들여 변신하지 않는 것에는 나름의 이유가 있다.

일단 굳이 그렇게 할 필요 없이도 이길 자신이 있기 때문이다.

맨 처음의 기습이 실패로 돌아갔어도 이기기 위한 판을 짜놓았고, 엔조 모로는 거기서 벗어나지 못했다.

콰광! 콰과과과……!

둘 다 어마어마한 화력을 가진 것은 마찬가지다. 무시무시한 속도로 달리면서 서로에게 공격을 퍼붓는 것만으로도 주변이 초토화된다.

〈이 자식……!〉

먼저 인내심이 바닥난 쪽은 엔조 모로였다.

어느 순간, 엔조 모로가 지팡이를 머리 위로 들어 올렸다.

퍼퍼퍼퍼펑!

그를 감싼 허공장 위로 강력한 방어막이 덧씌워지면서 용우의 총격, 아니, 차라리 포격이라고 불러야 할 에너지탄들을 막아냈다.

─선다운 버스트!

예전에 다니엘 윤이 암흑거인을 끝장낼 때 썼던 대규모 파괴 스펠이 발동했다.

용우의 진행 방향 앞쪽으로 한 줄기 가느다란 섬광이 떨어져 내린다.

콰아아아아아아!

그리고 눈이 멀어버릴 듯한 대폭발이 일어났다.

눈 덮인 산이 통째로 날아가 버리면서 열파가 사방을 휩쓸었다.

벙커 버스터와는 비교도 안 되는 폭발력이다. 혹한이 지배하던 공간의 기온이 상승하면서 사방에서 수증기가 끓어올랐다.

〈…이걸로 끝장나지는 않았겠지.〉

하지만 엔조 모로는 방심하지 않았다.

안티 텔레포트 필드 때문에 용우도, 그도 공간 도약이 불가능한 상태였다. 그러니 피하지는 못하겠지만 그렇다고 해서 즉사했을 거라 기대하지는 않았다.

'저기다.'

그리고 엔조 모로는 용우의 위치를 찾아냈다.

그는 대지의 로드의 힘으로 주변의 대지에 발 디디고 있는 모든 존재를 파악할 수 있었다. 자신과 싸우던 적을 포착하는 건 식은 죽 먹기였다.

―랜드 브레이크!

엔조 모로가 스펠을 발하자 500미터 떨어진 지점의 대지가 터져 나갔다.

용우가 서 있던 지점이었다.

―대지의 포식!

쿠구구구구!

그리고 대규모 스펠이 발동되었다.

용우를 중심으로 사방의 토사가 해일처럼 일어나서 그를 향해 밀려들었다. 전후좌우 어디로도 피할 구석이 없는 공격이다. 돔 형태로 에워싸고 삼켜 버리는 형국이었다.

그렇게 용우를 몰아붙인 엔조 모로는 다시금 최대 규모의 파괴 스펠, 선다운 버스트를 발동하려고 했다.

—제법이야.

순간 용우의 텔레파시가 날아들었다.

엔조 모로가 흠칫하는 순간, 그 앞에 용우가 나타났다.

'텔레포트? 안티 텔레포트 필드를 푼 건가?'

깜짝 놀란 엔조 모로가 선다운 버스트 발동을 포기하고 용우를 공격하는 순간이었다.

—프리징 버스트!

새하얀 한기 파동이 터지면서 반경 수십 미터를 빙결시켰다.

'당했다!'

직격당한 엔조 모로는 하얗게 얼어붙어 버렸다.

그가 생각한대로다. 용우는 일시적으로 안티 텔레포트 필드를 풀었다.

하지만 그의 앞에 나타난 것은 환영이다.

정확히는 형상 복원 스펠로 만들어낸 빙설의 창의 마이너 카피를 용우 자신처럼 속여 넘긴 것이다.

그리고 얼어붙은 엔조 모로가 뭔가 하기도 전에 용우가 그 앞에 나타났다.

쾅!

용우는 나타나자마자 빙설의 창으로 찌르기를 가했다.

—라이트닝 블로!

엔조 모로를 집어삼킨 얼음이 터져 나가면서 뇌격이 폭발한다.

〈크악……!〉

엔조 모로가 비명을 지르며 튕겨 나갔다.

하지만 용우는 그가 나가떨어지도록 놔두지 않았다.

그가 튕겨 나가는 것보다 더 빠르게 접근해서 2격, 3격을 때려 넣었다.

쾅! 콰광!

빙설의 창이 발하는 지독한 한기와 거기에 실린 스펠이 발하는 뇌격이 침투하면서 엔조 모로의 정신을 아득하게 만들었다.

콰직!

그리고 시퍼런 에너지 칼날을 머금은 나이프가 그의 몸통에 꽂혔다.

"자."

용우가 손가락 총을 만들어서 그의 머리통을 겨누었다.

—영파탄!

물리적 영향력은 전혀 없는 투명한 푸른 섬광이 엔조 모로의 머리를 때렸다.

〈아아악……!〉

소리조차 울리지 않았지만 엔조 모로는 격심한 두통을 느꼈다.

콰직!

그리고 그가 주춤한 틈을 타서 용우가 또 하나의 나이프를 찔러 넣었다.

콱!

〈······!〉

엔조 모로는 비명도 지르지 못하고 몸을 비틀었다.

나이프는 정신체를 공격하는 투명한 푸른 불꽃을 휘감고 있었다.

살이 칼날에 쑤셔지는 고통에 더해서 마치 자신의 감각과 사고능력이 찢어지는 것 같은 낯선 고통이 덮쳐왔다.

엔조 모로가 용우의 공격에 대응한 것은 세 번째 나이프가 박힐 때였다.

―랜드 브레이크!

그를 중심으로 지진파가 터져 나갔다.

용우가 물러나자 그가 몸에 꽂힌 나이프를 붙잡고 뽑아내었다. 살이 쑤셔진 감각보다도 정신과 감각을 후벼 파는 것 같은 통증을 견딜 수가 없어서였다.

쾅!

하지만 용우를 잠시 밀어냈다고 그런 여유를 부린 것은 실수였다.

어느새 소총을 꺼내 든 용우가 연속 사격으로 그를 두들겼다.

쾅! 콰쾅! 콰과쾅······!

연달아 두들겨 맞은 엔조 모로가 땅에 처박혀서 데굴데굴 굴렀다.

그러다가 협곡으로 튕겨 나가서 떨어지고 말았다.

"잘됐군."

용우는 낭떠러지에서 아래쪽을 내려다보았다.

그리고 한참 떨어지고 있는 그를 향해 엄지손가락으로 목을 긋는 시늉을 해 보이면서 말했다.

"이번에도 살아남을 수 있을까?"

일부러 텔레파시로 발한 그 말은 확실하게 엔조 모로에게 닿았다.

〈무슨……?〉

불길함을 느낀 엔조 모로는 반사적으로 텔레포트로 그 지점을 피하려고 했다.

파지직……!

그러나 소용없다.

이미 용우가 다시 안티 텔레포트 필드를 펼쳐 둔 후였다. 스파크가 튀면서 몸이 요동칠 뿐, 결국 공간 도약에는 실패하고 말았다.

—배리어 필드!

그가 너덜너덜해진 허공장 위로 방어막을 겹겹이 둘러치는 순간이었다.

콰과과과……!

협곡 아래쪽에서 폭음이 울려 퍼지기 시작했다.

용우는 협곡 위에서 웃었다.

"아까의 두 배 정도다. 배불리 처먹으라고."

전투 초반에 엔조 모로가 빠졌던 함정, 대폭발은 용우가 어비스에서 마지막 순간에 적을 쓸어버리기 위해 선택했던 방법의 축소판이다.

물리적 파괴력은 물론이고 정신체를 파괴하는 충격파를 같이 발생시키며, 대량의 마력석을 투입하면 그 위력은 어마어마하게 올라간다.

용우는 처음에 터진 함정에 비축하고 있던 마력석 중 50킬로그램을 투입했다.

그리고 이번에는 100킬로그램분이다.

'역시 이건 위력에 비해 마력석을 너무 많이 잡아먹어. 반응탄두를 구해봐야겠어.'

용우는 그렇게 생각하면서 그 자리를 피했다.

꽈과과과과과과……!

물러나는 그의 눈앞으로 협곡 아래쪽에서 치솟은 폭발의 빛이 거대한 벽처럼 솟아올랐다.

4

성좌의 힘을 받아들여 변신하는 것이야말로 성좌의 힘이 깃든 무기를 완벽하게 쓰기 위한 전제 조건이다.

그 과정을 거쳐야만 무기에 잠재된 거대한 힘을 완벽하게 끌어낼 수 있다.

용우도 연구 결과로 그 사실을 알아냈지만, 그럼에도 변신하는 것을 거부한 것에는 그만한 이유가 있었다.

연구 중에 변신을 시도해 본 결과, 성좌의 힘이 자신을 잠식하는 것을 느꼈기 때문이다.

놀랍게도 그것은 용우에게는 익숙한 감각이었다.

'타락체.'

어비스에서 만난 최악의 적, 타락체가 각성자를 오염시켜서 타락체로 만들려고 할 때의 감각이 그랬다. 타락체가 발하는 오염의 힘에 마력 기관을 잠식당하던 그 감각과 너무나 흡사하다.

그것은 용우에게는 견딜 수 없는 불쾌감과 위기감을 느끼게 만들어서, 용우는 변신을 포기할 수밖에 없었다.

'어쩔 수 없었다고는 하지만… 확실히 아슬아슬하긴 하군.'

용우는 변신을 거부한 채로 엔조 모로와 싸우는 것이 다소 성급한 선택이었음을 인정했다.

우희를 납치하려고 했다는 사실에 분노하여 곧바로 저질러 버리기는 했지만, 승리를 확신하기에는 아슬아슬한 부분이 있었다.

결과적으로는 우위를 점하며 승리를 눈앞에 두고 있지만, 과정을 살펴보면 반성할 점투성이다.

'앞으로 상대할 놈들은 더 경계하겠지.'

엔조 모로와의 전투에서 우위를 점한 것은 정도의 차이가 있을 뿐 미켈레를 죽였을 때와 비슷하다.

팔라딘을 통해서 정신체를 공격함으로써 그의 컨디션을 최악으로 만들었다.

그리고 싸울 준비가 되지 않은 그를 느닷없이 납치한 후에 심리를 흔들어대면서 함정으로 큰 타격을 입혔다.

이 두 가지 작업이 선행되지 않았다면 엔조 모로와의 싸움은 훨씬 힘들었을 것이다.

그리고 앞으로는 이렇게 쉽지 않을 것이다.

남은 구세록의 계약자들은 자신의 정체가 밝혀졌을 가능성과 불시에 기습당할 가능성을 염두에 둘 테니까.

'반성은 나중에 하고… 일단은 끝을 내볼까?'

용우는 협곡으로 다가가서 빙설의 창 복제품을 던졌다.

콰직!

새하얀 빛의 궤적을 그리며 날아간 창은, 아직까지도 협곡 중간을 떨어지고 있던 엔조 모로의 몸통을 꿰뚫었다.

〈……!〉

엔조 모로에게서 고통스러워하는 정신파가 울렸다.

그 정신파는 언어화되어 있지 않다. 그는 지금 언어화된 사고를 할 수 있는 상태가 아니었으니까.

용우는 그가 있는 곳까지 내려와서 협곡의 벽에 달라붙었다.

그리고 허공에 박제되듯이 멈춘 그를 내려다보며 웃었다.

"너희들은 초대형 전함을 사람 모양으로 축소해 놓은 것 같아. 정말이지 화력으로 때려 부수는 데 특화되어 있군."

엔조 모로는 원거리 화력전을 벌일 때는 꽤 능숙하고 강력한 모습을 보였다. 멀쩡한 컨디션으로 붙었다면 화력전에서는 현 시점의 용우를 능가했을 것이다.

용우가 추측하건대, 그것은 강력한 고등급 몬스터를 공략하는 데 특화된 전투기술이었다.

그리고 그렇기에 그는 인간을 상대로 싸우는 법을 몰랐다.

엔조 모로는 인간과 싸울 일이 있으면 거대한 힘으로 찍어 누르면 그만이었을 것이다. 그와 다른 인간 사이에는 그 어떤 신묘한 기술도 의미 없을 정도로 아득한 힘의 격차가 있으니까.

하지만 대등한 수준의 적 앞에서 그는 허무할 정도로 쉽게 바닥을 드러낼 수밖에 없었다.

용우는 몬스터들은 쓰지 않는 수단, 함정이나 속임수가 신기할 정도로 잘 먹히는 것을 보면서 그런 사실을 확인할 수 있었다.

"다른 놈도 그 점은 마찬가지겠지. 하지만 인식만 달라져도 이 정도로 쉬운 상대는 아닐 거야."

용우는 그렇게 중얼거리면서 엔조 모로의 상태를 살펴보았다.

대폭발이 그를 무력화시켰지만, 그는 아직 살아 있다. 그리고 회복 중이다.

대지의 로드가 그렇게 만들고 있다. 사용자의 의식이 갈가리 찢겼는데도, 그 몸을 잠식한 성좌의 힘이 강제로 생명을 유지하고 사고능력을 회복시키는 중이다.

콰직!

물론 용우는 그것을 두고 볼 마음이 없었다.

정신을 못 차리고 있는 엔조 모로를 차근차근 파괴해 간다.

팔다리를 잘라내고, 대지의 로드를 협곡 바닥으로 떨어뜨린다. 그리고 몸에 저주의 스펠을 실은 나이프를 찔러놓고 언제든지 발동할 수 있도록 만든다.

〈아, 아악……!〉

엔조 모로의 사고능력이 회복되기까지는 5분 정도가 걸렸다.

"회복이 빠르군. 상태를 보면 그대로 백치가 되었어도 이상하지 않았는데."

용우는 그렇게 말하며 그를 끌고 협곡 위로 올라왔다.

〈주, 죽여라…….〉

엔조 모로는 절망했다.

완벽한 패배였다. 반전의 여지는 조금도 없었다.

"응?"

그러자 용우가 이상한 소리를 들었다는 듯 고개를 갸웃거렸다.

"이 지경이 되어서도 왜 그리 오만한 거야?"

〈뭐라고?〉

"왜 네가 죽고 살고를 너 스스로 결정할 수 있다고 생각하지?"

〈…….〉

엔조 모로는 밀려드는 두려움에 몸을 떨었다.

자신을 내려다보며 장난스럽게 웃는 용우가 악마처럼 보였다.

"네놈들이 만든 팬텀에서 모르모트 취급한 사람들도 똑같은 심정이었겠지. 그걸 이해하는 시간을 갖도록 하자."

〈그건…….〉

"그건 뭐?"

〈인류를 지키기 위한 일이었다!〉

엔조 모로가 필사적으로 변명했다.

〈우리는 마모되어 가고 있었다. 한 번 빙의할 때마다, 강적을 만나 파괴될 때마다…….〉

그들은 광기에 시달렸다.

자신이 빙의했던, 죽은 자의 악몽에 시달리고 산 채로 죽음을 유사 체험한다. 그 감각을 몇 번이고 반복하는 것은 지옥과도 같았다.

"흐음, 그래서?"

〈필요한 일이었다. 우리가 없으면 인류는 벌써 멸망했어. 우리들, 구세록의 계약자라는 시스템이 계속 기능하게 하기 위해서는 대안을 개발해야 했다.〉

그 과정에서 인체 실험은 불가피했다.

인간을 모르모트로 사용하지 않으면 전혀 성과를 낼 수 없는 일이었으니까.

〈어차피 우리가 없으면 살아갈 수도 없는 것들이다. 자기를 지킬 힘도 없고, 세상에 도움도 안 되는 것들을 써서 세상을 지킬 가능성을 찾아낸 거다. 오히려 무가치한 쓰레기들에게 가치를 준 것 아닌가?〉

"그렇군."

엔조 모로의 이야기를 가만히 듣던 용우는 고개를 끄덕였다.

"그런 생각으로 너를 대하면 된다, 이거지?"

〈뭐?〉

"무가치한 쓰레기인 너에게 가치를 줄게. 너보다 훨씬 소중한 내가 구세록의 계약자들에 대해서 알기 위해서 네가 완전히 파괴될 때까지 실험해 봐야겠어. 미켈레를 해체한 것만으로는 만족할 만큼 알아내지 못했거든."

〈아, 안 돼…….〉

엔조 모로는 허우적거리며 물러나려고 했다.

하지만 그의 팔다리는 잘려 나간 상태다. 벌레처럼 꿈틀거릴 뿐 그 자리에서 벗어날 수 없었다.

"차근차근 알아보자. 구세록의 계약자들이 얼마나 튼튼한지,

구세록이 너희들에게 준 성좌의 힘이 무엇인지……."

용우는 나이프를 빙글빙글 돌리며 웃었다. 장난감을 발견한 아이처럼 웃는 그 얼굴에서는 광기가 넘실거리고 있었다.

"네가 해도 되는 것은 내게 쓸모 있을 것 같은 정보를 나불거리는 것뿐이야. 내가 판단해서 쓸모 있는 이야기라면, 그걸 듣는 동안에는 고통을 멈춰주지. 그럼 시작하자. 빨리 죽고 싶으면 부지런히 떠들어야 할 거야."

용우는 그렇게 말하며 나이프를 엔조 모로의 몸통에 찔러 넣었다.

*　　　*　　　*

그날 저녁, 백원태가 용우의 집으로 찾아왔다.

"그 시신은 게이트 재해 연구소 쪽에서 가져갔습니다."

백원태가 말한 시신은 팔라딘으로 변신했던 남자의 시신이었다.

용우가 말했다.

"권 박사가 좋은 샘플이 생겼다고 좋아하겠군요."

"그분이 괴짜이긴 하지만 시신을 보고 좋아할지는 모르겠군요."

어깨를 으쓱하던 백원태는 문득 용우의 분위기가 이상하다는 걸 눈치챘다.

"왜 그럽니까?"

"괴짜라… 확실히 이상한 사람이죠, 권 박사는."

"뭐 천재들은 다 그렇지 않습니까? 마력학에 있어서는 역사에
한 획도 아니고 몇 획을 그은 천재니⋯⋯."

"어떻게 그럴 수 있었을까요?"

"네?"

"퍼스트 카타스트로피 당시 대학 졸업반으로 대학원 진학을
준비하던 사람이, 그 후에는 전장에서 구르다가 인류가 그 위기
상황에서 문명을 지켜내는 데 지대한 공헌을 했다⋯⋯."

정말로 드라마틱한 인생이다.

그리고 위대한 인생이기도 했다. 용우는 권희수가 이룬 업적
이 얼마나 되는지를 알고 경악을 금치 못했다.

권희수의 업적은 헌터 업계에서 널리 알려져 있지만, 사실 학
계에서 가장 대단하게 보는 부분은 바로 마력학의 기초를 정립
했다는 점이다.

한국의 권희수.

일본의 나카모토 사유키.

대만의 리우 샤오화.

미국의 마이클 브래드.

독일의 프란츠 슈하이머.

이들 다섯 명이 전 세계에서 인정하는 마력학의 최고 권위자
들이다.

권희수뿐만 아니라 다들 지금의 세계를 지키는 데 반드시 필
요한 기술들을 개발한 인물들이기도 하다.

이들의 가장 대단한 점은 마력학의 기초를 정립했다는 점이다.

모두가 감조차 못 잡던 마력이라는 에너지의 실체를 파악하고, 기존의 과학 이론을 통해서 접근할 수 있는 기초를 정립해 낸 것이 영원히 청송받을 그들의 공로였다.

"확실히 인류에게 있어서는 구원의 빛 같은 사람들입니다. 존재 자체가 기적이었죠."

고개를 끄덕인 백원태가 물었다.

"권 박사에 대해서 뭔가 걸리는 점이라도 있는 겁니까, 용우 씨?"

"……."

용우는 곧바로 대답하지 않았다.

한참 동안 생각하다가 고개를 저었다.

"지금 말할 단계는 아닌 것 같습니다. 확실해지면 말하죠."

"알겠습니다."

백원태는 더 캐묻지 않고 깔끔하게 물러났다. 그리고 원래 물으려던 것을 물었다.

"그나저나 이번 일은 어떻게 된 겁니까?"

"아마 내일쯤에는 프랑스 언론이 소식을 터뜨리지 않을까 싶습니다."

"음? 갑자기 웬 프랑스입니까?"

"팀 에스쁘아의 CEO 엔조 모로가 사라졌으니까요."

"……!"

백원태는 놀라서 벌떡 일어났다.

잠시 용우를 바라보던 그가 물었다.

"그를 처리한 겁니까?"

용우는 미켈레를 처리했을 때 알아낸 정보 대부분을 백원태에게도 공유해 주었다. 그렇기에 백원태도 엔조 모로가 구세록의 계약자의 일원임을 알고 있었다.

"예."

"당분간은 놔두겠다고 하지 않았습니까?"

"그럴 생각이었습니다만……."

용우가 구세록의 계약자들을 보는 시선은 미묘했다.

팬텀이라는 조직을 만들고 운영한다는 사실 때문에 그들을 용서할 수 없다고 생각했다.

하지만 미켈레와 엔조 모로를 고문해서 얻은 정보에 의하면, 그들 중 팬텀의 주인은 셋뿐이고 나머지 넷은 관계가 없었다.

굳이 죄목을 따지자면 적극적으로 팬텀을 막지 않고 방치했다는 것 정도?

하지만 미켈레와 엔조 모로에게서 캐낸 정보를 대조하고 종합해 본 결과, 구세록의 계약자들의 관계는 생각했던 것과는 달랐다.

그들은 인류를 지킨다는 목적으로만 힘을 합칠 뿐이다.

서로 친밀하지도 않았고, 서로를 신뢰하지도 않았다.

그러기는커녕 서로를 증오하면서도 입장 때문에 어쩔 수 없이 내버려 두는 경우도 있었다.

"지금 시점에서 놈들은 필요악이지만……."

미켈레와 엔조 모로는 팬텀이라는 거대한 악을 만들어내고

퍼뜨리는 놈들이지만, 동시에 인류가 감당할 수 없는 위협으로부터 세상을 지켜온 자들이기도 했다.

무엇보다 그들은 유럽을 적극적으로 지켜왔다. 그들이 사라지는 순간 유럽은 지금까지 겪어보지 못한 위협에 노출될 것이다.

그 점 때문에 용우는 팬텀의 주인, 엔조 모로와 허우룽카이를 처리하는 것을 뒤로 미뤘다.

그러나…….

"세상에 필요하든 말든, 우희를 건드린 놈을 살려둘 생각은 없습니다."

세상의 중심을 차지한 악당이 말한다.

"나를 죽이면 세상이 망해. 내가 악행을 저지르든 말든, 나를 건드리면 수많은 죄 없는 사람들이 피해를 봐. 너는 엄청난 죄를 저지르는 거야."

구세록의 계약자들끼리는 그런 논리가 통용되었다.

다른 누군가를 상대로는 통용되든 말든 상관없었다. 그들은 인간 상대로는 절대적인 힘의 소유자였으니까.

하지만 용우 앞에서 그들이 당연하다고 믿었던 것들은 철저하게 무너져 내렸다.

용우가 그런 것을 고려하는 것은 싸움이 일어나기 전까지다. 일단 싸우기 시작하면 용우는 적에게 무슨 사정이 있든 전혀 고려해 주지 않았다.

백원태가 물었다.

"나머지는 어쩌실 생각입니까?"

"굳이 절 먼저 건드리지 않는다면 당분간은 놔둘 겁니다. 아직은 대안을 마련하지 못했으니까요. 하지만 언제가 됐든 허우룽카이라는 놈은 처리해야겠죠. 놈이 먼저 움직일 수도 있지만… 그 건에 대해서는 대비를 더 철저히 해둘 겁니다."

용우는 이미 구세록의 계약자 전원의 정체를 알고 있었다.

백원태도 마찬가지였다.

이 정보를 백원태에게 알려줬을 때, 그는 다니엘 윤이 그중 하나라는 것을 알고는 경악을 금치 못했다.

다니엘 윤이 각성자가 아니기 때문은 아니었다.

그런 힘을 가졌으면 이 나라를 쥐락펴락하면서 절대적인 영향력을 행사해도 이상하지 않다. 하지만 다니엘 윤은 그런 존재가 아니었다.

헌터 업계의 실세 중 하나이긴 하지만 그 영향력은 백원태나 오성준보다 떨어진다. 정부가 외국인이 많은 팀 이그나이트에 불리한 정책을 발표한 적도 한두 번이 아니었다.

헌터 업계 3위의 팀을 키워냈다는 것만으로도 대단히 유능한 인물이라고 평가할 만하지만, 그뿐이다.

백원태는 다니엘 윤에게서 초월적인 힘의 편린을 엿본 적이 없었다.

백원태는 현역으로 활동할 당시에는 몇 번이나 구세록의 계약자, 그중에서도 광휘의 검이 나타난 덕분에 목숨을 건졌다. 백원태는 사실상 퍼스트 카타스트로피 이후 한국이 지금처럼 발전할 수 있었던 것은 광휘의 검이 한국에 있어서라는 사실을 잘 알고 있었다.

그렇기에 다니엘 윤이 구세록의 계약자라는 사실에 큰 충격을 받았다.

백원태가 물었다.

"그럼 용우 씨는 지금… 빙설의 창과 대지의 로드를 다 가진 겁니까?"

"대지의 로드는 봉인했습니다."

"음? 그건 무슨 소립니까?"

"성좌의 힘이 담긴 무기 두 개를 한 사람이 동시에 갖는 건 불가능했습니다."

용우는 엔조 모로에게 죽음을 대가로 대지의 로드의 소유권을 계승받았다.

엔조 모로 역시 계승자를 결정해 두지 않았기에 그 과정에 도달하기는 어렵지 않았다.

하지만 대지의 로드의 소유권을 계승하는 순간, 상상도 못 한 반발력이 일어났다.

"그대로 내버려 뒀다면 아마 거기에 있던 모든 게 증발해 버렸을 겁니다."

위기감을 느낀 용우는 빙설의 창을 아공간에 집어넣었고, 그렇게 하자 반발력이 약간이나마 줄어들었다.

그 상태에서 용우는 자신을 어비스에서 살아남아 돌아오게 해주었으며, 동시에 12년이라는 시간을 앗아간 그 스펠을 사용했다.

봉인(封印).

하지만 빙설의 창 없이 대지의 로드를 봉인하기에는 지금 용우의 마력으로도 역부족이었다.

"그래서 마력석을 있는 대로 꺼내서 썼는데… 아까 전에 체크해 보니 거의 1톤 가까이 쓴 것 같습니다."

"……"

그 말에 백원태는 입을 쩍 벌렸다.

다른 각성자들과 달리 용우가 마력석을 직접적인 전투 자원으로 쓸 수 있다는 건 알고 있었다.

하지만 1톤이라니?

대지의 로드를 봉인하기 위해 수천억 원을 쓴 셈 아닌가?

"그 정도면 싸게 먹힌 셈이긴 합니다만."

"아니, 그게……"

용우의 말에 황당해하던 백원태는 곧바로 생각을 바꿨다.

"음, 생각해 보니 그렇군요. 그게 전략 핵무기급의 위험이 당장 터질 것 같은 상황이라고 하면… 그걸 수천억 원을 써서 봉인할 수 있다면 확실히 싸게 먹힌 셈입니다."

"어쨌든 이제부터는 좀 적극적으로 움직여 볼까 합니다."

"적극적이라니요?"

"구세록의 계약자들과 언제 적대해서, 언제 죽이게 될지 모르는 상황입니다."

구세록의 계약자들의 사이가 미묘하다지만 그들의 일원을 몇 명이나 죽인 자신에게 적의를 품지 않을까?

용우는 그 점에 회의적이었다.

"그러니까 놈들이 사라지는 상황에 대비해야겠습니다. 일단 팀 크로노스와 팀 블레이드에 스펠 스톤을 공급해 드리죠."

"정말입니까?"

백원태는 깜짝 놀라자 용우가 고개를 끄덕였다.

"예. 다만 잠재력이나 전투 능력이 아니라 신뢰할 만한 사람을 대상으로 하지요. 어차피 밝혀지게 될 비밀이지만 최대한 뒤로 미루고 싶긴 하니까."

"알겠습니다."

"그리고 값은 잘 쳐주시리라 믿습니다."

"물론입니다만, 괜찮겠습니까?"

용우의 스펠 스톤은 그가 0세대 각성자라는 사실 이상으로 거대한 폭탄이었다.

세상에 알려지면 그 후폭풍은 어마어마할 것이다. 그것은 각국이 용우를 독점하기 위해 전쟁도 불사할 만한 비밀이었다.

"이젠 괜찮습니다."

용우는 스펠 스톤 하나를 꺼내서 손안에서 빙글빙글 돌리며 말했다.

"준비가 됐으니까요."

이제는 그럴 준비가 되었다.

용우는 백원태에게 그 사실을 선언하며 미소를 지었다.

Chapter24

유통기한의 끝

1

"결국 이렇게 되었군."

다니엘 윤은 인터넷에 뜬 뉴스를 보며 중얼거렸다.

〈프랑스의 헌터 팀 에스쁘아의 CEO 엔조 모로 실종〉

용우의 예측과 달리 그 뉴스가 나오기까지는 일주일이 넘게 걸렸다.

당연히 프랑스 현지에서는 난리가 났다.

에스쁘아는 프랑스 최고의 헌터 팀이며, 유럽 전역을 통틀어 가장 강력한 헌터 팀이었다.

그 CEO인 엔조 모로는 프랑스 헌터 업계는 물론이고 유럽 전역에 막대한 영향력을 행사하던 인물이었다.

그런 인물이 홀연히 실종되어 버린 것이다.

충격이 엄청나게 클 수밖에 없었다.

하지만 과연 이 소식의 진짜 의미를 아는 자는 몇 명이나 될까?

'그는 이미 우리가 감당할 수 없는 괴물이 되었다.'

다니엘 윤은 자신의 예감이 들어맞았음을 알았다.

서용우가 그동안 제로의 신분으로 보여준 능력은 경이적이었다.

하지만 아마도 그조차도 위장이었을 가능성이 크다. 실제로는 그보다 훨씬 더 무시무시한 힘을, 구세록의 계약자조차 살해할 수 있는 힘을 가졌으리라.

그리고 이제는 성좌의 무기조차 그 손에 들어가지 않았을까?

"성좌의 무기 둘이 한 사람의 손에 들어갔다……."

지금까지 한 번도 실현된 적이 없는 일이었다.

사실 다니엘 윤은 미켈레에게 살의를 느낀 적이 한두 번이 아니다.

차라리 저놈을 죽여 버리고, 자신이 빙설의 창까지 가지면 어떨까 하는 생각을 수도 없이 해봤다. 상당히 구체적으로 승산을 계산해 본 적도 있을 정도였다.

하지만 결국 실행에 옮기진 못했다.

누구도 알려주지 않았지만 본능적으로 알고 있었기 때문이다.

한 사람이 성좌의 무기 2개를 갖는 것은 불가능하다는 것을.

그렇다면 미켈레를 죽이는 것으로 성좌의 무기 하나를 영영 잃어버리는 결과를 초래할지도 모른다.

그런 가능성을 배제할 수 없었기에 미켈레를 내버려 둘 수밖에 없었던 것이다.

'제로에게는 그것이 가능했던 것일까?'

아니면 인류는 빙설의 창과 대지의 로드를 영영 잃어버린 것일까?

다니엘 윤은 그 사실이 신경 쓰여서 견딜 수가 없었다.

'이제는 구세록만 믿고 있을 수가 없게 되었다.'

구세록에는 구세록의 계약자가 살해당하는 경우는 기록되어 있지 않았다.

당연하지만 그럴 때 어떻게 해야 되는지에 대한 내용도 없었다.

이제는 예언을 믿고 차근차근 나아가던 시기는 끝났다.

앞이 보이지 않는 혼돈 속에서 스스로의 의지로 길을 찾아내야만 한다.

하지만 지금 당장은 그것보다 더 눈길이 가는 일이 있었다.

"하필이면 이렇게 어수선할 때 움직이다니, 미국 놈들……."

책상 위에 놓인 태블릿에 뜬 보고서에는 중대한 정보가 언급되어 있었다.

서용우의 정체가 0세대 각성자임을 알아낸 미국이 움직였다.

다니엘 윤에게는 참으로 고약한 타이밍이었다.

지금은 전 세계가 신경이 곤두서 있다.

언제 어디서 8등급 몬스터를 포함한 초대형 게이트가 열릴지 모르기 때문이었다.

그런데 이런 때 한국 정부와 협상을 마치고 서용우와 접촉을 시도하다니······.

"게다가 브리짓과 휴고 스미스를 보내다니, 이걸 대체 어떻게 받아들이라는 거지, 카르타?"

다니엘 윤은 오늘자로 입국한 2명, 백인 여성과 거구의 라티노 청년의 사진을 보며 눈살을 찌푸렸다.

*   *   *

용우는 리사의 훈련에 많은 자원을 투자하고 있었다.

주로 시설이 완벽한 크로노스 그룹의 트레이닝 센터를 이용했지만, 비밀리에 처리해야 하는 일이 있을 때는 소멸한 게이트의 필드를 이용했다.

리사가 퇴원한 지도 한 달.

그녀는 업계 종사자들이 보면 믿을 수 없는 속도로 성장하고 있었다.

그것은 딱히 용우의 가르치는 능력이 출중해서는 아니다.

'난 역시 남을 가르치는 재주가 없어.'

용우는 그 사실을 자각하고 있었다.

사실 그의 기량 중에 연구와 훈련 같은 정상적인 학습 과정으로 만들어진 부분은 얼마 없다.

심지어 재능도 마찬가지다.

그럼 대체 어떻게 이렇게나 강해질 수 있었을까?

어비스에 떨어져서 살아남았기 때문이다.

그곳에서 수많은 인간을 죽여왔기 때문이다.

어비스는 인간이 인간을 죽일 때마다 강해지는 곳이었다.

인간을 죽일 때마다, 죽은 인간을 이루던 근본적인 힘의 일부를 얻는다.

그 힘은 한 가지로 정의하기 어려운 복합적인 것이었다.

알기 쉬운 부분이라면 마력이 있다. 인간을 죽일 때마다 그들의 마력 일부를 흡수해서 마력 기관이 강해진다.

하지만 그것만은 아니었다. 그들이 어비스에서 생존한 시간 동안 누적한 것, 예를 들면 전투기술이나 특수한 재능이 발현된 결과물 같은 것도 얻을 수 있었다.

용우의 경이로운 마력 통제력은 재능에서 기인한 것도 아니고 노력으로 이룬 것도 아니다.

인간을 죽여서 그들이 이루어낸 것을 흡수하는 일이 누적되면서 도달한 경지다.

'나는 나만이 해줄 수 있는 일을 해주고, 나머지는 전문가에게 맡긴다. 그게 제일 나은 방법이야.'

그리고 지금의 대한민국은 돈과 인맥만 있으면 최고의 훈련 시설과 가르치는 데 이골이 난 전문가들을 붙여줄 수 있었다.

리사는 주기적으로 마력 시술을 받았고, 헌터가 되기 위한 다방면의 전투기술 교육을 여러 전문가들에게 받고 있었다.

이 시점에서는 아직 용우가 그녀에게 해주는 것은 스펠 스톤을 공급해 주는 것 정도다.

어느 날 문득 리사가 물었다.

"선생님, 제가 배우는 것들은 괴물과 싸우는 법이에요."

"헌터가 되려면 익혀야 하는 것들이지."

"이걸로 사람과 싸울 수 있을까요?"

리사가 갈망하는 힘은 헌터로서의 힘이 아니다.

그녀는 팬텀을 파괴할 수 있는 힘을 원한다.

범죄 조직의 구성원들을 죽이고 그 조직을 파괴하며, 종국에는 그 배후에 있는 거대한 힘의 소유자까지도 파멸시키는 것이 그녀의 복수였다.

"넌 배울 게 아주 많아."

"……."

그녀도 알고 있었다.

용우가 잡아준 교육 스케줄은 굉장히 빡빡했다.

육체 강화 특성을 가진 각성자인 그녀가 다 소화하기도 전에 녹초가 되어버릴 정도로.

"지금 배우는 것들만 잘 배워도 범죄 조직 정도 박살 내는 건 아주 쉬운 일이 될 거야. 당장 사람과 싸우는 기술을 배우고 있다는 실감을 원한다면, 격투기를 추가해 줄까? 일단 몸이 어느 정도 만들어지고 나서 배우게 하려고 했는데."

"…아니, 괜찮아요. 선생님이 생각한 예정대로 진행해 주세요."

시퍼런 독기를 품은 리사도 지금보다 교육 스케줄이 늘어난다는 것에는 질색할 수밖에 없었다.

"그리고 나도 누군가를 제자로 키우는 건 처음이라, 좀 더 생각해 봐야 할 문제들이 있어. 지금은 너무 조급하게 생각하지 마. 마음이 급해봤자 몸이 그 마음 따라가 주는 건 아니니까."

"…예."

리사는 약간 풀 죽은 표정으로 고개를 끄덕였다.

문득 용우가 물었다.

"복수를 시작한다고 치면… 뭐부터 하고 싶어?"

"사장부터 죽여 버릴 거예요."

리사는 시퍼런 증오를 내보이며 말했다.

그녀가 팬텀에 납치당하게 된 계기는, 그 직전까지 일하던 식당의 사장이 매일 아침에 아니마를 섞어서 나눠준 건강 음료였다.

사장이 팬텀의 적극적인 협력자였는지 아니면 푼돈을 받고 연결되어 있는 정도였는지는 모른다.

리사는 그를 용서할 수 없었다.

"그거라면 지금 당장도 가능한데… 가볼까?"

"아뇨."

의외로 리사는 고개를 저었다.

"준비를 마친 후에 시작하고 싶어요. 그놈 하나만으로 끝내고 싶지 않으니까."

"그다음에는?"

"저 같은 사람들이 있는 연구소를 찾아내서, 거기에 있는 놈들을 다 죽여 버릴 거예요."

"몇 군데 알아두긴 했어."

용우는 미켈레와 엔조 모로에게서 팬텀에 대한 정보를 꽤 많이 알아냈다.

뿐만 아니다.

엔조 모로를 처치한 후에는 그가 집에 숨겨놨던 팬텀의 통합 관리 데이터까지도 얻어내었다.

아니마 제조 시설은 물론이고 주요 연구시설에 대한 것도 들어 있었다.

뿐만 아니다.

각국의 정부 인사와 기업체 등 팬텀과 관계를 맺고 돈을 제공하거나 편의를 봐주던 놈들이 누군지도 전부 들어 있었다.

'이놈들을 다 죽여 버리면 세상이 아주 재미있어지겠지.'

큰 충격이 세상을 덮쳐 혼란을 만들어낼 것이다.

하지만 용우는 그러거나 말거나 리사가 원한다면 이들 전부를 죽여 버릴 생각이었다.

그들의 입장 때문에, 그들이 쥐고 있는 무언가 때문에 무슨 짓을 해도 그냥 용서해 줘야 한다?

웃기는 소리다.

힘 있는 놈은 힘없는 약자에게 가혹한 짓을 저지를 때 아무 망설임 없이 저지른다.

하지만 힘없는 약자가 그 가해자에게 복수할 때는 그가 죽었을 경우에 생길 일을 걱정해 줘야 한다니 말도 안 되는 소리다.

복수자에게는 대안을 준비할 의무가 없다.

그런 건 가해자에게 권력을 쥐어준 자들이 걱정해야 할 문제다.

'네 증오가 과연 세상을 얼마나 바꿔놓을지……'

용우는 리사를 보며 생각했다.

'헌터로 실전 투입할 정도가 되려면 3개월 정도면 되겠지만…어느 정도 쓸 만해진다는 걸 1차 목표로 잡는다면 적어도 반년은 있어야겠지.'

리사의 성장 속도가 빠르다지만 실전에 투입할 정도가 되려면 아직 멀었다.

'문제는 허우룽카이를 그때까지 살려둘 수 있을지로군. 주제 파악 못 하고 설치지 말아야 할 텐데……'

용우는 구세록의 계약자들이 들었으면 어이없어했을 생각을 하고 있었다.

하지만 용우 입장에서는 당연한 생각이다.

그는 이미 팬텀의 주인 3명 중 2명을 처리했다.

이제 남은 것은 허우룽카이뿐이다.

용우는 웬만하면 그만은 리사를 위한 선물로 남겨두고 싶었다.

허우룽카이까지 죽여 버려도 팬텀이라는 조직은 남아 있을 것이다. 붕괴하기까지는 시간이 걸릴 것이고 리사가 차근차근 부숴 버릴 여지는 충분히 있을 터.

'그래도 역시 알맹이 없는 복수는 만족스럽지 못할 테니까.'

용우는 제자이자 장래의 팀원으로 선택한 리사를 위해 그 정도 성의는 보이고 싶었다.

*   *   *

"오빠."

늦은 밤, 불 꺼진 거실 소파에 앉아서 멍하니 창밖을 바라보고 있던 용우에게 우희가 다가왔다.

"음?"

"안 자고 뭐 해?"

"잠이 별로 안 와서."

그 대답에 우희가 옆에 앉으면서 조심스럽게 물었다.

"오빠, 혹시 하루에 몇 시간이나 자?"

"글쎄."

"거의 안 자는 거 아니야?"

"……."

용우는 바로 대답하지 못하고 잠시 뜸을 들였다. 하지만 결국 정직하게 대답하고 말았다.

"…그래도 두 시간 정도는 자려고 노력하고 있어."

"그러고도 몸이 버텨?"

"나는 그 정도가 컨디션 유지를 위한 마지노선이야. 사실 그만큼 자는 것도 힘들지만… 이런저런 방법을 동원하면 어떻게든 되긴 해."

"왜 힘든데?"

"……."

"아니, 미안해. 대답하지 않아도 돼."

용우의 대답을 짐작한 우희가 한숨 섞인 목소리로 말했다.

그녀도 마찬가지였으니까.

퍼스트 카타스트로피 이후로, 그리고 각성자 튜토리얼에서 돌아온 이후로 잠들기만 하면 악몽에 시달릴 때가 많았다.

살아오면서 쌓은 좋은 기억들은 다 빛바랜 추억이 되어버리고, 끔찍한 기억들만이 생생한 모습으로 눈앞에 어른거린다.

그것은 의지력으로 극복되는 문제가 아니다. 마음가짐만으로 그런 문제가 해결된다면 인간이라는 존재는 참 편하고 행복할 것이다.

시간이 지나면서 많이 나아졌던 우희의 그런 증상은 얼마 전에 팬텀의 납치 시도로 인해서 다시 심화되었다.

그 사건에 대해서 언론에서 호들갑을 떠는 바람에 우희는 공부에 전혀 집중을 못 할 정도로 신경이 곤두서 있었다. 약의 힘을 빌리지 않으면 좀처럼 제대로 잠들지 못한다.

우희는 슬며시 용우의 팔에 머리를 기대며 물었다.

"리사는 저래도 괜찮을까?"

"본인이 원한 일이야."

"그래도. 그렇게나 힘든 일을 겪고 이제야 사람답게 살 기회를 얻은 건데… 그런 애에게 굳이 싸우는 법을 가르치고, 사람을 죽이게 하는 게 옳은 일이야?"

용우는 리사와의 약속을 우희에게 말한 적이 없다.

하지만 우희는 리사와도 잘 지내고 있었고 용우가 모르는 고민을 서로 공유하기도 했다. 우희도 마음의 상처가 많은 사람이기 때문에 서로 잘 통하는 부분이 있는 것 같았다.

그러니 리사가 스스로의 소망을 우희에게 털어놓았다고 해도 놀랍지 않다. 용우가 그러지 말라고 한 적은 없으니까.

용우는 시선을 창밖에다 둔 채 말했다.

"옳고 그른 문제가 아니야."

"그럼?"

"그래야만 살아갈 수 있는 거야."

"……"

"리사가 평범하게 살아갈 수 있다고 생각해? 세상 어디엔가 자기를 지옥으로 처넣고 온갖 고통을 줬던 작자들이 멀쩡히 살아 있다는 걸 알면서?"

우희는 그렇다고 대답할 수 없었다. 스스로도 믿지 않을 거짓말이었으니까.

"다른 해답이 있으면 좋겠지. 다 잊고 행복해질 수 있는, 그래도 납득할 수 있는 방법이 있다면······."

용우는 말끝을 흐렸다.

그의 입꼬리가 비틀려 있었다. 말하다 보니 그것이 공허한 거짓말에 불과하다는 사실을 알았기 때문이다.

용우는 자신의 진심을 알고 있었다.

'그런 방법 따위는 필요 없어.'

모두가 하하 호호 웃으며 막을 내릴 수 있는 동화의 엔딩 같은 방법이 있다고 해도 거부할 것이다.

우희가 중얼거렸다.

"왜 이렇게 된 걸까."

"······."

용우가 대답하지 않은 것은 답을 몰라서가 아니었다.

자신도, 우희도 그 답을 너무나 잘 알고 있었기 때문이다.

2

평생 동안 비밀 속에서 살아가고 싶은 사람이 있다.

더 이상 누구에게도 그 비밀을 알리지 않고, 그저 조용히 무관심 속에서 잊힌 채 군중 속 얼굴 없는 한 사람으로 남고 싶은 사람이.

하지만 그는 그렇게 살아갈 수 없었다.

그가 해야만 하는 일들이, 할 수 있는 일들이…….

그리고 그가 품은 비밀이 그렇게 만들었다.

'영원히 지켜지는 비밀은 없다.'

용우는 딱히 그 말을 신봉하지는 않았다.

영원히 지켜지는 비밀도 있을 것이다. 사람들이 저 말이 진리라고 착각하게 만든, 지켜지지 못한 수많은 비밀들이 있을 뿐.

하지만 동시에 용우는 자신의 비밀이 영원히 지켜지지 않으리라는 것을 알고 있었다.

'결국은 이런 날이 오는군.'

용우는 아침에 자신의 휴대폰으로 날아온 메시지를 보며 생각했다.

억울하거나 화가 나지는 않았다.

오히려 생각한 것 이상으로 오랜 시간 동안 비밀이 지켜졌다고 생각한다.

비밀을 아는 자가 수십 명이 넘는 상황이었다. 그리고 조용히 산 것도 아니고 제로의 신분으로 그토록 비정상적인 활약을 해왔는데 비밀이 계속 지켜지길 기대하면 그것도 도둑놈 심보다.

정말로 비밀을 감춘 채 숨어 사는 것이 가장 큰 목적이었다면 헌터 일 따위는 하지 말고 조용히 일반인으로 살았어야 했다.

"처음 뵙겠습니다, 미스터 서. 아니면 제로라고 불러 드리는 편이 더 나을까요?"

용우는 조금 놀라고 말았다.

상대가 또박또박한 발음의 한국어로 말했기 때문이다.

외국인 관광객처럼 입고 있는 갈색 머리칼의 백인 여자는 키가 용우와 비슷할 정도로 크고 신체 비율이 좋았다.

"제로로 하지."

"알겠습니다."

브리짓이 고개를 끄덕였다.

'53명. 많이도 몰려왔군. 주변 건물을 전부 점거해 버렸어.'

용우는 주변에 숨어서 자신을 보고 있는 사람 수를 파악했다.

'각성자는 17명인가. 더 먼 곳에서 저격수가 대기하고 있을 가능성도 있지.'

원거리에 저격수가 대기하고 있다면 그것까지는 알 수 없다.

'시가지니 저격수 배치 가능 거리에는 한계가 있겠지만 그래도 주의해 두는 게 좋겠군. 한국 정부와 협상을 마쳤다고 하니 무력행사를 할 가능성은 낮겠지만……'

용우는 머릿속으로는 그런 생각을 하면서 여자에게 물었다.

"당신은?"

"미국 정보국의 대변자로 온 브리짓 카르타라고 합니다."

"CIA?"

"CIA는 미 정보국의 일부일 뿐이죠. 그리고 저는 정보국 소속이 아닙니다."

"정보국 소속이 아닌 사람이 정보국을 대변한다……. 미국은 그런 나라였나?"

"때에 따라서는 그렇습니다. 당신이 알던 때는 그렇지 않았던 것 같지만."

브리짓 카르타는 유창한 한국어로 말했다.

이 순간에도 용우는 그녀를 보통 인간에게는 불가능한 수준으로 관찰하고 있었다.

'속내를 감추는 데 능숙하군.'

부드럽게 웃고 있지만 그녀는 극도의 긴장 상태였다.

그리고 주변에 매복해 있는 자들의 상태는 더 심하다. 사소한 계기라도 생기면 폭발할 것 같았다.

그때 브리짓이 말했다.

"이렇게 초대에 응해주셔서 감사합니다. 당신이 편한 곳으로 모시고 싶은데, 원하시는 곳이 있습니까?"

"편한 곳이라. 그럼 근처의 건설 중단된 빌딩 꼭대기로 오도록. 여길 지나서… 저 교차로에서 오른쪽으로 꺾은 다음 1킬로미터쯤 죽 가면 나와."

"네?"

"안구에 핏발 세우고 노려보고 있는 인간들은 떼놓고 혼자 오도록 해."

용우는 그렇게 말하고는 그녀를 지나쳐서 걷기 시작했다.

"잠깐……."

하지만 용우는 그 옆으로 난 골목길로 돌아 들어가는 순간 사라졌다.

그의 뒤를 따라갔던 브리짓은 몸을 떨며 중얼거렸다.

"하, 0세대 각성자. 역시 하는 짓이 범상치 않군."

*　　　*　　　*

3개월째 공사가 중단되어 있는, 높다랗게 올라간 철골 뼈대가 앙상하게 드러난 빌딩 꼭대기는 용우가 좋아하는 장소였다.

용우는 정상의 철골 위에 앉은 채 도심의 풍경을 하염없이 내려다보고 있었다. 귀에 꽂은 이어폰을 통해 들려오는 2014년 당시의 히트곡들을 흥얼거리면서.

문득 그가 뒤를 돌아보며 말했다.

"헬기라도 몰고 올 줄 알았는데."

"한국 정부와 협상하긴 했습니다만 요란하게 행동할 생각은 없습니다."

올라오느라 힘들었는지 땀을 흘린 그녀가 후우, 하고 한숨을 쉬며 물었다.

"편한 곳으로 가자고 했더니 이런 곳을 고르는 사람은… 아마 당신이 처음일 것 같습니다."

"당신 개인적으로? 아니면 미 정보국 역사상?"

"후자입니다."

"그건 좀 괜찮군."

피식 웃는 용우에게서 조금 떨어진 곳에 선 브리짓이 말했다.

"기분 좋은 풍경이긴 하군요. 어지간해서는 올라와 볼 일이 없는 곳이기도 하고."

"용건은?"

용우는 그녀의 말을 받아주는 대신 단도직입적으로 물었다.

브리짓 역시 자연스럽게 그 대화의 흐름을 받아들였다.

"제로, 우리는 당신이 0세대 각성자라는 것을 압니다."

"그렇겠지. 나에 대해서 알아낸 지 얼마나 되었지?"

"확신한 건 3개월 전이라더군요."

"알아내고 나서 한국 정부와 협상하는 데 3개월이 걸린 건가?"

"그렇습니다."

"한국도 많이 컸군. 미국한테 그렇게 깐깐하게 굴 수 있다니."

"당신이 실종되었던 때와는 상황이 완전히 다르니까요."

"하긴 모든 게 달라졌지."

용우가 공허하게 웃었다.

15년이 지나는 동안 너무 많은 것들이 변했다. 아직까지도 적응이 안 될 정도로……

"그래서?"

"미국 정부는 당신이 한국 국적을 포기하고 미국으로 이민해 오길 바랍니다."

"거절이야."

용우가 심드렁하게 말했지만 브리짓은 웃음을 흐트러뜨리지 않고 물었다.

"조건도 안 들어보십니까? 꽤나 매력적인 조건이라고 자부합니다만."

"지금은 어떤 조건이든 들어볼 가치가 없어."

"안타깝군요. 하긴 당신은 한국에서 재산도, 입지도 충분히 다진 상황이니 굳이 국적을 옮기고 싶진 않겠지요."

브리짓은 전혀 안타까워하지 않는 기색으로 말했다.

"의외로 쉽게 포기하는군."

"이 문제로 당신을 끈질기게 설득해 봤자 반감만 살 것 같아서요. 플러스보다 마이너스가 크다면 굳이 집착할 이유는 없겠지요. 다만 나중에라도 우리의 제안이 유효하다는 것만 기억해 주시면 좋겠습니다."

"그러도록 하지. 용건은 그걸로 끝인가?"

"물론 아닙니다. 0세대 각성자인 당신이 쥐고 있는 정보를 거래하길 원합니다."

"대가를 알고 하는 말인가, 아니면 지금부터 협상해 볼 생각인가?"

"질답 시간에 대한 대가로 1시간에 100만 달러를 지불하죠."

100만 달러면 현재 환율로 10억 원쯤 되는 액수였다.

용우 입장에서는 괜찮은 제안이다. 이 나라에 딱히 애국심이 있는 것도 아니었고, 만약을 대비한 옵션으로 미국 정부와 관계를 맺어두는 것도 괜찮은 선택지였다.

"그렇게 말하는 걸 보니 전문가들이 대기 중인가 보군."

"일단 질문 리스트 정도는 뽑아 왔습니다. 전문가를 데려오는 건 협상이 성사된……."

그녀가 그렇게 말할 때였다.

통…….

철골을 타고 진동음이 울렸다.

용우의 시선이 아래쪽으로 향했다.

"분명히 당신 혼자만 오라고 했을 텐데."

"Shit."

지금까지 정중하게 한국어로 말하던 브리짓이 벌레 씹은 표정으로 욕설을 내뱉었다.

물론 그 욕설의 대상은 용우가 아니었다.

퉁…….

철골을 박차고 새처럼 날아오르고 있는 남자였다.

"헤이."

초인적인 움직임으로 거기까지 올라온 것은 키가 190센티를 넘는 거구였다.

흑발에 연한 갈색 피부, 그리고 어두운 청회색 눈동자를 가진 라티노 청년이 용우를 보며 씩 웃었다.

마치 먹잇감을 발견한 맹수처럼.

브리짓이 그를 쏘아보며 영어로 말했다.

"휴고, 내가 분명히 아래쪽에서 대기하고 있으라고 했잖아."

"오, 브리짓. 너무 잔인한 명령이잖아. 위험하다는 소문이 자자한 0세대 각성자와 너를 이런 곳에서 독대하게 놔둔다니… 무슨 일이 일어나도 손을 쓸 수가 없다고."

"넌 지금 내 일을 망치고 있어. 뿐만 아니라 미 정부의 일도 망치고 있는 거야."

휴고라고 불린 청년을 노려보는 브리짓의 시선은 얼음처럼 차가웠다.

그런 그녀에게 용우가 말했다.

"다음부터는 준비를 확실히 하고 나서 찾아와. 미국의 일 처리가 이렇게 개판일 줄은 몰랐군."

용우는 미련 없이 몸을 일으켰다.

그때였다.

"어딜 가시나?"

순간 휴고가 원숭이 뺨치는 몸놀림으로 철골을 잡고 점프, 용우의 앞에 내려섰다.

용우가 고개를 갸우뚱했다.

"브리짓 카르타, 이건 대체 뭐 하자는 짓이지?"

"오해입니다. 이건 어디까지나 그의 단독 행동으로 미 정부와는……."

"그럼 이놈, 죽여도 되나?"

"……."

용우가 아무렇지도 않게 던진 말에 브리짓이 얼어붙었다.

잠시 그녀를 바라보던 용우가 문득 손을 들어 올렸다.

브리짓과 휴고의 시선이 자연스럽게 그 손끝으로 향하는 가운데, 용우가 하늘을 향해 손가락 총을 쏘는 시늉을 했다.

퍼엉…….

그러자 하늘을 날고 있던 뭔가가 부서져서 추락하기 시작했다.

"광학미채도 구현되어 있었군. 하지만 아무리 소리를 죽여봤자 드론은 시끄러워. 물론 고고도 드론도 운용하고 있겠지만……."

미국이 용우와 브리짓의 상황을 파악하기 위해 띄워둔 정찰용 드론이었다.

놀랍게도 홀로그램을 이용한 광학미채 기술이 적용되어서 수십 미터 떨어진 지점에서 감쪽같이 하늘의 일부가 되어 있었다. 하지만 그 정도 거리에서는 용우의 감각을 피하는 것은 불가능했다.

"……."

그때까지 여유 만만하던 휴고의 표정도 굳어졌다.

'뭐야? 무슨 스펠인지 모르겠어.'

원거리 공격계 스펠을 썼다는 건 알겠다. 하지만 그가 아는 그 어떤 스펠도 저런 효과를 내지 못한다.

용우가 말했다.

"애비게일 카르타가 무슨 장난질을 계획한 건지는 모르겠는데… 미국의 입장을 대변할 거면 일 처리를 똑바로 했어야지. 그게 아니라 구세록의 계약자로서 내 앞에 나타나서 장난질을 하는 거라면 죽을 준비가 됐다고 받아들이겠다."

그 말에 브리짓이 흠칫했다.

"…역시 저에 대한 것까지 알고 있었군요."

"설마 모를 거라고 생각했나?"

용우가 조소했다.

*　　　　*　　　　*

미국의 구세록의 계약자는 애비게일 카르타라는 인물이다.

그녀는 현재 전 세계에 30명도 남아 있지 않은 1세대 헌터이며, 과거 미국 헌터 관리부 장관을 역임하면서 미국 헌터 업계의 판을 짠 인물이었다.

비록 정계에서는 물러났지만 그녀는 아직도 정부에 막강한 영향력을 끼치고 있다.

미국 헌터 관리부에 강력한 입김을 행사하는 민간 고문이며, 미국 대통령 직할의 각성자 부대인 팔콘 포스의 기획자이며 지금도 어드바이저 직함을 가졌다.

그녀의 손길로 만들어지고 관리되기에 팔콘 포스는 군부대이면서도 미국의 상위권 헌터 팀과 필적하는 실적을 보유하고 있었다.

그런 그녀의 현재 신분은 미국 헌터 업계의 3강 중 하나인 팀 가디언즈 윙의 CEO였다.

브리짓 카르타는 애비게일 카르타의 양녀이며, 대외적으로는 얼굴이 알려지지 않은 인물이다.

하지만 구세록의 계약자들은 모두 그녀를 안다. 심각한 PTSD에 시달리는 애비게일 카르타를 대신해서 구세록의 계약자로서의 전투를 행하고 있는 인물이기 때문이다.

'힘을 계승해 줬으면서도 구세록의 계약자로서의 위치를 유지하고 있는, 권한을 공유하는 독특한 케이스.'

미켈레나 엔조 모로는 어떻게 그런 일이 가능한 건지에 대해서 의구심을 품고 있었다.

'그리고 또 한 가지 의문은……'

용우가 몸을 돌려서 그녀에게 한 걸음 다가갈 때였다.

"멈춰!"

휴고가 깜짝 놀라며 용우를 붙잡으려고 했다.

놀랍도록 민첩한 동작이었지만 그 손이 붙잡은 것은 허공뿐이었다.

블링크로 공간을 뛰어넘은 용우가 그의 뒤를 점한 채로 맹수처럼 웃었다.

'휴고 스미스.'

3

미켈레나 엔조 모로는 휴고 스미스에 대해서도 의문을 품었다.

애비게일 카르타는 정보 공간을 비롯한 구세록의 접촉 권한은 스스로 쥐고 있으며, 성좌의 무기를 이용한 전투 능력은 브리짓 카르타에게 물려주었다.

그리고 휴고 스미스와도 연결 고리를 두고, 그가 일반적인 각성자의 규격을 넘어서는 힘을 가질 수 있도록 만들었다.

"브리짓 카르타, 첫 번째 협상 내용이다."

용우가 선언했다.

"난 이제부터 무조건 이놈하고 싸울 거다. 너희들에게 거부권은 존재하지 않아. 하지만 옵션을 제공해 주지."

"옵션?"

"이놈을 살려서 보내주는 데 2억 달러. 그리고 재기 불능으로 만들지도 않고 보내주는 데 다시 2억 달러."

"뭔 소리를 지껄이는 거야?"

휴고가 으르렁거렸다. 그는 한국어를 몰랐기에 용우가 하는 말을 알아들을 수 없었다. 하지만 자신을 보는 시선이나 여유만만한 태도가 신경을 건드렸다.

"어때? 할리우드 블록버스터 두 편 만들 돈으로 미국 헌터 업계의 슈퍼스타를 살릴 수 있다면 싸게 먹히는 셈이겠지?"

"……."

브리짓은 식은땀을 흘리며 용우를 바라보았다.

용우는 기다려 주지 않았다.

"내 시간은 네 시간하고는 비교도 안 될 정도로 비싸. 빨리 선택하라고."

동시에 공간이 진동하기 시작했다.

―일루전 큐브!

후우우우우!

용우를 중심으로 투명한 빛의 큐브가 형성되더니 순식간에 확장되어 갔다.

큐브가 확장하면서 휴고와 브리짓을 지나쳤지만 아무런 반응도 없다. 두 사람은 그 사실에 당황했다.

'허공장이 반응하지 않았어. 환영인가?'

휴고와 브리짓은 둘 다 체외 허공장 보유자였다. 그런데 아무런 반응도 없다니?

"보는 눈이 있겠지. 하지만 이젠 못 봐."

용우는 조금 전에 격추시킨 광학미채 드론 말고도 다른 관측 수단이 이곳을 향하고 있으리라 확신했다.

이제부터 이곳에서 하는 일을 기록당하고 싶지 않았다. 그렇기에 일정 범위 안쪽의 상황을 바깥에서 알 수 없도록 만드는 환영 스펠을 사용한 것이다.

구우우우웅!

이어서 공간 간섭계 스펠, 오버 커넥트가 발동하면서 허공에 새카만 구멍, 워프 게이트가 뻥 뚫렸다.

그리고 휴고가 자기도 모르게 거기에 시선을 주는 순간, 용우가 그 옆으로 블링크해서 그를 밀쳤다.

팍!

하지만 휴고는 그 짧은 순간에도 반응해서 용우의 공격을 막았다.

"제법이군."

용우는 감탄했다는 듯 웃었다.

펑!

그리고 폭음이 울려 퍼지며 휴고가 워프 게이트를 향해 튕겨나갔다.

"이, 이 자식……!"

휴고가 뭐라고 말하기도 전에 그의 몸이 워프 게이트 속으로 사라져 버렸다.

"10초만 열어두지."

용우는 놀리듯이 말하고는 워프 게이트로 들어갔다.

망연해져 있던 브리짓은 이를 악물고 그 뒤를 따랐다.

'휴고, 돌아가면 흠씬 두들겨 패주겠어!'

그런 흉악한 결심을 하면서.

*　　　　*　　　　*

용우는 이제 소멸한 게이트 안의 좌표를 다수 확보해 두었다.

그 말인즉 지구의 기술로는 관측할 수 없는, 비밀스러운 공간을 손에 넣었다는 뜻이다.

그 공간은 혼자 훈련할 때도 유용하지만, 역시 이런 때 유용하다.

쉬익!

용우가 워프 게이트를 통과하자마자 휴고가 공격해 왔다.

생각지도 못한 상황에서도 냉정하게 기다리고 있다가 소리 없이 기습을 가한 것이다.

게이트에서 나오는 용우의 바로 옆을 노리고 휴고의 주먹이 날아들었다.

―블링크!

하지만 용우는 공간 이동으로 피해 버렸다.

주먹이 허공을 가르자 휴고는 곧바로 몸을 돌리면서 팔을 휘둘렀다.

―라이트닝 블로!

용우가 블링크를 썼을 때 자신의 뒤를 점했던 것을 기억하고 한 행동이었다.

'뒤가 아니야?'

휴고는 뒤에 용우가 없다는 걸 확인하자마자 다음 행동을 선택했다.

파지지직!

체외 허공장이 펼쳐지면서 격심한 스파크가 일었다.

'거기구나!'

휴고가 스파크가 발생하는 지점으로 발차기를 날렸다.

투아아앙!

공기가 찢어지면서 두 사람이 서로 반대편으로 물러났다.

"이게······."

하지만 휴고와 격돌한 것은 용우가 아니었다.

"무슨 짓이지, 휴고?"

용우와 교섭할 때의 예의 바른 태도는 온데간데없이 흉악한 기세를 발하는 브리짓이었다.

구구구구구······.

그녀의 감정에 반응한 마력 파동이 주변을 뒤흔들었다.

흙먼지가 그녀를 감싸며 일어 오르는 것은 그녀의 분노가 유형화되어서 눈에 보이는 것만 같은 광경이었다.

"브, 브리짓?"

당황한 휴고가 침을 꿀꺽 삼켰다.

"잘들 논다."

그때 용우의 목소리가 들려왔다. 조금 전까지 한국어로 말하던 것과 달리 능숙한 영어로 말하고 있었다.

휴고가 목소리가 들려온 곳으로 고개를 돌려보니 용우가 뻣뻣한 자세로 웃고 있었다.

"혼자서 잘 노는군. 재미있었어, 아메리칸 슈퍼스타."

"날 아나 보군."

"얼마 전까지는 몰랐는데, 세계 최고 마력 보유 기록을 경신했다고 해서 알게 됐지."

휴고 스미스.

6세대 각성자인 그는 올해 포브스지에서 뽑은 헌터 업계의

TOP 헌터 100인방에서 5위에 랭크된 바 있는 정상급 헌터였다.

전투에 있어서 다방면에 유능한 최고의 스트라이커로 경력이 채 3년이 안 되면서도 50미터급 게이트 제압 작전에 2번이나 참가했다. 얼마 전에는 마력이 페이즈13으로 성장하면서 전 세계 최고 기록을 경신하기도 했다.

또한 그는 7세대에서도 넘을 수 없을지도 모른다는 소리를 들었던 기록을 세운, 전 세계 6세대 각성자 중 각성자 튜토리얼 최고 득점자였다.

"아메리칸 헌터 파이팅 토너먼트의 2연속 챔피언이라지?"

"그걸 알면서도 내 앞에서 자신만만한 거냐?"

"네가 혼자 노는 꼴을 보니 없던 자신감도 솟아날 지경인데."

"……."

용우의 빈정거림에 휴고의 얼굴이 붉어졌다.

"그리고 룰이 있는 게임에서 강하다고 해봤자 그게 내가 무서워해야 할 이유는 안 돼."

"그래. 어디 덤벼봐. 브리짓한테는 손가락 하나 못 댄다."

"……."

그 말에 용우의 표정이 묘해졌다.

휴고가 눈살을 찌푸렸다.

"왜?"

"아니, 뭔가 대단히 착각하고 있는 것 같은데… 여기서 두들겨 맞고 질질 짤 사람은 너밖에 없어. 브리짓 카르타는 그걸 보고 나한테 돈을 낼 사람이지."

"뭐?"

휴고가 당황해서 브리짓을 바라보았고, 브리짓은 한숨을 푹 쉬고는 말했다.

한국어로.

"4억 달러, 내겠습니다. 그걸로 이 무례는 잊어주시면 좋겠는데요."

"역시 미국이야. 화끈하군. 그 화끈함을 봐서 그렇게 해주지."

"대신 조건은……"

"물론 지켜준다."

휴고가 당황했다. 두 사람이 한국어로 떠들어대서 뭔 소리인지 알 수 없었기 때문이다.

"어, 잠깐만. 지금 무슨 이야기하는 거야? 응? 브리짓, 나한테도 설명해 줘."

"잘해봐. 0세대 각성자의 전투 데이터를 관측할 찬스를 아주 비싼 돈을 주고 산 거니까 아무쪼록 내 일을 망친 것만큼은 열심히 싸워주면 좋겠어."

"어, 어어?"

브리짓이 싸늘하게 말하자 휴고는 울상을 지었다.

그리고……

투학!

유유히 접근해 온 용우가 날린 호쾌한 발차기를 막은 휴고가 이를 갈았다.

"젠장! 뭐가 뭔지 모르겠지만 하여튼 네놈을 때려눕히면 된다는 건 안 변한 거지? 덤벼!"

휴고에게서 마력 파동이 폭발적으로 뿜어져 나오기 시작했다.

'제법이군.'

그것을 보며 용우가 싸늘하게 웃었다.

휴고는 마력의 통제력이 대단히 뛰어났다. 일전에 함께 작전을 수행했던 차준혁과 비등한 수준이니 천재라고 불리기에 부족함이 없다.

—멘탈 부스트!

휴고는 곧바로 달려들지 않고 인지 속도를 가속시키는 스펠을 걸었다.

그것만이 아니다.

—피지컬 부스트!

정신과 육체를 함께 가속시키는 고위 가속 스펠까지 걸고 용우에게 뛰어들었다.

그 속도는 이미 인간의 한계를 아득히 초월했다 일반인의 눈앞에서 움직이면 아예 궤적조차 좇을 수 없으리라.

휭!

그는 용우 앞에서 옆으로 방향을 틀더니, 다시 땅을 박차고 맹수처럼 뛰어들었다.

하지만 그렇게 가한 공격은 허공을 가른다.

휴고의 무시무시한 속도에도 불구하고 용우는 그의 움직임을 똑똑히 보고 있었기 때문이다.

파직!

용우는 피하는 것과 동시에 전광석화처럼 잽을 날렸다.

그 잽이 휴고의 허공장을 가볍게 두드려서 스파크를 터뜨리고……

쾅!

휴고가 반응하는 순간, 용우가 바로 그 지점에 킥을 때려 넣었다.

폭음이 울리며 휴고가 5미터나 튕겨 나갔다.

'컥, 뭔 위력이 이래?'

휴고는 허공장을 통해 전달되는 충격에 오싹해졌다.

용우는 별다른 준비 동작도 없이 대각선 궤도로 올려 차는 미들킥을 날렸다. 근데 그 위력이 휴고가 혼신의 힘을 다해 날린 라이트훅을 능가했다.

용우가 손가락을 들어 그를 가리키며 말했다.

"혹시 이게 격투기 시합이라고 생각하고 있나?"

"뭐?"

"룰이 있는 격투기 시합은 TV 카메라가 비출 때나 하도록 해."

동시에 용우의 손가락이 섬광을 발했다.

"잠깐……!"

─염동충격탄!

극초음속의 에너지탄이 날아들었다.

콰아앙!

굳이 총기를 통해서 증폭하지 않았는데도 엄청난 탄속이었다. 휴고는 피할 틈도 없이 직격당했다.

"반응속도가 상당하군."

하지만 용우는 감탄했다.

휴고가 그 짧은 순간에 스펠을 전개, 방어막을 펼쳐서 에너지탄을 막아냈기 때문이다.

가속 스펠을 중첩해서 걸고 있다는 점을 감안해도 놀라운 반응속도다. 용우가 지금까지 본 모든 각성자를 통틀어 최고였다.

"…진짜로 죽일 셈이냐."

휴고의 표정이 무섭게 굳었다.

용우는 굳이 오해를 정정해 주지 않았다.

미국의 차세대를 책임진다는 평가를 받는 헌터의 실력을 보고 싶었기 때문이다.

"그렇게 나온다면 나도 어쩔 수 없지."

각오를 굳힌 듯한 휴고에게 용우가 물었다.

"이제야 그런 소리가 나오나? 네가 가한 공격은 살의가 없어도 사람이 죽기에 충분한 위력이었는데?"

"체외 허공장이 있는 놈이 그 정도에 죽을 리가 없잖아."

휴고 입장에서는 충분히 힘 조절을 한 공격이었다는 뜻이다.

"브리짓이랑 무슨 이야길 한 건지는 모르겠지만……."

휴고의 눈이 빛났다.

"각오하는 게 좋을 거야."

그리고 그의 몸이 푸른빛으로 뒤덮여 간다.

'에너지 스킨.'

근접 전투계 각성자들이 즐겨 쓰는 방어 스펠이다.

그리고 휴고가 그다음에 보여준 것은 용우를 놀라게 했다.

우우우우우우!

휴고의 등 뒤에서 빛의 원이 나타났다.

그의 양쪽 어깨에서 뻗어 나온 빛의 선이 원형을 이루면서, 휴고의 마력이 그 안으로 집중되어서 고속 회전하기 시작한다.

"배틀 서클. 지구에도 구현한 놈이 있었군."

그렇게 중얼거리는 용우는 즐거워 보였다.

*　　　　*　　　　*

각성자들에게는 스펠은 아니지만 마력을 이용해서 특수한 효과를 내는 기술들이 존재한다.

그중에는 용우도 애용하는 촉진이 가장 대표적이다.

용우에게도 그런 기술들이 있어서, 예를 들면 엔조 모로와 싸울 때 총격의 위력을 증폭시켰던 빛의 고리도 그런 기술 중 하나였다.

마력을 추가적으로 소모해서 원거리 타격용 스펠의 위력을 증폭시키는 기술로 '사냥꾼의 축복'이라고 불린다.

배틀 서클은 마력 소모량이 커지는 대신 출력을 대폭 증가시켜 주는 기술이다. 단기전에는 최고의 기술이지만…….

'유행이 지난 지 오래이긴 하지만.'

어비스의 중반기쯤까지 유행했던 기술이다. 이후 또 다른 대응법이 확립되고, 보다 리스크가 적은 기술이 유행하기 시작하면서 묻혀 버렸다.

하지만 그 기술을 지구에서 보자 감회가 새로웠다.

지구의 각성자들은 놀랍도록 능숙하고 발전되어 있다.

그것은 문명의 힘이다. 마력 성장법, 훈련법, 그리고 컨트롤에 대해서도 최적의 효율을 보이는 방법이 이론화되어서 이미 최단 시간에 성장하기 위한 길이 결정되어 있는 것이다.

하지만 용우가 보기에 각성자 연구는 마력 컨트롤 분야에서는 의외로 정체되어 있다.

이것은 지구의 각성자들의 재능이 부족해서는 아니다.

그저 서로가 처한 환경에 따라서 절박하게 추구하는 가치가 달랐을 뿐이다.

어비스의 각성자들은 어떻게든 본인의 피지컬 이상의 파괴력을 낼 방법을 고심해야만 했다. 그러지 않으면 끝없는 전장에서 생존할 수 없었으니까.

하지만 지구의 각성자들은 그럴 필요가 없다.

그들의 전투기술은 맨몸으로 싸우는 것을 전제로 삼지 않는다.

첨단 전술 시스템을 십분 활용하며, 스펠의 위력을 증폭시켜주는 장비를 얼마나 잘 쓰느냐가 중요한 것이다.

배틀 서클은 마력 컨트롤을 극한까지 연구해야 발견할 수 있는 가능성의 일부였다.

4

용우가 웃었다.

"하하하, 멋진데."

"이걸 아나?"

"알지. 그건 네 스스로 개발한 건가? 아니면 미국에서 연구 프로젝트를 진행해서 개발한 건가?"

"말해줄 것 같아?"

"사실 어느 쪽이든 상관없어. 그 기술이 지구의 각성자에 의해서 구현됐다는 사실만이 중요하지."

용우가 어깨를 으쓱하는 순간, 휴고가 뛰어들었다.

―라이트닝 블로!

시퍼런 뇌전의 궤적이 허공을 불태운다.

쫘아아아아앙!

그 일격이 용우가 있는 지점을 꿰뚫었다.

"큭……!"

하지만 얼굴을 일그러뜨린 것은 휴고였다.

용우는 그 공격을 간단히 막아냈다.

자기도 라이트닝 블로를 발하면서 휴고의 혼신의 스트레이트를 잡아버린 것이다.

똑같은 스펠이 부딪치면서 상쇄되었는데 휴고는 고통을 느꼈고 용우는 눈썹 하나 까딱하지 않았다.

"자, 카운트다운이 계속되고 있을 텐데 멈춰 있어서 쓰겠어? 힘을 내봐."

"소원대로 해주마!"

휴고는 주먹이 잡힌 그대로 킥을 날렸다. 용우의 양다리를 잘라 버릴 기세로 내지른 킥이다.

쉬이익!

하지만 그 순간 보이지 않는 힘이 휴고를 붙잡고 옆으로 빙글 돌려 버렸다.

'어?'

눈앞이 빙글 돌자 당황한 휴고 앞에서, 용우는 제자리에서 한

바퀴 빙글 돌고 있었다.

이 또한 마력 컨트롤을 이용한 기예였다.

투학!

먼저 회전을 마친 용우가 손바닥으로 휴고의 몸통을 때렸다.

호쾌한 타격음이 울리며 휴고가 나가떨어진다.

퉁, 투두두둥!

연속으로 땅에 튕기는 기세가 일반인이라면 살아남기 어려워 보였다.

하지만 휴고는 어느 순간 주먹으로 땅을 쳐서 그 반동으로 바로 섰다.

―염동충격탄!

휴고가 주먹을 내지르자 그 궤적으로부터 푸른 에너지탄이 쏟아져 나갔다.

하지만 용우는 가볍게 몸을 틀어서 피하고는 휴고에게 접근해 가기 시작했다.

―마격탄!

그런 용우를 향해 휴고가 작은 에너지탄을 소나기처럼 쏴대기 시작했다.

콰콰콰쾅!

원거리 공격계 스펠 중에서는 최하급으로 분류되는 마격탄이지만, 휴고가 쏘아대는 것은 소총탄 이상의 위력이다.

일개 소대가 일제사격을 가하는 것 같은 화력으로 전방을 휩쓸었다.

'젠장! 뭐 이리 빨라? 아직 가속 스펠도 안 썼는데!'

하지만 용우는 빠르게 지그재그로 이동하면서 그 모든 공격을 피해 버렸다.

-피지컬 부스트!

그리고 어느 순간, 용우도 가속 스펠을 걸었다.

조금 전까지도 빨랐던 움직임이 휴고조차도 한순간 타이밍을 놓쳤을 정도로 가속한다.

'이런!'

휴고가 당황하는 순간, 측면으로 돌아간 용우가 뛰어들면서 주먹을 날렸다.

-라이트닝 블로!

쫘아아아앙!

그 일격을 휴고는 용우와 똑같은 방법으로 막아냈다. 마치 그때의 분풀이를 하듯이.

하지만 직후의 대응은 용우와 달랐다.

충격을 제자리에서 버티는 대신 그 반동으로 뒤로 뛰면서 손가락 총을 용우에게 겨누었다.

-염동충격탄!

그리고 1미터도 떨어지지 않은 지근거리에서 에너지탄을 쐈다.

쫘아아아앙!

용우도 피하지 못하고 직격당하면서 눈앞이 하얗게 물들었다.

'찬스!'

휴고는 이것으로 용우를 쓰러뜨렸다고는 생각하지 않았다.

그는 충격파를 허공장으로 막아내면서 주먹을 쥐었다.

파지지직!

휴고의 진짜 특기는 고속의 마력 컨트롤이다. 그보다 스펠을 빠르게 완성하는 자는 미국에 존재하지 않았다.

그것이 그가 미국 최고의 스트라이커로 불릴 수 있는 비결이었다.

―라이트닝 피어스!

뇌전의 칼날을 만들어서 타깃을 관통하는 스펠이, 혼신의 힘을 다한 스트레이트를 통해서 뻗어나갔다.

쫘아아아아앙!

뇌격이 폭발하면서 눈앞이 새하얗게 물들었다.

―인설레이트 필드!

그리고 그가 발한 뇌격이 목표를 관통하지 못하고 그대로 갈라져서 흩어져 갔다.

'이런……!'

휴고가 경악했다.

염동충격탄에 이은 혼신의 일격으로 용우의 허공장을 뚫었다.

하지만 용우는 그의 수를 미리 읽은 것처럼 최적의 방어 스펠을 사용했다. 전격을 차단해 버리는 방어막을 펼친 것이다.

파지지직!

그리고 용우의 손이 휴고의 허공장과 접촉했다.

격렬한 스파크가 일면서 휴고의 허공장이 순식간에 잠식되어 가기 시작했다.

"뭐, 뭐야 이건?"

휴고가 기겁했다.

그에게 있어서 허공장끼리의 다툼은 몬스터와 싸울 때만 경험할 수 있는 상황이었다. 그렇기에 때려서 뚫어야 하는 것이지 이런 식으로 잠식하는 것은 전혀 경험해 보지 못했다.

그가 당황하는 사이, 용우의 손이 허공장을 뚫고 들어왔다.

투학!

하지만 휴고는 호락호락 잡혀주지 않았다. 재빨리 몸을 빼내며 용우의 손을 쳐냈다.

그러나……

투학!

기다렸다는 듯 용우의 발차기가 그의 몸통에 꽂혔다.

"커억……!"

취약해진 허공장을 뚫고 충격이 전해져 왔다.

용우는 방어 위로 일격을 때려 넣고 속사포 같은 연타를 퍼부었다.

"까불지 마!"

휴고가 용우의 연타를 하나하나 쳐서 흘려내더니 이윽고 스트레이트를 넣었다. 용우가 그걸 피해서 더킹하자 그 순간 무릎차기가 날아든다.

팍!

용우는 양팔을 모아서 그것을 막아내고는 뒤로 튕겨 나갔다.

무릎차기의 위력에 날아갔다기보다는 스스로 몸을 날린 모양새였다. 휴고는 도망치는 대신 저돌적으로 뛰어들어서 맹공을 펼치기 시작했다.

'확실히 미국에서 알아줄 만하군.'

훌륭한 실력이다.

지구의 각성자들 기준으로는 최상급 피지컬에 마력을 다루는 감각도 천재적이었다. 격투 능력 또한 흠잡을 데 없이 뛰어났다.

마력이 대등했다면 제법 위협적이었을 것이다. 용우는 내심 그에게 아낌없는 찬사를 보냈다.

'성좌의 힘은 아주 희미하게 느껴진다. 하지만 성좌의 힘을 쓰는 걸로 보이진 않는데……'

휴고를 관찰하듯이 공격을 받아내기만 하던 용우는 어느 순간 반격에 나섰다.

투학!

용우의 주먹이 휴고의 몸통을 때린다.

"크윽……!"

팍!

용우가 귀찮은 쓰레기를 치우듯 휴고의 방어를 걷어내고 얼굴을 후려쳤다.

"으, 으아아아아!"

휴고는 스스로를 독려하듯이 고함을 지르며 반격해 왔다.

하지만 소용없다.

발차기가 반도 뻗어 오기 전에 용우는 그의 허벅지를 손바닥으로 눌러 버리고 몸통에 무릎차기를 찔러 넣는다.

'6세대 각성자가 벌써 페이즈13이라는 건, 확실히 미국만이 아니라 전 세계적으로 봐도 비정상적인 성장 페이스겠지. 역시 이

성장 페이스는 성좌의 힘과 관련이 있는 건가?'

그냥 공격만 가하고 있는 게 아니었다.

촉진을 통해서 휴고의 체내를 파악하고, 분석하는 작업을 병행하고 있었다.

"슬슬 타임 리미트군."

엉망진창으로 두들겨 맞고 헉헉거리는 휴고에게 용우가 말했다.

휴고의 어깨로부터 뻗어 나온 빛의 고리, 배틀 서클이 사라졌다.

이 기술은 출력이 폭발적으로 증폭되는 대신 마력 소모량은 그 이상으로 커진다. 단기전으로 승부를 보지 못한 시점에서 휴고의 패배는 예정되어 있었다.

'물론 단기전으로 갔어도 똑같았겠지만.'

휴고가 지금까지 버틴 건 용우가 그를 분석하고 싶어서 적당히 놀아줬기 때문이다. 죽일 생각으로 전력을 다했다면 초반에 끝났다.

"브, 브리짓⋯⋯."

가속 스펠들까지 풀린 휴고는 당장 쓰러질 것처럼 비틀거리고 있었다.

그러면서도 그는 브리짓이 있는 곳으로 이동, 그녀의 모습을 용우의 시야에서 가리면서 외쳤다.

"이놈은 위험해. 지금이라도 변신해! 내가 어떻게든 시간을 벌어줄 테니까!"

이미 너무 부어올라서 잘 보이지도 않는 눈으로 용우를 쏘아보면서.

"착각도 이 정도면… 멋지군."

용우는 어이없다는 듯 웃었다.

그리고 갑자기 이상한 감각이 휴고를 덮쳤다.

디잉…….

머릿속에서 종소리가 울린 것 같다.

동시에 마치 몸이 붕 떠오르는 것 같은 부유감이 그를 덮쳤다.

"뭐, 야……?"

자기 몸이 자기 몸이 아닌 것 같다. 마치 물에 빠져서 서서히 가라앉는 것 같은 감각에 사로잡힌 휴고는 그대로 쓰러지고 말았다.

"재미있었다, 아메리칸 슈퍼스타."

그것이 휴고가 기절하기 전에 마지막으로 들은 말이었다.

*　　　　*　　　　*

브리짓은 휴고가 쓰러지기까지의 과정을 똑똑히 지켜보았다.

'소름 끼치도록 철저해.'

브리짓은 워프 게이트를 통과해서 이 공간에 도착한 다음에 한 가지 사실을 깨달았다.

몸에 갖고 있던 전자 기기가 전부 망가져 버렸다.

그녀는 용우와의 만남에서 정보를 얻기 위해 초소형 카메라나 녹음 장치, 센서 등을 갖고 있었다. 그런데 워프 게이트를 통과하는 순간 그 모든 게 망가져 버린 것이다.

그렇기에 그녀는 모든 것을 자신의 눈으로 확인해야 했다.

'휴고를 완전히 갖고 놀았어.'

그녀는 이미 2년 전부터 구세록의 계약자로서 전투를 치러왔다.

어머니이자 스승인 애비게일 카르타는 그녀가 전투 능력 면에서는 전성기의 자신을 훨씬 뛰어넘었다고 평가했다.

하지만 그녀는 성좌의 힘으로 변신하지 않고서는 휴고를 당해낼 수 없다고 자평하고 있었다.

'그는 이미 구세록의 계약자를 두 명이나 죽였어.'

애비게일 카르타는 말했다.

"증거는 없단다, 아무것도. 하지만 모든 정황이 그렇다고 말해주고 있지. 그가 그 과정에서 무엇을 얻었을지는 완전히 예측 불허. 그에 대해서 파악하기 전까지는 절대 싸워서는 안 된다."

브리짓은 정말로 그런지 그의 힘을 직접 확인해 보고 싶었다.

그래서 브리짓 자신이 관련되면 앞뒤 분간 못 하는 휴고가 끼어들었을 때는 오히려 좋은 기회가 될 수도 있다고 생각했지만…….

'전혀 모르겠어.'

용우가 휴고를 농락하면서 두들겨 패 쓰러뜨리는 과정을 똑똑히 지켜보았다.

그런데 그의 진짜 실력이 어느 정도인지, 뭘 감추고 있는지는 전혀 모르겠다.

용우는 아무것도 보여주지 않았다. 그런데도 자신이 정한 조건을 전부 지키면서 휴고를 상대로 압승을 거뒀다.

'여기서 나를 죽이려고 한다면……'

브리짓의 등이 식은땀으로 축축해졌다.

만약 용우가 이미 자신에게 살의를 품었다면?

이곳으로 끌어들인 것 자체가 그녀를 살해하기 위한 함정이라면 어떻게 해야 하는가?

'휴고를 놔두고 갈 수는 없어.'

브리짓은 성좌의 힘을 쓰는 데 능숙하다.

변신하지 않더라도 성좌의 무기를 소환해서 그 힘의 일부를 끌어낼 수 있었다.

그 힘이라면 용우의 의표를 찔러서 휴고를 구출하는 것도 불가능하지는 않으리라.

"자."

그런데 그때 용우가 쓰러진 휴고의 몸 밑에 발을 끼워 넣더니 그대로 브리짓에게 던졌다.

190센티의 근육질 거구인 휴고를 발등에 얹어서 집어 던지다니, 말도 안 되는 괴력이다. 하지만 그런 걸로 놀라기에는 브리짓은 너무 많은 괴물들을 보아왔다.

"…이건 무슨 뜻으로 받아들이면 되는 겁니까?"

"난 약속을 지켰어. 혹시 그놈 치료도 내가 하라는 건가? 그럼 치료비는 따로 청구해야겠는데?"

"……"

"왜?"

왠지 놀란 듯한 브리짓의 표정에 용우가 심드렁하게 물었다.

브리짓은 한참 동안이나 탐색하듯이 용우를 바라보다가 말했다.

"…4억 달러 지출이 결정된 참이라 그건 사양하고 싶군요."

브리짓은 그렇게 말하면서 성좌의 무기를 소환했다.

파지지직……!

푸른 전광이 내달리면서 청백색을 띤 금속 사슬이 그녀의 오른팔에 휘감겼다. 끄트머리에는 빛 그 자체로 이루어진 무게 추가 달려 있는 사슬이었다.

이계의 일곱 성좌 중 하나, 뇌전의 사슬의 힘이 담긴 무기였다.

―리스토어 힐!

브리짓은 뇌전의 사슬의 힘을 끌어내어 치료 스펠을 사용했다. 그러자 휴고의 부상이 급속도로 회복되어 갔다.

용우는 그 과정을 흥미롭게 바라볼 뿐, 질문을 하거나 행동을 취하지 않았다. 브리짓은 그 사실이 오히려 신경 쓰였다.

"오늘은 이걸로 끝내지. 더 이야기를 하고 싶으면 내 통장에 4억 달러를 넣은 다음에 하자고."

용우는 브리짓이 휴고를 치료하자마자 텔레포트로 사라져 버렸다.

혼자 남겨진 브리짓은 한참 동안이나 굳어 있다가 긴 안도의 한숨을 내쉬었다.

"…살았군."

애비게일 카르타는 그녀에게 당부했다.

절대로 서용우와 적대하지 말라고.

브리짓은 존경하는 스승이자 어머니의 말씀을 무조건 지킬 생각이었다.

하지만 그러면서도 마음 한편에는 자신감이 있었다.

설령 일이 꼬여서 그와 적대하게 된다 해도, 자신은 그에게 당한 두 명의 구세록의 계약자처럼 호락호락하지는 않을 거라는 자신감이.

하지만 용우를 직접 만나보니 그 자신감이 흔적도 없이 사라졌다.

'저건 괴물이야.'

그녀가 보아온 각성자들과는 본질적으로 다른 무언가다.

브리짓은 그 사실을 뼈저리게 깨달았다.

"으윽……."

그때 휴고가 정신을 차리고 신음했다.

그는 눈을 뜨자마자 벌떡 일어났다.

"브리짓! 무사해?"

"……."

"다행이다. 그놈은 어떻게 된 거야? 혹시 그놈이 너한테……."

호들갑을 떠는 휴고를 빤히 바라보던 브리짓은 한숨을 푹 쉬었다.

"휴고."

"응?"

"이리 좀 와봐. 머리 좀 숙이고."

"응? 이, 이렇게?"

휴고가 그 말에 따라서 머리를 숙이자 브리짓이 그의 머리를 인정사정없이 쥐어박았다.

"크억, 무슨 짓이야?"

"원래 비 오는 날 먼지 나도록 패줄 생각이었는데 그걸로 봐줄게."

그 말에 휴고가 억울한 표정을 지었지만 브리짓은 코웃음을 쳤다.

"돌아가자. 일단 네가 사고 쳐서 뒷수습으로 4억 달러를 지출하게 됐다는 사실을 보고해야 하거든."

"어, 그러고 보니까 그 자식이랑 무슨 이야길 한 거야? 응? 그 자식 영어도 잘하는데 왜 한국어로 이야기한 건데? 혹시 그 자식이 너한테 흑심을 드러내거나 그런 건 아니지?"

휴고는 안절부절못하며 물어봤지만 브리짓은 한심하다는 눈길을 보내줄 뿐 싹 무시해 버렸다.

Chapter25

직접 대면

1

용우는 즐거워하고 있었다.

'브리짓 카르타, 쓸모 있는 패가 될 수 있겠어.'

미켈레와 엔조 모로가 말한 정보에 따르면 브리짓 카르타의 전투 능력은 탁월하다.

계승자로서 전장에 투입된 후로 채 1년도 지나지 않아서 애비게일 카르타의 전성기를 능가했을 정도다.

엔조 모로는 그게 가능했던 이유를 단순히 브리짓의 전투적 재능이 뛰어나서라고 보지 않았다.

브리짓 카르타가 5세대 각성자이기 때문이라는 것이다.

애비게일 카르타는 1세대 각성자로 알려져 있지만, 그것은 새빨간 거짓말이다. 대외적 활동을 위해 그렇게 위장했을 뿐이다.

그녀는 각성자 튜토리얼에 소환된 적이 없다. 구세록의 계약자들이 모두 그런 것처럼.

일반인이면서 구세록의 계약자가 되었고, 성좌의 힘으로 마력을 다룰 수 있게 되었을 뿐이다.

그에 비해 브리짓 카르타는 5세대 각성자로서, 성좌의 무기를 계승하기 전부터 뛰어난 전투 능력의 소유자였다.

'그 가설은 올바른 것 같군. 확신을 얻으려면 한 번쯤 싸워보는 게 확실하지만……'

사실 용우는 조금 고민했다.

거기서 브리짓 카르타를 공격해서 싸워볼 것인가, 아니면 그냥 적대적이지 않은 관계를 맺을 것인가.

하지만 지금의 용우에게도 브리짓 카르타와의 전투는 꽤 큰 리스크였다.

용우는 특유의 능력으로 최소한 브리짓에게는 자신을 향한 악의가 없음을 통찰했다.

저쪽에서 우호 관계를 맺으려고 하는데 굳이 그런 리스크를 질 필요는 없다.

그렇기에 용우는 그녀와 휴고를 그냥 보내주었다.

'역시 성좌의 힘은 절대치로 정해진 것이 아니다.'

용우는 빙설의 창을 연구하면 연구할수록 그 사실을 느끼고 있었다.

성좌의 무기에 담긴 거대한 힘은 증폭 장치에 가깝다.

단순히 1의 힘을 어느 정도 증폭한다는 식은 아니다. 상당히 복합적인 룰이 적용되고 있다.

하지만 사용자의 힘이 클수록 더 큰 힘을 끌어낼 수 있는 것만은 사실이다.

'남은 건 휴고 스미스의 고속 성장 부분인데… 이건 리사를 통해서 확인해 봐야겠지.'

용우는 현재는 봉인해 둔 성좌의 무기, 대지의 로드를 리사에게 주는 것을 고민하고 있었다.

어차피 성좌의 무기는 한 사람당 하나밖에 가질 수 없다.

하지만 그렇다고 아무에게나 주기에는 너무 위험한 힘이다.

무엇보다 용우 자신에게 위협이 될 수 있는 힘이기에, 용우는 단순한 팀원이 아니라 확실하게 신뢰할 수 있는 사람에게 그것을 줄 생각이었다.

그리고 현 시점에서 그런 사람은 리사뿐이다.

'백 사장님이 현역에 복귀한다면 또 모를까……'

하지만 백원태는 이제는 현역에 복귀할 만한 인물이 아니다.

그는 일개 헌터로서 전장에 나서서 싸우기보다는 자신이 가진 재력과 사회적 영향력을 이용해서 도움을 주는 쪽이 훨씬 가치 있다.

'하지만 아직은 일러.'

아직 리사는 거대한 힘을 감당할 준비가 되지 않았다.

용우는 일단 그녀와 성좌의 무기를 연결해서 성장을 가속시키는 방법을 연구해 볼 생각이었다.

'그리고 이걸로 권 박사 문제도 확실해졌군.'

용우는 브리짓, 휴고 두 사람과의 만남으로 인해서 그동안 품고 있던 미심쩍은 문제 하나를 확신으로 바꿀 수 있었다.

'이 문제는 내가 직접 처리하기보다는… 백 사장님한테 부탁

하는 게 낫겠지.'

용우는 그렇게 생각하며 백원태에게 전화를 걸었다.

*　　　*　　　*

팬텀의 납치 시도는 실패로 돌아갔지만 그 여파는 작지 않았다.

서울 도심 한복판에서 총격전이 벌어졌는데 조용히 넘어갈 수 있을 리가 없지 않은가?

게다가 납치 대상이 된 사람이 7세대 각성자 중에서도 주목받는 인물, 배틀 힐러 서용우의 여동생이라는 사실이 알려지자 관심이 폭발했다.

그 일 이후로 우희는 한동안 입시학원조차 가길 포기하고 집 안에 틀어박혔다.

기자들이 집 근처에서 대기하고 있는 것은 물론이고 집까지 찾아왔다가 경비원들에게 끌려 나간 것도 수차례였다.

그리고 전화번호는 또 어떻게 알아냈는지 집요하게 연락을 시도하는 놈들도 한둘이 아니었다.

"받아."

"응? 뭐야, 오빠?"

우희는 용우가 내민 신형 휴대폰을 받아 들고는 어리둥절해했다.

"새로 하나 개통했어. 네 휴대폰은 당분간 꺼두고 그거 써."

"…고마워, 오빠."

요즘은 휴대폰 없으면 인간관계 자체가 단절되어 버리는 시대다.

우희는 한마디 말도 안 했는데 새 휴대폰을 준비해 준 오빠의 배려가 고마웠다.

"아, 그리고……."

우희가 나갈 수 없기 때문에 나가서 뭔가 사오거나 할 때는 용우가 다녀오고 있었다.

처음에는 택배로 다 처리할 생각도 했지만 기자가 택배 기사로 위장해서 들어오는 바람에 직접 쇼핑을 하는 것으로 방법을 바꿨다.

용우도 얼굴이 알려지긴 했지만 우희와는 사정이 다르다. 집을 드나들 때는 텔레포트로 드나들었고, 사람이 많은 곳에 갈 때는 환영 스펠로 적당히 위장하고 다녔기 때문에 기자들은 바로 앞을 지나가는 그도 알아보지 못했다.

"고맙다고 전해달라더라."

용우는 병원에 입원해 있는 경호원의 말을 전해주었다.

총격에 맞고 쓰러졌던 경호원은 우희 덕분에 목숨을 건질 수 있었다.

"다만 경호업체는 손을 떼겠다는군. 위약금은 됐다고 했고, 경호원들한테는 추가로 보상금을 지급했어."

"잘했어. 사람이 죽었는데 위약금까지 받아내는 건 좀……."

경호원들은 최선을 다했다. 다만 그들의 능력으로는 어쩔 수 없는 사태였을 뿐이다.

"다만 김경숙 씨는 혹시 개인적으로 고용해 줄 의사가 있냐고 물어왔어."

"경숙 씨가?"

우희가 놀라서 눈을 휘둥그레 떴다.

북한 난민 출신인 김경숙은 경호원 중에서는 가장 우희에게 친숙한 인물이었다.

늘 같이 다녔기 때문이기도 하고, 이번 사태에서도 그녀가 아니었다면 용우가 손을 쓰기 전까지 버티지도 못했을 것이다.

그래도 그녀가 굳이 우희의 경호원으로 고용되길 바라는 건 좀 의외였다. 마지막에는 팔라딘에게 죽을 뻔하지 않았는가?

"팀원 중에 일을 그만두겠다는 사람도 있어서 당분간 일이 없다는 통보를 받은 모양이야. 하지만 일을 쉬기에는 형편이 별로 좋지 않은 것 같더군."

김경숙은 북한에서 탈출할 때 가족뿐만이 아니라 여러 사람들과 함께 탈출했다. 남한에 정착한 후로는 그녀처럼 그 공동체에서 경제활동이 가능한 사람들이 나머지를 부양하고 있었다.

공동체의 인원이 17명이나 되고, 한창 교육비가 들어가는 아이들도 있어서 수익이 절실한 상황이었다.

사정을 들은 우희가 고개를 끄덕였다.

"나는 좋아. 경숙 씨가 옆에 있으면 든든할 것 같아."

"그럼 고용하도록 하지."

용우 입장에서도 그녀가 우희 옆에 있는 편이 든든했다.

솔직히 김경숙 한 명으로는 불안하지만 새로 계약할 만한 경호업체를 구할 때까지는 그나마도 감지덕지다.

게다가 이번 사태가 워낙 크게 이슈가 되어서 경호업체들이 계약하겠다고 나설지가 의문이었다.

'우희에게 호신책을 줘도 한계가 명확하고……'

용우는 꾸준히 우희를 강하게 만들어왔다.

지금의 우희는 보유한 스펠이나 마력을 보면 헌터 업계에서도 충분히 귀한 대접을 받을 정도다. 하지만 그녀의 정신은 전투에 맞지 않았다.

용우가 그 문제에 대해서 고민하고 있는데 리사가 물었다.

"저기, 선생님. 제가 언니를 따라다니면 안 될까요?"

생각지도 못한 이야기였기에 용우가 놀라서 그녀를 바라보았다.

"진심이야?"

"네."

팬텀이 우희를 납치하려고 한 것은 리사에게도 충격이었다.

같이 지낸 지는 얼마 안 되었지만 리사는 우희에게 정이 들었다. 우희가 증오스러운 팬텀에게 큰일을 당할 뻔했다는 사실을 알게 되자 활화산 같은 분노가 치솟았다.

"마음은 고마워. 하지만 안 돼."

"왜요? 제 정신적인 문제 때문인가요?"

"아니, 아직은 이르기 때문이야. 넌 아직 한 사람 몫을 한다고 볼 수 없다."

리사의 잠재력은 대단히 뛰어나다. 그러나 잠재력은 끌어내지 않으면 의미가 없다.

아무리 뛰어난 피지컬을 갖고 있는 인간이라도 싸우는 기술을 배우고 훈련해서 완숙해지기까지는 시간과 노력이 필요한 법이다.

리사는 뛰어난 재능의 소유자였지만, 아직까지는 주어진 힘조차 제대로 다루지 못하는 미숙련자일 뿐이다.

"괜찮겠다 싶을 때부터는 부탁하도록 할게."

"네."

리사는 풀 죽은 모습으로 고개를 끄덕이고는 청소기를 돌리기 시작했다.

                    *   *   *

사흘 후, 용우는 텅 빈 카페에서 브리짓과 마주 앉아 있었다.

"미국은 일 처리가 빠르군."

오늘 아침에 4억 달러가 계좌로 들어온 것을 확인했다.

브리짓은 4억 달러가 입금이 되자마자 메시지를 보냈는데, 한국 정부와도 이야기가 되어서 완전히 합법적으로 처리된 돈이니 걱정 말라는 내용이었다.

브리짓이 말했다.

"최대한 빨리 처리하도록 노력했습니다만 이것저것 절차가 많아서 늦어졌습니다. 그런데 여기는… 통째로 빌리신 겁니까?"

"그래. 또 드론이 보이면 때려 부수고 싶어질 것 같아서."

"……"

용우의 한마디에 브리짓의 말문이 막혔다.

알기 쉬운 경고였다. 어설픈 장난질은 더 이상 봐주지 않겠다고.

4억 달러라는 어마어마한 금액도 그의 입장에서는 '이런 짓을 해놓고 나랑 괜찮은 관계를 이어가고 싶으면 이 정도는 내야지?'라는 제스처에 불과했다.

용우가 말했다.

"뭐부터 이야기할까? 미국 정보국의 대변자로서의 이야기? 아니면 구세록의 계약자로서의 이야기?"

"일 이야기부터 하겠습니다."

브리짓은 고민하지 않고 우선순위를 결정했다.

"일전에 말씀드린 대로 질답 시간에 대한 대가로 1시간당 100만 달러를 지급하겠습니다. 그리고 필요할 경우 미국에서 당신을 고용하고 싶습니다만⋯⋯."

"그것도 한국 정부와 협상을 마친 부분인가?"

"예. 하지만 조건은 당신과 직접 협상해야 합니다."

"파견료를 기본 1억 달러로 설정하고 시작하지. 작전 성과에 따른 수익에 대해서는 이제부터 이야기를 해봐야겠고."

"⋯⋯."

"왜? 비싸게 느껴지나? 최신예 전투기 한 대보다도 싼 가격인데."

"하긴 그렇지요. 그걸로 끝이 아니라는 게 문제입니다만."

"미국에서 군이 나를 부른다면 예상이 빗나간 위기 상황이거나, 작전 시작 전에 이미 미국의 헌터 전력만으로는 해결할 수 없다고 판단한 상황이겠지. 그런 상황에 내가 미국까지 날아가게 만드는 비용이 1억 달러면 너무 저렴하지 않을까? 내 입장에서는 공익적인 면을 고려해서 저렴하게 책정한 건데."

"양보할 수 없는 선이라는 거군요."

"그래."

용우는 입장을 분명히 했다.

그리고 그것을 기준으로 하여 용우와 미국의 관계를 설정하는 협상이 별문제 없이 진행되었다. 브리짓은 용우가 말하는 조건을 거의 반박 없이 수용해 주었기 때문이다.

'엄청 무리한 조건을 던졌다고는 생각하지 않지만… 이 여자, 별로 열심히 협상을 할 생각이 없군.'

용우도 딱히 미국과 척을 질 생각이 없기 때문에 자기 나름대로는 충분히 괜찮다고 생각하는 조건을 던졌다.

물론 다른 사람들이 본다면 개인이 국가와 그런 조건으로 계약을 한다는 것은 엄청나게 어이없는 일일 것이다. 하지만 지금 협상이 이루어지고 있다는 것은 실제로도 그만한 가치가 용우에게 있다는 뜻이다.

브리짓이 말했다.

"미 정보국의 대변자로서의 일은 이걸로 된 것 같습니다. 질답 시간에 들어가기 전에, 구세록의 계약자로서 이야기하죠."

"그럼 내가 먼저 묻지."

용우는 고개를 삐딱하게 갸우뚱하며 물었다.

"너희는 내 적인가?"

"……."

순간 브리짓은 섬뜩한 기분을 느꼈다.

용우는 심드렁한 표정을 짓고 아무렇지도 않게 물어봤을 뿐이다. 그런데 무성의하게 툭 던진 것 같은 그 한마디 질문이 그녀에게 어마어마한 부담감을 안겨주었다.

"아닙니다."

"그건 구세록의 계약자 전원의 입장인가, 아니면 애비게일 카르타의 입장인가?"

"후자입니다."

"너희들의 의지는 제각각이라고 말하는 건가?"

"그렇습니다."

브리짓 카르타는 차분하게 설명했다.

"구세록의 계약자가 공유하는 건 일종의 시스템입니다. 서로가 시스템의 축이라는 사실을 인지하고, 시스템의 목적을 위해 힘을 합칠 뿐이지 그 이외의 문제에 있어서는 제각각 다른 입장을 갖고 있습니다."

"외부인이 그 시스템의 일원을 죽여 버려도 신경 쓰지 않을 정도로?"

"……."

용우가 이죽거리며 던진 물음에 브리짓의 말문이 막혔다.

그러나 브리짓은 이 문제에 대해서도 이미 해답을 준비해 둔 터였다.

"잠깐 이야기 괜찮으시겠습니까?"

"누구와?"

"어머니께서 준비하고 계십니다."

그녀가 어머니라 부르는 것은 물론 애비게일 카르타일 것이다.

"좋아."

용우의 대답을 듣자마자 브리짓이 휴대폰을 들어서 전화를 걸었다.

그러자 바깥, 좀 떨어진 곳에서 대기 중이던 검은 정장의 요원들이 17인치 사이즈의 노트북을 들고 와서 용우 앞에다 세팅해 주었다.

"영화에서나 보던 짓을 하는군."

용우가 중얼거리자 브리짓이 몸을 일으켰다.

"그럼 잠시 후에 뵙겠습니다."

그녀가 다른 요원들과 함께 카페에서 나가자 노트북 화면에 한 사람이 나타났다.

30대 초중반 정도로 보이는 백인 여성이었다. 금발 단발머리에 푸른색 눈동자를 가진 그녀가 입을 열었다.

양녀인 브리짓 카르타와 마찬가지로 유창한 한국어였다.

[처음 뵙겠습니다, 0세대 각성자. 애비게일 카르타입니다.]

미국을 수호해 온 구세록의 계약자, 뇌전의 사슬의 주인 애비게일 카르타가 용우와 마주했다.

2

애비게일 카르타.

미국 헌터 업계의 전설적인 영웅.

사실상 미국의 헌터 업계를 만들어낸 인물이며, 그녀가 확립한 헌터 업계의 시스템은 전 세계 헌터 업계의 레퍼런스로 통용될 만큼 선진적이었다.

현재는 미국의 최상위권 헌터 팀 가디언즈 윙의 CEO이며 미국 대통령 직할의 각성자 부대인 팔콘 포스의 어드바이저로 활동 중이다.

하지만 그것은 모두 겉으로 드러난 이야기에 불과하다.

그녀는 미국만이 아니라 인류를 파멸로부터 지켜왔고, 마음만 먹으면 미국을 뜻대로 움직일 수 있는 어둠의 실세였다.

용우는 잠시 화면 속의 그녀를 바라보다가 물었다.

"젊음도 당신들에게 주어진 특권인가?"

생뚱맞게 들리는 질문일 것이다. 그러나 애비게일 카르타는 당황하는 기색 없이 대답했다.

[예, 그렇습니다. 심지어 그날, 나이 든 사람은 젊어지기까지 했고 그 후로 몸의 노화가 아주 천천히 진행되고 있지요.]

"그랬군. 그런데 직접 나를 보자고 한 이유는?"

[제 입장을 확인하고 싶어 하지 않으셨습니까?]

"그랬지. 하지만 너희들이 무슨 말을 한들……."

[이쪽으로 오시겠습니까?]

"……."

차분한 애비게일 카르타의 물음에 용우는 눈살을 찌푸렸다.

[원하신다면, 문을 열겠습니다. 함정을 의심한다면 제가 그쪽으로 가지요.]

"여기서 보지."

[알겠습니다. 잠시 기다려 주시지요.]

애비게일 카르타는 그렇게 말하고는 영상통화를 끊었다.

'텔레포트군. 브리짓 카르타를 공간 좌표로 삼은 건가?'

용우는 가까운 곳에서 공간 이동의 조짐을 감지했다.

잠시 후 카페 문이 열리며 검은 정장을 입은 그녀가 들어왔다.

"앉아도 되겠습니까?"

용우가 고개를 끄덕이자 애비게일 카르타는 브리짓이 앉았던 자리에 앉았다.

용우가 말했다.

"제법 용감하군."

"그래야 할 때가 많았으니까요."

애비게일 카르타가 빙긋 웃었다.

그녀 입장에서는 맨몸으로 사자 앞에 나선 기분일 것이다. 성좌의 힘을 끌어내지 않은 상태에서는 용우에게 한순간에 살해당할 수도 있으니까.

'가짜는 아니야.'

용우는 그녀가 대역이 아닌 진짜 애비게일 카르타임을 확신했다.

다른 건 몰라도 그녀의 몸속에 있는 성좌의 힘은 속일 수 없다.

"제 입장을 궁금해했다고 들었습니다."

"그래."

"당신은 이미 우리 중 두 명을 죽였죠. 그리고 아마 또 한 명을 죽일 예정이겠지요. 오히려 왜 허우룽카이를 내버려 두고 있는지 궁금하군요."

애비게일 카르타는 진심으로 궁금하다는 듯 물어보았다.

용우가 심드렁하게 말했다.

"말해줄 이유는 없는데?"

"확인차 물어보고 싶습니다. 나도 죽일 생각입니까?"

"……."

너무 단도직입적인 질문이라 잠시 용우의 말문이 막혔다.

"나는 당신을 적대하고 싶지 않습니다. 구세록의 계약자가 두 명이나 사라진 시점에서 내가 당신과 싸워서 둘 중 한 명이 죽는 것은 인류적인 손실이니까요."

"싸우면 이길 자신이 있는 것 같군?"

"아니요. 무조건 당신이 이기고 나는 살해당하겠지요."

막힘없는 애비게일 카르타의 대답에 용우는 잠시 말문이 막혔다.

'이 여자, 무슨 생각을 하는 거지?'

악의는 느껴지지 않는다. 그녀는 용우에게 일말의 적의조차 품고 있지 않다.

하지만 생각을 읽기 어렵다. 그녀는 대체 무슨 생각으로 이 자리에 앉아 있는 것일까?

애비게일 카르타가 말했다.

"나는 중증의 PTSD입니다. 전사로서는 더 이상 쓸모가 없어요. 그래서 브리짓을 후계자로 삼은 겁니다."

"들었다. 9등급 몬스터에게 패배하는 과정에서 더 이상 싸울 수 없게 됐다고."

미켈레와 엔조 모로를 통해서 알아낸 사실이었다.

애비게일 카르타가 차분하게 말을 이었다.

"만약 당신의 살의가 팬텀 관계자 셋만이 아니라 우리 모두를 향해 있다면, 부탁드리고 싶은 게 있습니다."

"뭐지?"

"나를 죽여도 좋습니다. 하지만 브리짓과 휴고는 살려주십시오."

"……."

"최초에 구세록과 계약한 것도, 세계를 지킨다는 명분으로 손에 피를 묻혀온 것도 납니다. 브리짓은 내가 구해주고 키워준 은혜 때문에 나를 따를 뿐, 이면에서 일어난 일들에 대해서는 알지도 못하고 책임도 없습니다. 그리고 무엇보다 그 두 사람은 인류를 위해 필요한 인재입니다."

자신의 죽음을 이야기하면서도 담담한 그 태도는 억지로 연기하고 있는 게 아니었다.

용우는 그녀가 죽음을 각오했음을 깨달았다.

'아마도 아주 오래전부터…….'

그녀에게서는 죽음을 각오한 사람 특유의 절박함과 날카로움이 보이지 않았다.

용우는 그런 느낌이 낯설지 않았다. 몇 번이나 본 적이 있다.

애비게일 카르타가 말하는 태도는 마치 아침에 일어나 세수를 하는 것처럼 일상적인 느낌마저 들어서, 보고 있노라면 기괴해보일 정도였다.

그것은 너무나 오래된 각오이기 때문이다.

처음 품었을 때의 날카로움 따위는 망가진 정신의 파편들과 함께 어디론가 사라져 버린 후다.

아마도 애비게일 카르타는 자신이 살아 있음조차 실감하지 못하고 있으리라.

삶을 실감하지도 못하는 자에게 죽음이 두려운 것일 리가 없지 않은가?

"내가 너희들에게 살의를 품는다면, 그 이유는 뭘 거라고 생각하지?"

"두 가지 가능성이 떠오르는군요."

애비게일 카르타는 허공을 올려다보며 대답했다.

"일단 팬텀과 상관없이, 미켈레와의 충돌을 빚은 시점부터 우리들 전부를 적으로 확정 지었을 경우."

서로 죽고 죽이는 싸움을 시작하면 적 조직 내부에 무슨 사정이 있든 고려해 줄 이유가 없다. 전부 같은 그룹으로 묶어서 처부술 뿐.

애비게일 카르타 입장에서 생각해 보면, 서용우가 일단 적으로 규정한 조직과는 무조건 끝장을 보는 타입일 가능성은 충분하다.

"또 하나는, 0세대 각성자인 당신이 보기에 우리가 성좌의 힘을 가진 것 자체가 용서할 수 없는 일일 경우. 개인적으로는 이쪽에 무게를 두고 있습니다."

대실종으로 사라진 24만 명은 일종의 제물이었다.

그들의 희생으로 인류가 맞이해야 할 게이트 재해가 줄어들었으며, 각성자 튜토리얼이 열렸다.

그리고…….

"우리가 가진 성좌의 힘도 그것과 관련되어 있겠지요."

구세록의 계약자들은 구세록을 처음 접하고 계약을 맺은 순간에 힘을 얻은 게 아니다.

그때부터 그들에게는 정보 공간을 비롯한 권능이 주어지긴 했지만, 성좌의 무기와 압도적인 무력이 주어진 것은 퍼스트 카타스트로피가 시작된 후였다.

"그렇다면 당신이 우리에게 살의를 품을 수도 있다고 생각합니다. 당신의 입장에서는 우리는 그곳에서 희생된 목숨의 수혜자일 테니까요."

"괜찮은 추리로군."

"제 가설 중에 정답이 있습니까?"

"음……"

용우는 잠시 고민했다. 애비게일 카르타의 냉정한 통찰이 인상 깊게 다가왔다.

"그런 생각이 없었던 건 아니지만 지금은 생각이 달라졌다."

"어째서입니까?"

"너희들도 역시 거대한 계획의 부품일 뿐이라는 인상을 받았거든."

용우는 미켈레와 엔조 모로에게서 많은 정보를 캐냈다.

둘에게서 얻은 정보를 취합해 본 결론은, 사실 구세록의 계약자들도 아는 게 많지 않다는 것이다.

물론 지구상의 누구보다도 많은 비밀을 알고 있겠지만, 그럼에도 진실에는 전혀 접근하지 못하고 있다.

"기본적으로 너희들이 인류를 지켜왔고, 아직까지는 필요하다는 점을 인정한다. 그래서 굳이 나와 싸우겠다고 덤벼들지만 않으면 죽일 마음은 없어."

"그렇군요. 다행입니다."

다행이라고 말하면서도 애비게일 카르타는 별다른 감정을 내보이지 않았다.

그녀는 잠시 생각하더니 말했다.

"그럼 우리는 협력관계가 될 수 있겠습니까?"

"있다. 서로 주고받는 게 확실하다면."

"뭘 원하십니까?"

"두 가지."

용우가 손가락 두 개를 펴 보이더니 하나를 접었다.

"내게 구세록을 보여줘."

"……."

"불가능한가?"

"가능합니다. 다만 보여 드릴 수 있는 것은 한 조각뿐입니다."

"조각?"

"구세록은 총 일곱 조각입니다. 일곱 개의 서버가 네트워크로 연결되어서 그리드 컴퓨팅 시스템을 구축한 것 같은, 그런 상태지요."

"너희들 각자가 하나씩 가졌다는 거군."

"그렇습니다. 제가 보여 드릴 수 있는 건 제 것뿐입니다."

"좋아. 그걸로 됐어."

용우는 남은 손가락 하나를 접으며 다음 조건을 말했다.

"성좌의 힘으로 각성자를 빠르게 성장시키는 방법을 알고 싶다. 없다고는 하지 마. 난 휴고 스미스를 봤다."

"그렇게 말씀하시는 걸 보니, 당신은 빙설의 창의 소유권을 손에 넣으셨군요."

"그래."

"대지의 로드의 소유권도 마찬가지입니까?"

"대답해 줄 이유가 없군."

"한 사람이 두 개의 성좌의 무기를 가질 수 있는가, 그건 우리 사이에서 해묵은 의문이었습니다. 우리는 서로에게 살의를 품었으면서도 상대를 죽여 버릴 경우 성좌의 무기가 영영 소실될 가능성 때문에 실행에 옮기지 못했죠."

애비게일 카르타는 쓴웃음을 지었다.

상대가 하는 일이 싫어서 죽여 버리고 싶다. 하지만 그를 죽여 버리면 자신이 발 디디고 사는 세상이 망해 버릴지도 모른다.

그래서 구세록의 계약자들은 오랫동안 적의로 가득한 연합 관계를 유지해 왔다.

하지만 그 관계는 결국 생각지도 못한 외부인에 의해 산산조각 나고 말았다.

"이것만 알려주십시오. 대지의 로드는 소실되지 않았습니까?"

용우는 잠시 생각한 다음 대답했다.

"소실되지 않았어. 분명히 존재하고 있다."

"다행이군요."

"이제 네가 대답할 차례다."

"방법은 간단합니다. 당신이 빙설의 창의 소유자가 되었다면, 성좌의 힘으로 빠르게 성장시키고 싶은 상대를 계승자로 설정하세요."

"그것만으로 된다고? 하지만 너는 브리짓과 휴고를……."

"한 번 계승자를 설정하면 돌이킬 수 없습니다. 구세록과 성좌의 무기에서 그 사실을 경고했기에 우리들은 섣불리 계승자를 만들 수 없었죠. 그래서 계승자를 설정한 사람만이 아는 정보인데, 계승자는 한 명만 설정할 수 있는 게 아닙니다. 제2후보와 제3후보도 미리 설정해 둘 수 있고, 현 소유주는 연결된 모든 존재의 권한을 세부 설정할 수 있습니다."

"미켈레와 엔조 모로는 계승자를 만들지 않았기 때문에 몰랐다는 건가?"

"예."

"……."

어이없는 맹점이었다.

애비게일 카르타가 말을 이었다.

"계승자로 설정한 다음에는 그 대상을 성좌의 힘으로 변신시켜야 합니다."

"변신시킨다고?"

"당신은 팬텀을 통해서 우리가 다른 인간에게도 그 힘을 부여할 수 있다는 사실을 알았을 겁니다. 팬텀이 구현한 그릇들은 특수한 연구 성과지만, 계승자로 설정된 존재라면 거부반응 없이 그 힘을 받아들일 수 있습니다. 주기적으로 그 일을 반복하는 것만으로도 계승자의 마력 기관은 마력 시술을 통한 일반적인 성장 속도보다 두 배 이상 빠르게 성장합니다."

"그 수혜는, 소유주 본인도 입을 수 있나?"

"물론입니다. 브리짓이 그 케이스지요."

"……."

용우가 눈살을 찌푸렸다.

'그 말대로라면 나도 수혜를 입었어야 한다. 하지만 내 회복 속도에는 딱히 변화가 없어. 변신을 거부했기 때문인가?'

용우는 성좌의 무기에 담긴 성좌의 힘이 자신의 마력 기관을 침범하는 것을 받아들이지 못했다. 그것은 실수였을까?

'모르겠군.'

용우가 고민할 때, 애비게일 카르타가 말했다.

"나는 한 가지 가설을 갖고 있습니다. 상당히 절망적인 가설이었죠."

"뭐지?"

용우가 의아해하며 묻자 애비게일 카르타가 용우를 탐색하듯이 바라보며 말했다.

"처음으로 9등급 몬스터와 싸웠을 때 떠오른 가설입니다."

"9등급 몬스터 상대로는 너희들의 승률은 절반을 조금 넘는다고 들었다."

"예. 그렇기 때문에 저는 한 가지 가설을 떠올렸습니다. 사실 구세록이 우리에게 준 이 힘은, 완전하지 않은 게 아닐까 하고."

"……."

용우의 표정에는 변함이 없었지만 내심으로는 크게 놀랐다.

'스스로도 그렇게 느끼고 있었단 말인가?'

용우에게는 어비스에서 본 성좌의 아바타라는 비교 대상이 있었다.

하지만 애비게일 카르타는 그 존재를 모르면서도 스스로 그런 의문을 품고 있었던 것이다.

'그렇다면……'

용우는 그녀의 가설에 흥미를 느꼈다.

서로 다른 곳에서 출발했음에도 의문은 동일했다.

그렇다면 답은 어떨까?

애비게일 카르타의 답은, 용우의 답과 같을까?

"구세록에 기록된 위기들은 한둘이 아니었습니다. 예를 들면 7세대 각성자들과 함께 예언된 대로 지휘관 개체와 군주 개체가 나타났고, 그들은 지금까지 보여준 모습보다 훨씬 흉악한 위협으로 자라날 잠재력을 가진 존재들이죠."

그에 비해 구세록의 계약자들이 가진 힘은 어떤가?

그들이 가진 것은 현실을 조율할 수 있는 권능이다.

7등급 몬스터를 힘으로 찍어 누를 수 있고, 힘을 모으면 8등급 몬스터도 충분히 잡아낼 수 있는 어마어마한 전투 능력이다.

하지만 7명 전원이 모여도 9등급 몬스터를 상대로는 승산을 장담하기 힘든 수준에 불과하다.

"구세록에 기록된 바에 따르면, 앞으로 열릴 문은 다섯 개가 더 남았습니다. 나날이 위협은 강해져 가는데 우리는 처음부터 정체되어 있었지요."

구세록의 계약자들의 힘은 퍼스트 카타스트로피 이후 조금도 변하지 않았다.

물론 기술적으로야 더 발전했다. 성좌의 무기에 잠재된 기능을 더 많이 알게 되었고, 더 능숙하게 활용하게 되었으니까.

하지만 힘의 총량은 전혀 변함이 없었다.

강해지지도, 약해지지도 않은 채 그대로였다.

"전 브리짓이 우리가 마땅히 찾아내야만 하는 선택지라고 생각했습니다."

성좌의 힘을 보다 강력한 각성자에게 물려주면 된다.

그것으로 세계를 수호하는 힘은 더욱 강해질 수 있다.

하지만 이 선택지를 일반화하기에는 너무 많은 현실적인 문제가 있었다.

구세록의 계약자들 대부분은 자신이 가진 힘이 곧 거대한 권력임을 알기 때문이다.

"내가 세계를 지켜왔다. 내가 아니었으면 세계는 이미 멸망했어."

그들은 스스로가 선택받은 존재들이라는 의식이 있었다.

자신이 세계를 지켜왔다는 절대적인 자부심이 있었다.

"오직 나만이 세계를 올바르게 이끌 수 있다. 내가 아니면 안돼."

누구도 할 수 없다. 나만이 올바른 길을 갈 수 있다.

그런 의식이 그들을 과거 인류 역사 속에서 수많은 이들이 빠진 함정에 빠뜨렸다.

"비밀을 공유할 사람을 찾는다는 건… 사막에서 오아시스를 찾아 헤매는 것 같은 과정이었죠."

그들이 짊어진 비밀은 무거웠다.

사랑하는 사람들에게는, 그들에게 그 짐을 나누어 지게 할까 봐 말할 수 없었다.

그렇지 않은 사람들에게는, 그들을 믿을 수 없기에 말할 수 없었다.

"내가 그럴 수 있었던 것은, 내가 올바른 신념을 가진 사람이라서가 아니었습니다. 절망했기 때문이죠."

그녀는 패배를 겪으면서 무참하게 망가져 버렸다. 자신이 쓸모없어졌다는 사실에 절망하고 말았다.

그리고 그 절망 속에서 한 사람을 만났다.

자신의 말이라면 목숨이라도 내줄 것 같은 사람, 브리짓을.

"나는 운이 좋은 사람이었습니다. 하지만 우리들 모두가 나처럼 운이 좋을 수는 없었어요."

그러니 계승자를 찾아 물려주는 것은 모두가 고를 수 있는 답이 아니었다.

그렇다면 구세록의 계승자들은 계속해서 강성해져 가는 적에게서 어떻게 인류를 지켜야 한단 말인가?

"당신의 존재를 알았을 때, 나는 당신이 바로 우리가 찾아 헤매던 답의 빠진 퍼즐 조각이라고 생각했습니다."

그 말의 뉘앙스는 미묘했다. 언뜻 용우가 자신들의 대체제가 될 수 있다는 의미로 들릴 수 있는 말이지만, 용우에게는 그렇게 들리지 않았다.

"무슨 뜻이지?"

"당신은 본래대로라면 존재할 수 없었던 0세대 각성자입니다."

애비게일 카르타가 용우를 똑바로 바라보며 물었다.

"당신이 가진 힘은, 원래 계획된 대로라면 우리에게 주어졌어야 할 힘의 일부가 아닐까요?"

Chapter26

비밀들

1

두 사람 사이에 침묵이 흘러갔다.

애비게일 카르타는 용우의 눈을 바라보며 기다렸다. 그의 입에서 대답이 나오기를.

"애비게일 카르타."

긴 침묵 끝에 입을 연 용우가 웃었다. 순간적으로 애비게일 카르타가 움찔했을 정도로 날카로워 보이는 웃음이었다.

"재미있군. 지구에서의 정보만으로 나와 같은 답에 도달하다니."

애비게일 카르타의 답과 용우의 답은 같았다.

용우는 그 사실에 전율했다.

"네 말대로다. 아마도 우리는 죽음으로써 하나의 의식을 완성하는 제물들이었으며……."

어비스의 각성자들은 서로 죽일수록 강해져 갔다.

그것은 마치 24만 명의 힘이 한 명에게로 수렴되어 가는 것 같은 과정이었다.

그렇다면 마지막 한 명이 죽었을 때, 그 한 명에게 수렴되었던 힘은 어떻게 될까?

더 이상 담을 그릇이 없는 힘은 그대로 흩어져 소멸해 버리는 것일까?

'아니. 그럴 리가 없다.'

용우는 자신이 회피한 결말을 상상할 수 있었다.

자신이 죽는 순간, 최후의 전장에는 그릇이 나타났을 것이다.

성좌의 아바타라는 그릇이.

인간의 목숨을 제물로 받고 강림하는 그 강대한 힘의 화신은 분명 용우가 죽었을 때도 강림했을 것이다.

어비스에서 가장 강대한, 마지막 제물의 힘을 담아내는 그릇의 역할로.

그릇에 담긴 힘은 분명 어비스가 아닌 다른 어딘가, 아마도 지구로 옮겨졌을 터.

"내가 살아남았기에, 너희들은 완전해지지 못했을 거다."

하지만 용우는 살아남았다.

예정된 의식은 불완전하게 끝났고, 최후의 생존자에게 모인 강대한 힘은 누구도 빼앗아갈 수 없는 채로 남았다.

용우의 긍정에 애비게일 카르타의 눈이 가라앉았다.

"역시 그렇습니까."

"하지만 모르겠군."

"뭘 말입니까?"

"내가 죽어서, 24만 명 모두가 죽었을 경우에 완전해지는 것이 너희들만이었는지를 모르겠어."

"…그건 무슨·뜻입니까?"

애비게일 카르타의 표정이 굳었다.

용우는 그녀를 가만히 바라보다가 말했다.

"내가 보기에는 이 모든 것이 누군가 준비한 거대한 게임 같아."

"게임?"

"멸망과 구원이 한 세트로 패키징된 게임. 우리가 어비스로 사라진 후 지구에서 일어난 일들은 잘 짜인 무대 같지 않나?"

이계의 7성좌의 힘을 가진 구세록의 계약자들.

그리고 그들과 대칭되는 종말의 7군주.

인류를 위협하는 게이트 재해와 몬스터.

그들의 출현을 기다렸다는 듯 인류에게 내려진 구원의 길, 각성자 튜토리얼.

"이 모든 것이 한 세트라면, 내가 없었을 경우에 강해지는 게 과연 너희들만이었을까? 각성자 튜토리얼에서 주어지는 힘도 더 컸을 수도 있고, 군주 개체의 힘도 더 강하지 않았을까?"

"…확실히, 그랬을 수도 있겠군요."

애비게일 카르타가 수긍하자 용우가 말했다.

"더 물어볼 게 있나?"

"물론 많습니다만, 하나하나 이야기하다 보면 끝이 없을 것 같군요. 앞으로 차분히 정보를 나눠보지요."

"그럼 이제 가지."

용우가 몸을 일으켰다.

애비게일 카르타는 어디로 가냐고 묻지는 않았다.

"열어도 되겠습니까?"

"그래."

"이제 함정일 가능성은 의심하지 않으시는 겁니까?"

"함정이었으면 좋겠군. 내가 왜 함정이어도 상관없다고 하는지 보여줄 수 있을 테니까."

애비게일 카르타는 미소 지으며 뇌전의 사슬을 소환했다.

파지지직……!

그녀는 왼팔에 뇌전의 사슬을 휘감은 채로 허공을 가리켰다.

―오버 커넥트.

스펠이 발동하면서 허공의 한 지점에 검은 구멍이 발생했다.

두 사람은 그 구멍 안으로 들어갔고, 구멍은 곧바로 닫혔다.

*   *   *

2011년 12월.

미국 항공우주국(NASA)의 관측 시스템은 이상한 현상을 발견했다.

어느 순간 갑자기, 지상 572킬로미터 지점에 수수께끼의 거대

구조물이 '출현'했다.

외부에서 지구 중력에 이끌려 날아온 것이 아니다.

마치 처음부터 거기에 있었던 것처럼 홀연히 나타나서 NASA의 관측 시스템에 포착되었다.

NASA 직원들이 놀라는 사이, 더 기이한 일이 일어났다.

50층 빌딩만큼이나 거대한, 새카만 기둥이 7개로 찢어지기 시작했기 때문이다.

"원래 합체, 분리가 가능한 구조물이 변형하기 시작했다는 느낌이 아니었습니다."

그것은 마치 보이지 않는 거대한 손이 물컹한 젤리를 잡아 찢듯이 7개로 찢어졌다.

카메라를 통해서 관측하는 입장에서는 컴퓨터 그래픽으로 만든 싸구려 영상이 아닌가 싶을 정도로 현실감이 떨어지는 광경이었다.

"그리고 지구의 7개 포인트를 향해 떨어져 내리는 순간부터, 홀연히 사라졌죠."

하지만 사실은 관측할 수 없었을 뿐, 지구로 떨어져 내리고 있었다.

그날, 지구상에서 단 일곱 명만이 하늘을 가로지르는 검은 유성을 보았다.

영국 에든버러에서 다니엘 윤이.

이탈리아 볼로냐에서 미켈레가.

프랑스 리옹에서 엔조 모로가.

인도 바라나시에서 프리앙카가.

대만 가오슝에서 허우룽카이가.

일본 치바에서 사다모토 아키라가.

미국 애리조나에서 애비게일 카르타가…….

"우리 말고는 아무도 그 검은 유성을 보지 못했습니다."

아마도 그들은 그때 이미 구세록의 계약자로 선택받았던 것이리라.

"우리는 검은 유성을 보는 순간부터 홀린 듯이 그것이 떨어진 지점으로 갔습니다."

아무도 보지 못하고, 아무도 듣지 못했다.

하지만 그것은 분명히 존재하고 있었다.

하늘을 가로질러 땅에 떨어져, 커다란 구멍을 뚫고 지하 깊숙한 곳에 자리 잡았다.

"거기까지 가는 동안, 아마 우리 중 누구도 제정신이 아니었을 겁니다."

다들 일종의 최면 상태였다.

그렇지 않고서야 평범한 인간이 아무런 장비도 없이 지저 깊숙한 곳까지 뚫린 구멍을 내려갈 수 있었을까?

가만히 이야기를 듣던 용우가 말했다.

"정신을 차려보니 이게 있었다는 거군."

두 사람은 불빛 하나 없는 어두컴컴한 공간에 있었다.

축축하고, 흙냄새가 나는 차갑고 캄캄한 장소였다.

미국 애리조나주의 어딘가.

원래는 지상부터 이어진, 300미터 이상 이어지는 구멍이 있었다. 하지만 애비게일 카르타가 그 구멍을 막아버리고 지하의 공동만을 남겨둔 상태였다.

그 공동 대부분을 차지하는 것은 거대한 기둥이었다.

소재를 알 수 없는, 매끈한 표면의 검은 기둥이다.

그 표면에는 스크래치처럼 수많은 문양이 새겨져 있고 한복판에는 탑의 모습이 있었다.

우우웅…….

애비게일 카르타가 바라보자 그 표면에서 빛이 흘러나오기 시작한다.

정확히는 스크래치처럼 새겨진 문양들이 빛을 발해서 주변을 은은하게 밝힌다.

그중에서도 눈에 띄는 것은 한복판에 새겨진 빛나는 탑의 모습이었다.

용우가 물었다.

"이 탑은 각성자 튜토리얼인가?"

"그렇습니다."

그 탑에는 각 층마다 하나씩, 총 12개의 문이 달려 있었는데, 그중 1층부터 7층까지의 문은 활짝 열린 채로 빛을 잃어버렸다.

"그리고 이게… 어비스겠군."

탑의 아래쪽에는, 탑보다 10배는 거대하게 그려진 영역이 있었다.

온통 죽음과 희생을 암시하는 표정과 문양들이 어둡고 핏빛을 띤 선으로 음각된 것을 보는 용우의 얼굴에서 표정이 사라졌다.

"표면에 새겨진 것들이 구세록의 기록인가?"

"그렇습니다. 하지만 육안으로 보고 읽는 것은 불가능하죠."

잘 보면 그것이 단순한 문양이 아니라 법칙성을 지닌 문자의 집합이라는 것을 알 수 있었다.

하지만 보고 해석하는 것은 불가능하다. 이런 일에 정통한 학자들이 모여서 본격적으로 연구하지 않는 한에는.

그리고 구세록의 계약자는 그럴 필요도 없었다.

"빙설의 창으로 접촉해 보면 알 수 있을 겁니다."

용우는 그 말에 따라서 빙설의 창을 아공간에서 꺼냈다.

사아아아아…….

주변의 습기가 얼어붙으면서 하얀 얼음 조각들이 사방으로 흩날린다.

용우는 얼음처럼 투명한 질감의 창을 쥐고 그 끄트머리를 구세록에다 가져다 대었다.

〈접속 권한 확인. 일곱 번째 조각의 주인이 접속을 허락했습니다.〉

그러자 머릿속에서 텔레파시가 울려 퍼졌다.

'놈들이 쓰던 언어다.'

어비스의 각성자들에게 지침을 내리던 유령 같은 존재들이 쓰던 언어다.

어차피 말을 하면서 동시에 발하는 텔레파시를 통해서 대화가 이루어졌기에 그 언어를 습득할 필요는 없었지만 그래도 단어나 뉘앙스는 기억에 남아 있다.

그 기억을 떠올리는 것만으로도 용우의 전신에서 증오가 들

불처럼 일어났다.

파지지직…….

구세록의 표면에서 스파크가 튀기 시작하자 용우는 퍼뜩 정신을 차렸다.

'안 되지.'

마침내 적의 실체를 잡을 수 있는 단서를 얻었다. 지금은 냉정해야 할 때였다.

'악의가 없다는 건 알았지만… 역시 공격할 생각은 없어 보이는군.'

용우는 등을 돌린 채로도 애비게일 카르타의 움직임에 신경을 곤두세우고 있었다.

악의가 없다는 사실은 자신의 능력으로 통찰했지만, 마음이 부서진 인간이라면 무언가를 공격하는 데 굳이 악의를 필요로 하지 않을 수도 있다. 필요에 의해서 기계적으로 공격을 가해올 경우를 대비해야 했던 것이다.

하지만 애비게일 카르타는 지금까지는 확실하게 그럴 마음이 없어 보였다.

〈멸망의 군세가 다가오고 있다.〉

그리고 용우의 머릿속에 정보가 쏟아져 들어오기 시작했다.

두서없이 난잡한 문장들이, 그 이상으로 난잡한 이미지와 함께 마구 흘러들어 온다.

〈이 세계의 태양이 730번 뜨고 질 때마다 문이 열리리라.〉

치지직……

〈문은 총 12개이며, 도전하는 자만이 구원의 파편을 주우리라.〉

지직……

〈7번째 혹은 8번째의 문이 열릴 때, 그 안에는 성좌의 빛이 드리운 그림자가 있으리라.〉

〈그림자가 별의 주민에게 쥐어지는 순간, 재앙의 첨병들에게 지혜의 빛이 내려오리라.〉

지지지지직……

〈몽상가가 꾸는 꿈은 종말의 꿈이리라.〉

〈9번째 문이 열릴 때, 왕래자가 다시는 닫히지 않을 문을 열리라.〉

〈왕래자가 노래하는 것은 파멸의 서곡일 것이다.〉

치지지지지지직……….

〈파멸의 파도가 밀려올 때, 발목까지 잠김을 주의하라.〉

〈종말의 7군주가 영혼으로 차린 만찬을 즐기리라.〉

〈파멸이 별의 지표를 뒤덮고 종말의 7군주가 그 위에 발 디딜 때, 별의 운명은 종언을 고하고 죽은 자들은 신세계의 꿈을 꿀 것이다.〉

치지직……….

〈…….〉

치이이이이이이이이익……

머릿속으로 쏟아지는 문장은 그것만이 아니었다. 각각의 문장마다 수십의 문장과 이미지가 노이즈와 함께 딸려 들어왔다.

한참 동안 그 이미지를 머릿속에서 되새기던 용우가 중얼거렸다.

"TV 수십 개를 동시에 틀어놓은 것 같군. 정신 사나워."

"정보에 집중하기 쉽지 않은 구조입니다. 익숙해지면 듣고 싶은 것만 취사선택이 가능해지지요."

"그리고 꽤나… 잘난 척하는 내용이군."

"그건 생각 못 해본 반응이군요."

애비게일 카르타의 말에 용우가 입매를 일그러뜨렸다.

"이걸 기록한 놈은 알기 쉽게 설명할 생각이 없잖아. 빙빙 돌려서 그럴싸한 척하는 문장을 써놓고 절박한 사람이 거기에 매달려서 괴로워하는 걸 보고 싶어 하는 변태 새끼겠지."

용우는 빙설의 창을 거두며 말했다.

"어쨌든 왜 너희들이 구세록의 기록을 예언처럼 떠받들었는지는 알겠군. 이 모든 것이 구세록을 보내온 다른 세계에서는 이미 한 번 벌어진 일이라고 생각한 건가?"

"그렇습니다."

"그게 아니라고는 생각하지 않았나? 예를 들면 너희들에게 주어진 힘을 포함해서 이 모든 것이 다른 세계 놈들의 침략 계획이라는."

앞으로 일어날 모든 일이 기록된 구조물이 나타나고, 그 모든 것이 예언이었던 것처럼 착실하게 현실화된다.

구원과 재앙이 한 세트로 이루어진 패키지라는 점에서 용우는 구세록이 얼굴 모르는 누군가의 선의에서 비롯된 물건이라고는 생각할 수 없었다.

"물론 생각했습니다."

"바보는 아니었군."

"하지만 우리는 그 가능성을 빠르게 배제했습니다."

"어째서지?"

"그건 너무 절망적이었으니까요."

"……"

"우리가 하는 모든 일들이 사실은 아무런 의미도 없고, 모든 것이 누군가의 유희일 뿐이라면… 도저히 견딜 수 없었으니까요."

때로 사람에게는 거짓말이 필요하다.

진실로부터 도망치고 외면하는 행위가 필요하다.

인류를 지킨다는 사명감을 강요받은 구세록의 계약자 7명에게는 누구보다도 그런 도피처가 절실했다.

"그리고 이 모든 게 침략 계획이라면 굳이 이렇게까지 체계적으로 우리에게 힘을 줄 이유는 없었을 겁니다. 우리는 오히려 이 모든 것이 재앙을 막기 위한 한쌍의 주술 같은 게 아닐까 추측했습니다."

"한쌍의 주술이라……."

"우리에게 주어진 것은 주술이나 마법이라는 표현이 어울리는 뉘앙스였지요."

"확실히."

용우도 그 점은 동의했다.

어비스에서 인간이 서로를 죽이고 힘을 흡수하는 것도, 인간의 목숨을 제물로 삼아 성좌의 아바타가 강림하는 것도…….

지구에서 죽은 각성자의 시신을 이용해서 구세록의 계약자들이 죽음을 회피하는 것도…….

그 모든 것들은 야만과 미신이 지배하던 옛 시대의 어두운 향취를 풍기고 있었다.

"그렇다면 구세록을 통해 예언된 일들도 침략자들을 막기 위해 설계된 주술 같은 거라고, 우리는 생각했습니다."

"그게 가장 긍정적인 가능성이겠지."

용우는 차갑게 웃었다.

"하지만 그 전제를 그대로 놓고 생각을 뒤집어보면, 인류가 힘을 얻는 것이 괴물들이 지구를 침공할 수 있는 전제 조건일 수도 있겠지."

"……"

애비게일 카르타의 표정이 굳었다.

그녀가 외면하고 싶었던 부분을 송곳처럼 후벼 파는 말이었다.

그 표정을 보며 용우는 상상했다.

그들이 걸어온 길을.

수도 없이 절망적인 상상을 해왔으면서도, 필사적으로 자신들이 가는 길이 옳은 이유를 만들어왔으리라. 그들의 마음은 이미 피투성이가 되었고, 그 상처 위에 붙인 위안과 합리화는 얼마나 덧댔는지 셀 수도 없는 누더기일 터.

"어느 쪽인지는 구세록만으로는 알 수 없을 것 같군. 혹시 7개의 구세록은 모두 동일한 내용을 기록하고 있나?"

"예. 전혀 차이가 없습니다. 당신의 구세록에 접촉해 보면 알 수 있을 겁니다."

"나의 구세록인가……!"

용우가 쓴웃음을 지었다.

확실히 미켈레의 구세록은 그의 것이 되었을 것이다.

어쩌면 엔조 모로의 구세록도.

하지만 용우는 그 위치를 모른다.

'성좌의 힘을 받아들이는 걸 거부했기 때문일지도.'

아무래도 성좌의 힘을 받아들여 변신하는 과정 없이는 주어진 권능을 다 쓸 수가 없는 것 같다.

용우는 일단 그 문제에 대한 생각을 미뤄두고 말했다.

"그럼 답을 구할 곳은 여기가 아니겠어."

"그럼 어디입니까?"

"뻔하잖아."

용우는 캄캄한 어둠이 지배하는 위쪽을 올려다보며 말했다.

"게임 감각으로 쳐들어온 침략자 놈들에게 고통을 가르쳐 주면서 물어봐야지."

2

용우는 애비게일 카르타와 협력관계를 체결하기로 했다.

그녀는 전투에 나설 수는 없었지만 마음만 먹으면 미국을 뜻대로 움직일 수 있는 어둠의 실세. 도움이 될 수 있는 부분은 차고 넘쳤다.

그녀와 협력을 약속한 다음에는 다시 브리짓이 협상 테이블에 앉았다.

"어머니와 이야기를 끝내셨다고 들었습니다."

"그래. 스펠을 원한다고?"

애비게일 카르타는 용우가 각성자에게 스펠이나 특성을 추가로 부여할 수 있다는 사실을 알고 있었다.

다만 그 수단이 스펠 스톤이라는 것까지는 모르고 있었다.

"그러고 보니 미 정보국은 아직 모르고 있는 건가?"

"예. 하지만 아무래도 당신의 여동생의 변화가 의미심장하고, 당신이 뭔가 추가적으로 누군가에게 스펠을 준다면 결국 확신할 거라고 봅니다."

"그럼 조만간 알아내겠군."

"이미 누군가에게 주고 있는 거군요. 괜찮은 겁니까?"

"괜찮아. 너희들은 뭘 원하지?"

"힐러 스펠과 저격수 스펠, 그리고 공간 간섭계 스펠 전부."

그 말에 용우는 잠시 생각해 보더니 물었다.

"혹시 한 사람에게 줄 생각인가?"

"지금으로선 그렇습니다. 혹은 당신이 원천 기술을 팔 의향이 있다면……"

용우는 그녀의 말을 끝까지 듣지 않고 물었다.

"그 한 사람은 휴고 스미스고?"

"……"

"맞군. 미국의 차세대 에이스라서가 아니라 애비게일 카르타가 선택한 인물이라서겠지. 성좌의 무기를 계승할 자로 선택되어도 특성과 스펠은 어쩔 수 없나 보군."

"…그렇습니다."

브리짓이 한숨 섞인 목소리로 대답했다.

휴고는 공식적으로 세계 최고의 마력 보유자다. 그리고 6세대 각성자 중에서는 각성자 튜토리얼에서 세계 최고 성적을 기록한 인물이기도 하다.

그것은, 즉 6세대 중에서는 가장 특성과 스펠 보유량이 풍부

하다는 뜻이다.

하지만 그럼에도 6세대 각성자로서의 한계는 넘을 수가 없었다.

그의 헌터로서의 자질을 생각하면 그건 대단히 아까운 일이다. 특성과 스펠을 보강할 수 있다면 그는 정말 어마어마하게 성장할 것이다.

"당장 구세록의 계약자로서 그 힘을 행사하고 있는 당신은 필요성이 적지만, 다음 순위인 휴고 스미스에게는 필요하겠지. 다만 싸게 받아 갈 생각은 접는 게 좋을 거야."

"그건 걱정하실 필요 없습니다. 일전에 뜯어내신 것보다는 비싸게 지불할 테니까요."

일전에 지불한 금액이 4억 달러다. 그것보다 거금이라면 한화로는 조 단위의 금액이 될지도 모르는데도 당연히 지불하겠다는 말을 하는 걸 보면 쌓아둔 돈이 어마어마하긴 한 모양이다.

참고로 용우는 팀 크로노스와 팀 블레이드 상대로는 훨씬 저렴한 가격을 책정해 주었다. 물론 막대한 대가를 받긴 했지만, 그래도 두 기업이 대상이 되는 헌터에게 특별한 옵션을 걸고 투자해 볼 만한 금액으로는 맞춰줬던 것이다.

그것은 어느 정도 공익적인 차원에서 내린 결단이기 때문이다.

계속해서 닥쳐오는 게이트와 몬스터의 위협을 생각하면 헌터들을 조금이라도 강하게 만들 필요가 있었다.

하지만 용우 입장에서 구세록의 계약자들은, 팬텀과 관련이 없더라도 곱게 봐줄 수가 없는 상대다.

그들이 원하는 것을 값싸게 내줄 이유가 없었다.

브리짓이 말을 이었다.

"다만 몇몇 기업에서 연구 목적으로 소스를 제공받고 지불했다는 형식이 될 겁니다. 이 건은 정부 예산으로 낼 수는 없어서요."

"나야 돈만 문제없이 받을 수 있으면 상관없어."

용우는 어깨를 으쓱하고는 말했다.

"하지만 힐러 스펠과 저격수 스펠은 가능해도 공간 간섭계는 불가능해."

"어째서입니까?"

"공간 간섭계는 시공간 특성이 필요하니까. 내 여동생에게도 주지 못한 힘이야."

용우는 '아직까지는'이라는 말을 속으로 삼켰다.

지금 시점에서는 시공간 특성이 우희에게조차 줄 수 없는 힘인 것이 사실이다. 지금의 용우는 특성을 스펠 스톤에 담아서 제작하는 게 불가능했고, 아공간에 비축해 둔 스펠 스톤 중에서는 그 시공간 특성이 담긴 게 없었다.

하지만 그것도 시간문제다. 언젠가는 가능하게 된다.

'그런 정보를 알려줄 필요는 없지.'

협력관계를 맺었다고는 하지만 서로 주고받는 거래관계일 뿐이다.

"표정을 보니 몰랐나 보군. 성좌의 힘을 이용해서 스펠을 쓸 때는 신경 쓸 필요가 없었던 모양이지?"

그 말대로였다.

기본적으로 구세록의 계약자들이 쓰는 스펠은 성좌의 무기에 내재된 것들이다. 그 힘으로 변신함으로써 무수한 스펠을 쓸 수 있게 되는 것이라 그 습득 과정이나 하나하나의 가치에 대해서는 신경 쓸 필요가 없었다.

"힐러 스펠은 줄 수는 있지만, 관련 특성에 대해서는 훨씬 높은 대가를 받아야겠는데. 그만큼 귀하니까."

"생각 못 해본 부분이군요. 알겠습니다. 일단 힐러 스펠과 저격수 스펠들부터……."

"휴고 스미스 본인을 당분간 이쪽에 상주시키도록 해."

"왜입니까?"

"스펠을 추가로 터득하는 건 사흘에 하나 정도의 페이스가 적합하니까."

"제약이 많군요."

눈살을 찌푸리는 브리짓 카르타를 보며 용우는 속으로 웃었다.

"불가능한 일을 가능하게 하는 거야. 그런 걸 두고 징징거리면 곤란하지."

"알겠습니다."

용우와 브리짓은 한동안 이 건에 대한 세부 사항을 조율했다. 그 과정이 끝나자 브리짓이 다른 화제를 꺼냈다.

"아시다시피 조만간 8등급 몬스터를 포함한 게이트가 열릴 겁니다."

"덕분에 내 스케줄 대부분이 놀고먹는 걸로 채워졌지. 그래서?"

"어디서 열릴지는 아무도 모르는 상황입니다. 그리고 우리 쪽에는 한 가지 안 좋은 정보가 입수되었습니다."

브리짓의 표정이 워낙 심각해서 용우는 의아해하며 물었다.

"무슨 정보지?"

"이번에 출현하는 건 8등급 몬스터가 아니라 9등급 몬스터일지도 모릅니다."

"뭐?"

이 말에는 용우도 놀랄 수밖에 없었다.

'이 시점에서 9등급?'

현 인류에게 있어서 9등급은 그야말로 대적 불가의 재해, 그 자체였다.

"만약 그린란드나 아프리카 같은 곳에서 출현한다면 다행이겠죠. 하지만 만약 인류의 거주 지역에서 출현한다면 그 충격은 어마어마할 겁니다."

"그 정보는 확실한 건가?"

그렇게 묻는 용우의 표정도 심각했다.

브리짓이 대답했다.

"반반입니다."

"다들 빗나가길 바라고 있겠군."

"예."

"너희들의 승률은 반은 좀 넘는 걸로 아는데."

"그렇습니다. 하지만 지금은 두 명이 사라진 데다가 모두가 적극적이진 않을 테니 승률은 더 낮아지겠죠."

"모두가 적극적이진 않다……."

용우가 그 말을 중얼거리며 웃었다.

이유는 물을 것도 없었다.

미켈레와 엔조 모로에게 들은 사실들만 종합해 봐도 충분히 답이 나온다.

구세록의 계약자들은 9등급 몬스터를 두려워하고 있다.

'미켈레와 엔조 모로, 그놈들은 자신들이 마모되고 있다고 말했지.'

그들의 정신이 망가진 가장 큰 원인은 9등급 몬스터에게 패배해서 죽음을 유사 체험한 것이다.

그 경험이 누적될수록 그들의 정신은 돌이킬 수 없는 상처를 입었다. 애비게일 카르타는 PTSD가 너무 심해져서 더 이상 싸울 수 없는 몸이 되고 말았다.

그렇다면 그들이 9등급 몬스터와 싸우는 것을 회피하고 싶어 하는 건 당연한 일일지도 모른다.

브리짓이 말했다.

"이 건에 대해서만큼은 미리 협약을 맺어두고 싶습니다. 이번 게이트가 세계 어디에 출현하든, 그곳이 인류의 거주 지역이라면 무조건 참전한다는 것으로."

"한국도, 미국도 아닌 곳이라도 말인가?"

"예. 저는 무조건 갑니다."

브리짓의 태도는 단호했다.

"왜지? 넌 9등급 몬스터와 아직 싸워보지도 않았을 텐데, 자국민이 아닌 사람들을 위해 목숨을 걸 이유가 있나?"

"저는 예전에 어머니에게 구원받았습니다."

아직 애비게일 카르타가 전사로서 싸울 수 있던 시절의 이야기다.

"그리고 그건 미국에서의 일이 아니었습니다. 가족들과 프랑스로 여행 갔을 때 일어난 일이었죠."

"……"

용우는 그녀의 말에서 생략된 부분을 읽어냈다.

브리짓 카르타는 애비게일 카르타의 양녀다. 그리고 그녀에게는 애비게일 카르타를 제외한 다른 가족이 없다.

즉 그녀는, 카르타라는 성씨를 쓰기 전의 브리짓은… 프랑스에서 일어난 재해에 휩쓸려 가족을 잃었던 것이다.

브리짓은 굳이 그에 대한 이야기를 자세히 말하지 않았고 용우도 더 이상 묻지 않았다.

"좋아. 받아들이지."

용우는 그녀의 제안을 받아들였다.

*   *   *

권희수 박사는 뭐라고 말할 수 없는 표정을 짓고 있었다.

"하……"

웃는 건지 우는 건지 알 수 없는 표정이다.

좀처럼 감정이 드러나지 않는 그녀로서는 정말 희귀한 일이다. 그 표정을 본 연구원들은 다들 자기 눈을 의심했다.

"이거, 진짜인가요?"

"예."

그녀에게 그런 표정을 짓게 만든 것은 팀 크로노스의 사장 백원태였다.

그가 주변을 둘러보더니 권희수에게 속삭였다.

"듣는 귀가 없는 곳이었으면 좋겠군요."

"좋아요."

권희수는 백원태를 자신의 개인 연구실로 이끌었다.

"민수, 외부에서 엿들을 수 있는 모든 회선을 차단해."

[예.]

그녀의 개인 인공지능 비서가 명령한 작업을 수행했다.

"8등급 몬스터의 시체라니, 이걸 대체 어디서 손에 넣었죠?"

백원태가 권희수에게 보여준 사진은 8등급 몬스터의 시체였다.

몬스터들은 7등급부터는 생명체라는 느낌이 희박하다.

그렇기에 그 시체들은 일반적으로 생명체의 시체라고 하면 떠올릴 수 있는 그런 이미지와는 동떨어져 있었다.

예를 들면 7등급 몬스터 암흑거인은 죽고 나면 부서진 코어, 그리고 대량의 마력석과 본래 지구상에는 존재하지 않는 물질의 덩어리들을 남긴다. 이것은 정말로 귀중한 연구 재료였다.

"박사님과 비슷한 루트일 겁니다."

"……"

그 말에 권희수의 표정이 살짝 변했다. 표정 변화가 거의 없는 그녀이기에 실로 미미한 변화였다. 하지만 그녀를 오래 보아온 백원태는 그것을 놓치지 않았다.

"하지만 다니엘 윤은 아닙니다."

"왜 갑자기 윤 사장님 이야기를 하시죠?"

"시치미 떼셔도 소용없습니다. 그가 광휘의 검이라는 것까지 알고 있으니까."

"……"

권희수의 표정이 굳었다.

곧 그녀가 물었다.

"…어디까지 알고 있죠?"

"당신이 언터처블일 수 있는 이유를 그가 만들어줬다는 것."

권희수는 한국이 세계에 자랑하는 마력 연구의 최고 권위자였다.

그녀는 1세대 각성자이며, 마력 연구 분야를 이야기할 때 반드시 거론될 정도로 지대한 공헌을 한 인물이다. 한국 기업들이 그녀가 개발한 원천 기술로 벌어들이는 외화는 어마어마하다.

하지만 그렇다고 해서 과연 그녀가 누리는 환경이 당연한 것일까?

세상은 실력이 있다고 무조건 대접받을 만큼 단순하지 않다. 세상이 그렇게 합리적이고 공정하게 굴러갔다면 인류가 역사에 기록한 문제의 9할 정도는 존재하지도 않았을 것이다.

특히 젊은 나이에 그녀 정도의 기반을 얻으려면 필수적으로 갖춰야 하는 능력이 있다.

바로 정치력이다.

뛰어난 정치력을 갖추지 않으면 아무리 뛰어난 실력이 있어도 권력을 얻을 수 없다.

하지만 권희수는 정치력하고는 거리가 먼 사람이었다. 그녀는 그런 일에 신경 쓰는 것을 너무나 싫어했다.

그런데도 그녀는 직함 이상의 권력을 갖고 있다. 연구소장은 물론이고 한국의 학계와 산업계의 거물들도 감히 그녀에게 함부로 굴지 못한다.

"초기에 당신을 전장에서 빼내서 연구소에 배치한 것도 그가 한 일이라고 추측하고 있습니다."

당시에 1세대 각성자들은 대체 불가능한 전력이었다.

아무리 지금의 헌터들보다 약했다고 하더라도 인류가 몬스터에게서 최소한의 승리라도 거두기 위해서는 그들의 존재가 필수적이었다.

그런데 그런 전력이 학자로서의 능력이 뛰어난 것 같다고 전선에서 빼내어 연구소에 넣는다?

군부의 권력이 절대적이던 시절에는 쉽게 일어날 수 있는 일이 아니었다.

"그리고 당신의 연구 성과 일부는 그가 샘플을 제공해 줬기에 가능했다는 것. 그리고… 그가 당신에게 어떤 능력을 줬다는 것."

"어떻게 알았죠?"

"박사님은 용우 씨를 너무 많이 봤습니다."

"음? 제로 말인가요?"

"예."

"그가 왜요?"

권희수는 도무지 이해할 수 없다는 표정을 지었다.

백원태는 쓴웃음을 지으며 설명해 주었다.

"그는 우리가 모르는 능력으로 박사님과 다니엘 윤의 연결 고리를 포착했습니다. 아주 희미하지만 성좌의 힘이 당신에게 연결되어 있다더군요."

"그런 걸 봐서 알 수 있다고요?"

권희수가 놀란 표정을 지었다.

지난 일을 되새겨 봐도 권희수와 용우는 신체 접촉조차 한 적이 없었다. 그런데 그런 걸 알아냈단 말인가?

"처음 봤을 때는 전혀 눈치채지 못했다더군요."

하지만 팬텀을 통해서 팔라딘과 셀레스티얼을 접하고 분석하면서부터, 용우는 그녀를 수상하기 여기기 시작했다.

그리고 미켈레와 엔조 모로와 싸워서 죽이고, 브리짓 카르타와 휴고 스미스를 만나고 나자 미심쩍었던 짐작이 확신으로 변했다.

"무섭네요. 그런데 하나는 틀렸어요."

"뭐가 말입니까?"

"윤 사장님은 나한테 능력을 준 게 아니라, 내 능력을 알아보고 그걸 다룰 수 있는 힘을 준 거예요."

"무슨 능력입니까?"

"난 마력의 구조를 미세 영역까지 보고 조정할 수 있어요. 스펠이 완성되기까지의 짧은 시간을 한없이 늘려서 확대해 보고 감각적인 의미에서… 그러니까 마력 구조상 녹색의 띠가 여럿 발생한다면 그건 어째서인지 이해할 수 있죠."

"그런 게 가능합니까?"

권희수가 대수롭지 않게 한 말에 백원태가 경악했다.

그도 각성자였기에 그게 얼마나 엄청난 일인지 알 수 있었기 때문이다.

각성자들은 다들 스펠의 본질을 모른다. 그냥 몸에 각인된 기술을 쓸 뿐이다.

마치 운전이나 전투기 조종사가 자기가 조종하는 기계가 어떻게 만들어지는지, 세부적이고 전문적인 지식을 모르면서도 그것들을 놀라울 정도로 멋지게 컨트롤할 수 있는 것과도 비슷하다.

본질을 이해하는 것과 본질을 이해한 자들이 만들어낸 결과물을 탁월하게 사용해 내는 것은 완전히 다른 영역의 이야기였다.

"이런 능력을 가진 게 나 혼자는 아니에요. 닥터 슈하이머, 닥터 브래드, 닥터 나카모토, 닥터 리우도 같은 능력의 소유자죠."

독일의 프란츠 슈하이머는 인류를 구원한 인물로 평가받는다. 그가 이끄는 연구 팀이 마력석을 이용한 상온 핵융합 기술을 개발하지 않았다면, 퍼스트 카타스트로피 이후 화석 연료 채굴에 심각한 문제를 겪은 인류 문명은 버티지 못하고 붕괴했을 것이다.

미국의 마이클 브래드는 헌터 업계에서 권희수와 필적하는 평가를 받는 권위자였다. 마력 반응 탄두와 마력 반응 코팅을 만들어낸 인물이기도 하다.

일본의 나카모토 사유키는 코어 에너지 탐지 기술과 방사능 제거 기술의 원천 기술을 만들어냈다.

대만의 리우 샤오화는 게이트 탐지 기술과 게이트 브레이크까지의 시간을 산출하는 공식을 만들어냈다…….

"생각해 보세요. 마력학이라는 건 굉장히 이상한 속도로 발전했죠. 아무리 인류가 그 필요성을 강하게 느꼈다고는 하나……."

권희수는 옛일을 회상하며 말했다.

"당시에 인류는 마력에 대한 이해가 전혀 없었어요. 기존의 학문들이 구축한 세계관을 박살 내버리는 새로운 변수였죠. 그런데도 마력학은 아주 빠르게 정립되고 성과를 내기 시작했어요."

그 중심에는 권희수를 포함한 몇몇 천재 과학자들이 있었다.

그들이 하나의 성과를 내놓을 때마다 게이트 재해에 대한 인류의 대응 능력은 확연히 상승했고, 헌터들의 전술 트렌드가 변화하고는 했다.

"어떤 학문이 정립되어 기초를 다지는 것에는 긴 시간이 필요해요. 그 대부분이 기존에 존재했던 것의 파생에 불과한데도."

물론 다른 학문과는 달리 마력학의 발전에는 인류의 총력이 집중되었다는 특수성이 있기는 하다.

최고의 두뇌들, 최고의 환경, 막대한 연구 자금이 투입되었다.

하지만 그렇다 해도 새로운 학문의 기초를 다지는 일이 그렇게 단기간에 이뤄질 수는 없다.

그렇기에 학계에서는 지금까지도 마력학이 정립된 초창기를 가리켜 인류 역사의 미스터리로 취급하고 있다.

신이 인류를 위해 한 시대에 한 명이 태어날까 말까 한 천재들을 무더기로 내려준 것이라고, 그렇게 말하는 이들이 적지 않았다.

권희수의 차분한 설명을 들은 백원태가 물었다.

"…그 모든 게 가능했던 이유가 당신들에게 특이한 능력이 있었기 때문이란 말입니까?"

"우리가 기초 이론을 정립하는 과정은, 말하자면 커닝이었어요. 우리는 신이 선물한 커닝 페이퍼를 갖고 있었던 거죠."

기초 이론이 비정상적으로 빠른 속도로 정립되었기에, 인류가 투입한 인적 자원과 물적 자원이 빛을 발할 수 있었다.

단단한 기초 이론 위에서 정보량을 불려가고 기술을 실현해가는 속도는 인류가 절박해하는 만큼 빨랐다.

"퍼스트 카타스트로피의 순간에, 우리는 이 능력을 받았어요. 그리고 전 그 순간 알게 되었죠. 우리에게 주어진 이 능력으로 뭔가를 해내지 못한다면, 인류는 멸망한다는 걸."

하지만 그날 이후, 그녀는 학자가 아니라 군인으로서의 삶을 강요받았다.

문명이 파괴당하는 절박함 속에서, 권력을 쥔 군부는 권희수가 지닌 학자로서의 재능에는 아무런 관심도 없었다. 그녀는 자신에게 주어진 능력을 살릴 기회를 얻지 못한 채 1세대 각성자로서 전장에 투입되어야만 했다.

"백 사장님도 몇 번이나 만났죠? 고스트를."

"예."

"제가 처음 만난 고스트가 윤 사장님이었어요."

권희수는 지금도 그 순간을 생생하게 기억한다.

상정한 것을 뛰어넘는 몬스터들의 공격에 방어선이 붕괴했다. 잠깐 동안 의식을 잃었던 권희수는 파트너로 일하던 같은 소대의 각성자가 피투성이 시체가 되어 있는 것을 보며 망연히 서 있었다.

그리고 그런 그녀 앞에서, 그 시체가 일어나서 다른 무언가로 변모해 가기 시작했다.

그 순간 권희수는 자신이 무엇을 해야 하는지 알았다.

"저는 윤 사장님에게 재능을 알리고 계약을 맺었죠. 그때는 전선에서 빠져나가서 연구자로서 일할 수 있게 되었을 뿐이지만, 좀 더 시간이 지난 후에는 그 힘을 빌릴 수 있게 되었어요."

권희수의 특수한 능력에 성좌의 힘은 확실히 시너지효과를 냈다.

그때부터 그녀는 하나만으로도 노벨상을 노릴 수 있는, 세계를 놀라게 하는 원천 기술을 여럿 만들어내면서 인류에 공헌했다.

백원태가 혀를 내둘렀다.

"기적이군요."

"뭐가요?"

"퍼스트 카타스트로피의 순간에, 전 세계에서 고작 다섯 명만이 그 힘을 받았는데 그들이 모두 세계적인 석학으로……."

"그럴 리가요."

권희수가 무슨 소리를 하느냐는 듯 백원태의 말을 잘랐다.

"음?"

의아해하는 백원태에게 권희수가 말했다.

"단순히 같은 능력을 가진 사람이면 훨씬 많았을걸요. 제가 아는 사람 중에서도 다섯 명은 넘었어요."

"네? 그럼 그 사람들은……."

"다 죽었죠."

"……."

"그리고 그런 능력을 가진 것만으로는 쓸모가 없어요. 연구자로서의 능력이 있어야 의미가 있죠."

"아, 그렇군요."

백원태는 자신이 생각 못 한 부분이 뭐였는지 깨달았다.

권희수를 포함한 5명은, 퍼스트 카타스트로피 때 그 능력을 받은 사람 중에 학자로서의 자질을 가졌던 사람들이다.

그리고 초기 전 세계를 뒤덮었던 게이트 재해의 대혼란 속에서 생존한 사람들이기도 하다.

"그렇게 생각하면 또 기적이라고 볼 수도 있겠네요."

권희수는 혼자 고개를 끄덕끄덕하더니 말했다.

"어쨌든 이런 이야기, 윤 사장님하고만 할 수 있었는데 다른 사람한테 이야기하고 나니까 좀 후련해요."

피식 웃은 권희수가 백원태에게 물었다.

"이제 궁금증은 다 풀렸어요?"

"그런 것 같군요."

"그럼 이제 이걸 대가로 저한테 뭘 바라는지 말해보세요."

권희수가 백원태가 준, 8등급 몬스터의 시신이 찍힌 사진을 팔랑팔랑 흔들면서 물었다.

비밀이 밝혀져서 동요하는 것 같은 모습은 조금도 찾아볼 수 없다. 자신의 비밀은 그저 비밀일 뿐, 켕기는 구석 따위 없다고 말하는 듯했다.

"새로운 연구 테마를 잡아주셨으면 합니다. 그것도 가장 메인으로 연구해서, 빠르게 결과를 내는 것을 목표로."

"뭘요?"

"용우 씨는 당신들이 생각하는 것보다 훨씬 많은 걸 알고 있습니다. 예를 들면 앞으로 인류를 덮칠 재앙의 형태에 대해서."

백원태는 용우를 통해서 알게 된, 어비스에 존재했지만 아직 지구에는 존재하지 않는 위협에 대해서 권희수에게 말해주었다.

굳이 권희수에게 비밀을 밝히고 설득하는 이유는 간단했다.

서용우가 그러길 바랐기 때문이다.

"용우 씨는 정말로 시간이 없다고 믿고 있습니다."

용우는 크로노스 그룹이 텔레파시 연구를 진행하는 속도를 탐탁지 않게 여겼다.

언제 언데드와 타락체가 인류 앞에 등장할지 모른다.

그런데 과연 정상적인 속도로 연구해서 시간에 맞출 수 있을까?

"시간에 맞출 수 있는 사람은, 적어도 한국에서는 박사님이 유일할 겁니다."

권희수가 연구를 진행해서 성과를 내기까지의 속도는 비정상적으로 빨랐다. 그렇기에 불과 13년 동안 그렇게나 많은 업적을 이룰 수 있었다.

잠시 생각하던 권희수가 말했다.

"좋아요. 받아들일게요."

"괜찮으시겠습니까?"

"대가도 비싸게 받는 셈이고, 무엇보다 내 연구는 실용성을 가장 중시하니까요. 필요성이 가장 높은 연구를 우선순위로 돌리는 건 합리적인 일이에요. 그럼 이제부터 서둘러야겠군요."

의욕이 솟는 듯 눈을 빛내던 권희수가 말했다.

"하지만 나도 한 가지, 요구하고 싶은 게 있어요."

"뭡니까?"

권희수는 요구사항을 말했다.

3

기본적으로 구세록의 계약자들은 그 힘을 이용하는 활동을 서로에게 감추기가 어렵다.

특히 작정하고 주목하고 있다면 더더욱.

미켈레가 엔조 모로의 협력까지 받아가면서 다니엘 윤의 눈을 속이려고 했던 것이 오히려 그의 움직임을 알아채게 만들었던 경우만 봐도 알 수 있는 일이다.

"카르타, 무슨 꿍꿍이속이지?"

허우룽카이는 시간이 지날수록 히스테릭해지고 있었다.

"뭐가 말이지?"

"한국에 가서 0세대 각성자를 만난 건 도대체 뭐였냐고 묻는 거다. 게다가 구세록과 접촉까지 시켰지."

"그걸 네게 보고할 의무는 없는데?"

애비게일 카르타가 쌀쌀맞게 대답하자 허우룽카이가 흉흉한 기세를 뿜어내기 시작했다.

그가 으르렁거리는 목소리로 말했다.

"미켈레도, 엔조 모로도 죽었다."

"심각한 전력 공백이 발생했지. 그래서?"

"0세대 각성자가 범인이라면, 다음 타깃은 나겠지."

허우룽카이는 그 사실을 당연하게 여기고 있었다.

"이런 상황에서 네가 그놈과 손잡았다면……."

"손잡았다면?"

"너를 죽일 수도 있다. 어차피 일곱 개의 의자 중 두 개가 비었어. 이제 와서 하나쯤 더 비우는 걸 망설일 이유는 없다."

"협박이 서투르군."

카르타는 코웃음을 쳤다.

"브리짓을 상대로 네 승산이 얼마나 될까?"

"……."

그 말에 허우룽카이가 가면 너머로 침묵했다.

브리짓 카르타의 전투 능력은 구세록의 계약자 중 최강이다.

그 사실은 구세록의 계약자 전원이 암묵적으로 인정하고 있었다.

각성자가 최신 세대일수록 강해지듯이, 5세대 각성자이면서 성좌의 무기를 계승한 그녀의 전투 능력은 막강했다.

"네가 생각하는 건 뻔해. 전력은 너 혼자만이 아니라는 거겠지?"

"잘 알면서도 나를 도발하는 거냐?"

허우룽카이는 서용우가 습격해 올 경우를 대비해서 만반의 준비를 갖추고 있다.

그는 절대 혼자 다니지 않는다. 팔라딘과 셀레스티얼의 그릇들을 무장 경호원으로 대동하고 있다.

혼자라면 몰라도 그의 힘을 나눠 받은 군단이 함께한다면 승산은 전혀 달라진다.

하지만 애비게일 카르타는 그를 비웃었다.

"안심하도록 해. 그가 너를 어떻게 하든 나는 관여하지 않을 테니까."

"손잡았다는 걸 인정하는군."

"좋은 관계를 맺었지. 하지만 그와 너의 문제는 나와는 상관없어. 그 점은 확실히 해두지."

"…수작을 부린다면 후회하게 될 거다. 난 죽어도 혼자 죽을 생각은 없어."

허우룽카이는 그렇게 말하고는 정보 공간에서 나갔다.

그가 나가자마자 정보 공간에서 나온 애비게일 카르타에게 전화가 걸려 왔다.

[설마 스스로 나설 줄은 몰랐다.]

인사도 없이 대뜸 그렇게 말한 것은 다니엘 윤이었다.

"확실히 해둬야 했으니까. 그가 나를 죽일 생각이라면, 최소한 브리짓과 휴고는 살려야만 했어."

[…그는 어디까지 알고 있지?]

"예상한 대로야."

애비게일 카르타가 쓴웃음을 지었다.

서용우는 그녀와 만나기 전부터 그들 전원의 정체를 알고 있었다.

그 사실은 그녀로 하여금 미켈레와 엔조 모로가 어떻게 죽었는지를 상상해 볼 수 있게 만들었다.

[역시 그렇군.]

"어쩔 생각이야?"

[어차피 서로 알 거 다 알고 있는 이상 눈 가리고 아웅 하는 건 그만두는 게 좋겠지.]

"만나볼 생각이라면 신중하도록 해."

[충고 고맙게 받아들이지.]

다니엘 윤은 전화를 끊었다.

하지만 그는 결심을 실행으로 옮기지 못했다. 그 직후에 터진 사건 때문이었다.

*　　　　　*　　　　　*

용우는 사람이 넘치는 서울 시내 한복판을 걸어 다니고 있었다.

우희가 겪은 납치 시도 때문에 그의 얼굴도 대중에게 알려지기 시작했지만, 약간의 환영으로 얼굴을 바꿔 보이게 만들면 사람들이 알아볼 걱정 따위는 없었다.

모르는 얼굴들이 넘치는 것을 보면 안심이 된다.

아는 사람이 아무도 없는 세계.

혼자 이방인이 된 것처럼 아무하고도 대화를 나누지 않고 그들 사이를 걸을 수 있는 시간.

그 속에서만큼은 모든 것을 잊을 수 있다.

과거도, 거기서 비롯된 감정들도 다 잊어버리고 이렇게 시간을 쓰는 것에만 집중할 수 있다.

띠리리리리……

그런 용우의 평온을 깬 것은 주머니 속의 휴대폰이 울리는 소리였다.

"무슨 일이지?"

용우는 발신자가 김은혜 팀장임을 알아보고 물었다.

그러자 김은혜가 다급한 목소리로 말했다.

[개성에 게이트가 열렸어요.]

"그런데? 구체적인 상황은?"

[현재는 막 열린 것이 포착된 단계입니다.]

그 말을 들은 용우의 표정이 묘해졌다. 게이트가 막 열린 단계에서 자신에게 다급하게 전화를 할 이유가 있단 말인가?

하지만 이어지는 김은혜의 설명은 용우를 납득시키고도 남았다.

[70미터급입니다.]

예고된 순간 세계를 초긴장 상태로 몰아넣은 재앙이 마침내 찾아온 것이다.

Chapter27

무너진 규칙

1

　지구가 속한 우주가 아닌 다른 어딘가.

　지구 인류가 그 존재를 추측할 뿐, 관측하지 못한 '다른 세계'
는 존재하고 있었다.

　그 세계와 지구가 속한 세계의 경계, 물질이 존재하지 않고 오
로지 정보만이 모든 것을 정의하는 어딘가에 일곱 의지가 모여
있었다.

　그것은 불꽃의 의지였다.

　광휘의 의지였다.

　빙설의 의지였다.

　굉음의 의지였다.

　새벽의 의지였다.

뇌전의 의지였다.
대지의 의지였다.

그들은 의아해하고 있었다.

〈이상한 일이군.〉

〈그래. 어째서 기둥이 사라졌지?〉

〈아직 누구도 기둥의 제물을 수확하지 못했는데 기둥이 사라지다니, 어떻게 이럴 수가 있지?〉

〈이상한 일이라면 그것만은 아니지. 이번에는 시작부터 이상했잖아.〉

〈그건 그렇지.〉

〈확실히. 어비스가 끝났는데도 만찬을 즐길 수 없었어.〉

〈기둥에 모인 제물의 영혼도 이상할 정도로 적고.〉

〈9등급 몬스터를 일찍 투입해 볼 수 있었던 건 좋았지만.〉

〈하지만 설마 9등급 몬스터가 저 세계에 자리 잡을 줄은 몰랐지.〉

그들은 지구의 운명을 좌지우지하는 이야기를 하고 있었다.

〈규칙이 무너지고 있어. 앞을 예상할 수 없다는 점이 기분 나빠.〉

〈난 좋은데. 승산이 높아졌잖아?〉

〈기둥이 두 개나 사라져서 장벽이 약해졌어. 열쇠도 하나 손에 넣었고, 영혼도 꽤 많이 수집했지. 그런데 여덟 번째 문이 열리길 기다릴 필요가 있을까? 강하게 몰아쳐도 될 것 같은데.〉

〈그럴지도.〉

〈확실히 그럴지도.〉

그런 그들 사이로 다른 하나의 목소리가 끼어들었다.

"이번에는 두 개를 열 예정이었지?"

정신파로 의사소통하는 일곱 의지와 달리 육성으로 이야기하는 존재였다.

자신들과 다른 이질적인 의지가 대화에 끼어들자 7개의 의지가 불편한 기색을 드러냈다.

〈넌 아직 나설 때가 아냐.〉

그러자 그 누군가가 말했다.

"그건 무대가 계획된 대로 굴러가고 있을 때의 이야기지. 벌써부터 기둥이 사라졌으면 나갈 수 있잖아? 나갈 수 있는데 굳이 기다릴 이유가 있을까?〉

〈…….〉

"두 개 열지 말고 그냥 하나로 집중하자. 같이 인사나 하러 가자고. 어차피 어긋난 계획을 목숨 걸고 지킬 필요가 있을까?"

도발적인 말에 일곱 의지가 술렁였다.

"여는 장소는 이 근처로 하고. 너희들 중에 둘이나 여기서 격파당했다며? 그건 인사조차 아니었다는 사실을 알려주자고."

그리고……

*　　　　*　　　　*

"70미터급이면 8등급이군."

용우가 태블릿으로 브리핑 자료를 보면서 중얼거렸다.

김은혜가 대꾸했다.

"예. 이미 8등급이 있는 건 확인되었어요."

"선행 투입된 부대가 있는 건가?"

"개성의 팀 노스가드가 선행 정찰 역을 자처하고 나섰어요."

용우는 수직 이착륙 수송기를 타고 북쪽으로 향하고 있었다.

10분 전, 헌터 관리부의 긴급 콜을 받고 제로의 신분으로 구 북한 영토였던 개성으로 향하는 중이다.

구 DMZ 지역이 재해 지역이 되었지만 그건 8등급 이상의 몬스터가 자리 잡아서는 아니었다.

인간이 살지 않는 지역이라 게이트가 열려도 방치되는 경우가 많을 뿐이다. 그리고 그것도 구 북한 영토로 가는 도로 주변에는 해당되지 않는 이야기이기도 했다.

개성은 13년 전에 전술핵이 떨어져서 도시가 초토화되었던 곳이다.

한국 정부는 구 북한 영토를 병합하고 관리하기 위한 전초기지로 개성을 재건할 필요성을 느꼈다.

군부대를 배치하고, 주거지를 개성으로 옮기는 이들에게 파격적인 지원을 약속했다. 정부 지원금 없이는 살아가기가 막막했던 북한 난민들이 대거 몰려들면서 개성은 성공적으로 재건될 수 있었다.

즉, 지금의 한국에 있어서 개성은 반드시 지켜야 하는 거주 지역인 것이다.

"어느 정도의 팀이지?"

"35미터급까지는 공략해 내는 팀입니다."

"용감하군……"

용우는 놀랐다.

그 정도 수준의 팀이라면 50미터급에만 진입해도 뭔가 해보기도 전에 크게 피를 볼 위험이 있다.

그런데 70미터급에 선행 정찰 역할을 자처하고 나서다니, 아무리 자신들의 터전을 위해서라지만 그 용기에 감탄할 수밖에.

"게이트 브레이크까지의 시간은… 앞으로 27시간 37분인가."

용우는 실시간으로 브리핑 자료에 표시되는 정보를 보고 중얼거렸다.

"애매한 시간이에요. 동일 인원이 재투입되기는 힘들겠죠. 해봤자 처음에 이탈한 인원들이 한 번 더 투입되는 정도인데, 이것도 8등급을 공략하기 전까지의 시간이 길어지면 불가능할 수도 있고요."

"그렇겠지."

게이트 제압 작전을 기준으로 27시간이면 긴 시간이다.

하지만 게이트 규모가 70미터급이라면 길다고 볼 수 없다.

8등급 몬스터를 공략하는 것은 7등급 몬스터를 공략하는 것보다 훨씬 어렵다.

일단 주변의 위험부터가 크다.

8등급이 존재하는 게이트 안에는 반드시 7등급도 존재한다. 2마리나 3마리가 있을 수도 있다.

그것들을 8등급에게서 떨어뜨려서 해치우는 것만으로도 전력이 상당히 분산되고 만다.

그리고 8등급은 허공장이 7등급보다 훨씬 건고할 뿐만 아니라 회복력도 빠르다. 어중간하게 화력을 집중해 봤자 허공장을 깎아내는 것보다 회복되는 게 더 빨라서 전혀 대미지를 주지 못할 수도 있다.

작전 시간이 길어진다면 마력이 뛰어난 헌터들을 로테이션제로 돌리는 것으로 이 문제를 해결할 수 있다.

하지만 27시간이면 치열한 작전을 수행하면서 체력과 마력을 다 쓰고 이탈한 헌터들이 충분히 회복하고 다시 돌아오기에는 짧다.

"그래도 뭐, 너무 걱정하지 마."

브리핑 자료를 다 본 용우가 태블릿을 김은혜에게 주면서 말했다.

"믿는 구석이 있는 거군요?"

"있어."

"뭔지 알려주면 안 돼요? 불안해 죽겠는데."

그것은 김은혜만이 아니라 대한민국 국민 전부의 심정일 것이다.

70미터급이 개성에서 열리는 순간 전국적으로 난리가 났다.

그리고 해외에서는 희생양이 자신들이 아니라는 사실에 다들 안도하는 분위기였다.

다들 물자와 병기 지원을 약속했지만 헌터 파병에 대해서는 약속이라도 한 것처럼 난색을 표하는 중이다.

"높으신 분들은 전술급 레이저 수소폭탄을 투입하느냐 마느냐로 싸우고 있다고요."

"음? 그건 그냥 투입하면 안 되나? 8등급에게는 안 먹히겠지만 6등급까지는 싹 쓸어버릴 수도 있을 텐데."

레이저 수소폭탄은 구형 핵폭탄과는 달리 방사능 낙진 걱정이 없다. 70미터급 게이트의 내부 필드가 수십 킬로미터에 달한다는 점을 고려하면 초반에 저등급 몬스터 개체수를 줄이는 용도로는 꽤 유용할 것이다.

김은혜가 한숨을 쉬었다.

"게이트 내부 필드가 아무리 넓어도 폐쇄 공간이긴 하잖아요. 거기서 레이저 수소폭탄을 터뜨릴 경우, 그다음에 큰 시간 지연 없이 작전 수행이 가능할지의 문제가 있는 거죠."

"아, 그건 그렇군."

"하지만 70미터급 정도면 폭격기를 동원하는 게 가능하니까 항공 폭탄은 다량 투입될 거예요."

게이트 제압 작전 시에 투입할 수 있는 화력이 제한되는 가장 큰 이유는 게이트의 크기다.

하지만 70미터급 정도 되면 대형 폭격기도 인근 군부대에서 출발한 뒤 고도를 낮춰서 진입하는 게 가능해지기 때문에, 전술의 폭이 상당히 넓어진다.

한국 정부는 이번 작전에 할 수 있는 모든 것을 지원하겠다는 의지를 보였다.

따라서 이번 작전에 투입되는 자들은 비용 걱정 따위는 할 필요가 없다.

한국 최정예 헌터들이 아낌없는 지원을 받아가면서 8등급 몬스터와 싸우게 될 것이다.

용우가 말했다.

"믿는 구석은… 일단 현장에 가보면 알게 될 거야."

*   *   *

개성에는 그 어느 작전 때보다도 거대한 캠프가 구축되어 있었다.

도시 한복판에 열린 70미터 이상의 검은 구멍은 빌딩 위에서 내려다보는 것만으로도 비현실적인 거부감을 불러일으켰다.

"팀 크로노스, 팀 블레이드, 팀 이그나이트는 이미 도착했어요. 그리고 각 팀에서 차출된 상위 클래스 헌터들이 집결 중입니다."

"팀 노스가드는?"

"한 명 전사, 세 명 중상을 입고 후퇴했어요. 정찰 데이터의 진행도는 추정 37% 정도."

"……"

시간을 아끼기 위해서 목숨을 희생한 셈이다. 용우는 누군지 모르는 전사자에게 속으로 조의를 표하고는 캠프 안쪽으로 걸어갔다.

그러자 사람들이 술렁였다.

검은 바이저로 얼굴을 가린 정체불명의 헌터, 제로가 도착했다는 사실이 캠프에 퍼져 나가면서 모두의 시선이 집중되었다.

백원태가 나와서 용우를 맞이했다.

"왔군요."

"분위기는 어떻습니까?"

"나쁘지 않아요. 노스가드가 목숨을 걸고 아껴준 시간을 헛되이 하지 말자는 분위기입니다."

"다니엘 윤은?"

"와 있습니다. 차준혁을 자기네 부대와 같이 투입하더군요. 본인은 나서지 않을 생각인지……."

다니엘 윤이 여기에 와 있다면 그가 구세록의 계약자, 광휘의 검으로서 게이트 내부에 출현할 가능성은 희박하다. 계속 모두의 시선을 받으며 지휘부에 있어야 하는 입장이기 때문이다.

"아니, 나설 겁니다."

"음? 어떻게 말입니까?"

"저건 가짜입니다."

용우는 멀리서 차준혁과 이야기를 나누고 있는 다니엘 윤을 보더니 말했다.

백원태가 깜짝 놀라서 물었다.

"그게 무슨 소립니까?"

"저건 다니엘 윤 본인이 아닙니다. 성좌의 힘이 희미하게 느껴지는 걸 보니 아마 후순위 계승자인 모양이군요. 이런 때를 위해 교육시킨 사람인가 본데……."

다니엘 윤으로 행세하고 있는 자는 다니엘 윤이 아니다.

분명 체격도, 분위기도 똑같다. 목소리마저도 다른 사람으로 착각할 수가 없을 정도다.

그럼에도 용우의 눈을 속일 수는 없었다.

'성형수술만으로는 저렇게 안 될 테니 스펠을 적용했겠고… 표정이나 태도는 평소에 훈련을 많이 한 부분이겠군.'

다니엘 윤을 여러 번 본 사람들도 눈치채지 못할 정도면 대역으로서의 완성도가 대단히 높다는 뜻이다.

아마 평소에도 종종 다니엘 윤을 대신하고 있지 않았을까?

용우는 다니엘 윤의 철두철미함에 감탄했다.

'재미있는 놈이군. 비밀을 계승할 자도 찾았고, 자기가 죽은 뒤의 일까지 고려하고 있는 건가?'

구세록의 계약자 광휘의 검을 대신할 후계자.

팀 이그나이트의 CEO 다니엘 윤을 대신할 대역.

다니엘 윤은 모든 것을 준비해 두었다. 스스로가 언제 죽어도 아무것도 달라지지 않도록.

'말로만 인류를 지킨다고 떠들어대는 놈은 아니군.'

용우는 그런 다니엘 윤의 태도에 흥미를 느꼈다.

'어쨌든 광휘의 검이 오고, 거기에 브리짓 카르타가 오겠다고 한 이상 8등급은 그리 걱정할 상대가 아니지.'

하지만 그럼에도 안심해서는 안 된다는 느낌이 든다.

애비게일 카르타가 경고한 것이 머릿속 한구석에 꺼림칙한 얼룩처럼 달라붙어 있었다.

백원태가 물었다.

"용우 씨, 우리 쪽과 같이 가겠습니까?"

"아뇨. 단독으로 가겠습니다. 지휘부의 요청에 따라서 유연하게 움직이죠."

"하긴 그게 낫겠군요."

"아, 사장님한테 부탁할 게 있습니다."

"뭡니까?"

용우는 백원태에게 몇 가지 부탁을 하고는 한 사람을 찾아갔다.

캠프에는 정비병들을 비롯한 기술 인력들도 잔뜩 와 있었는데, 그중에는 이질적인 사람 한 명이 있었다.

"안녕하세요."

동그란 뿔테 안경을 쓰고 하얀 가운을 입은 키가 작은 여자, 권희수 박사였다.

이번 작전부터 투입될 신무기 점검 작업을 지휘하던 그녀가 용우에게 다가오며 물었다.

"제 요구사항은 들었어요?"

"들었습니다."

"어때요?"

용우는 헬멧 너머로 그녀를 뚫어져라 바라보며 말했다.

"당신을 믿어도 될지, 아직도 확신이 안 서는군요."

권희수의 능력을 믿는다. 그리고 그녀가 해온 일들을 믿는다.

그러나 권희수라는 인간을 믿을 수 있을까?

권희수의 요구사항은 용우 입장에서는 리스크를 고려하지 않을 수 없는 것이었다.

권희수가 잠시 생각해 보더니 말했다.

"제가 목숨을 걸면 어때요?"

"당신을 죽여야 할 이유가 생겨서 죽이는 거라면 언제든 할수 있습니다."

용우의 살벌한 말에 권희수가 그게 아니라는 듯 손을 내저었다.

"당신이라면 그런 수단을 갖고 있을 것 같은데요? 직접적인 폭력을 행사할 것 없이 계약을 어기는 것만으로 목숨이 날아간다거나……."

"픽션에 너무 심취했군요."

"세상이 너무 픽션스러워져서요. 어쨌든 내 목숨을 담보로 당신의 신뢰를 살 수 있다면, 괜찮은 장사라고 생각해요."

그렇게 말하는 권희수에게서는 자기 목숨이 걸렸다는 긴장감이 눈곱만큼도 느껴지지 않았다. 과연 이 사람이 목숨의 무게를 이해하고 말했는지 의심스러울 정도다.

용우는 그녀를 빤히 바라보다가 물었다.

"죽는 게 무섭지 않습니까?"

그녀의 눈동자에는 공포가 보이지 않았다. 자신이 하는 말의 무게를 몰라서가 아니다. 아무래도 상관없다는, 그런 이상한 태도가 느껴졌다.

권희수는 잠시 용우를 바라보다가 힘없이 웃으며 말했다.

"살아 있는 게 더 힘들어요."

"……."

"죽을 만큼 힘내지 않으면, 살아 있을 수가 없어요."

헛소리로밖에 안 들리는 말이었다.

하지만 용우는 그 말을 허투루 듣지 않았다. 지친 표정으로 웃는 권희수에게서 처음으로 진심을 엿본 것 같았기 때문이다.

"처음입니다."

"뭐가요?"

"박사님 말에 공감한 거."

"아, 그건 유감이네요. 당신에게 한 말들, 전부 죽을힘을 다해서 한 말들이었는데."

권희수가 여느 때의 멍한 표정으로 돌아와서 말하자 용우는 피식 웃고 말았다.

2

다니엘 윤은 모든 것이 시작된 날을 기억하고 있다.

영국 에든버러를 여행하던 중 하늘을 가로지르는 검은 유성을 봤던 그날을.

그날, 모든 것이 시작되었다.

그리고 다니엘 윤은 자신이 그날, 돌이킬 수 없는 일을 저질렀다고 생각했다.

'소원을 빌었지.'

정말 그랬는지는 확실하지 않다. 검은 유성을 목격하고 구세록과 접촉하기까지의 기억은 안개가 낀 것처럼 뿌옇게 흐려져 있었으니까.

하지만 다니엘 윤은 자신이 그랬다고 믿고 있었다.

"아버지와 형이 세상에서 사라져 버렸으면 좋겠다."

분명 그런 소원을 빌었다고.

다니엘 윤의 아버지는 가장으로서 집안에서 절대적인 권력을 행사하는 사람이었다. 가족 중 그 누구도 감히 자신의 뜻에 거스르는 것을 용서치 않았다.

또한 그는 전혀 존경할 만한 인간이 아니었다.

돈 많은 집의 자식으로 태어나서 젊은 시절부터 여자에 빠져 정신을 못 차렸고, 결혼한 후에도 그런 방탕함을 자제하지 않았다.

그럼에도 부부 싸움 따위는 일어나지 않았다. 아버지는 경제권을 포함해서 집안의 모든 것을 쥐고 있었으니까.

다니엘 윤의 기억 속에는 어머니의 행복한 얼굴이 없었다. 어머니는 늘 우울한 독기에 차 있었다.

"다니엘, 너는 너희 아버지 같은 어른이 되면 안 된다."

몇 번이나 그런 말을 들었던가. 헤아릴 수도 없을 정도로 많았다.

어머니에 대한 추억을 되새겨 보면, 분명 좋은 기억도 많았을 텐데 그렇게 말하는 목소리만이 저주처럼 머릿속에 울려서 슬퍼졌다.

다니엘 윤은 어려서부터 아버지와 형에게 학대받으며 자랐다.

아버지는 온갖 트집을 잡아서 다니엘 윤에게 체벌이라는 이름의 학대를 행했고, 형 또한 남들 눈이 미치지 않는 곳에서 다니엘 윤에게 온갖 지독한 짓거리를 해댔다.

그 이유는 다니엘 윤이 그들과 같은 핏줄이 아니기 때문이다.

다니엘 윤은 어머니가 아버지에게 반항했다는 증거였다.

어머니는 딱 한 번 불륜을 저질렀고 그 결과 다니엘 윤이 태어났다.

아버지는 세상의 눈길 때문에 그 일을 묻어버리고 다니엘 윤을 호적에 올렸지만, 진짜 자식이라고 생각한 적은 한 번도 없었다.

다니엘 윤은 그들을 증오했다.

하지만 자기가 떠나면 어머니가 혼자 남는다는 사실 때문에, 그리고 집안을 떠나 살아가는 게 두려워서 도망치지도 못하고 하루하루를 괴로움 속에서 살아가고 있었다.

그를 새장 밖으로 내보낸 것은 어머니였다.

"다니엘, 나처럼 살지 말거라."

어머니가 스스로 목숨을 끊기 전날, 다니엘 윤의 베개맡에 끼워둔 편지에 써 있던 말이었다.

다니엘 윤은 그날부로 짐을 싸서 집을 나섰다.

그리고 몇 년 후, 그는 인생에서 가장 충격적인 소식을 알게 되었다.

어느 날 갑자기 아버지와 형이 세상에서 사라졌다.

24만 명의 실종자와 함께.

"소원이 이루어졌어."

다니엘 윤은 자신이 구세록에게 빈 소원이 이루어졌다고 생각했다.

"나 때문이야."

그날부터 그는 끝없는 죄책감에 시달리며 살았다.

"내가 빈 소원 때문에 대실종이 일어난 거야."

그런 생각에서 벗어날 수가 없었다.

다른 구세록의 계약자들을 만나고 나서 그게 아니라는 사실을 알았다.

그런데도 그의 마음 한구석에는 늘 근거 없는 죄책감이 비난의 목소리를 내고 있었다.

나는 죄인이다.

이런 죄를 지어놓고 아무것도 하지 않고 살아갈 수는 없다.

몇 번을 죽고, 또 죽어서 자신이 파괴되더라도……

인류를 위해 싸워야만 한다. 그것이 유일한 길이다.

그렇게 다니엘 윤은 한순간도 행복해 보지 못한 채로 살아왔다.

"…그럼 가볼까."

다니엘 윤은 팀 이그나이트의 CEO실과 연결된 비밀 공간에서 중얼거렸다.

그를 대신해서 개성에 간 대역은 벌써 5년 이상 그 일을 수행해 온 인물이다. 단순한 대역이 아니라 다니엘 윤이 죽었을 경우 그를 대신하여 팀 이그나이트의 CEO 역할을 수행할 수 있는 능력이 있다.

'뭐가 기다리고 있는지는 모르겠지만……'

다니엘 윤은 자신의 예지능력을 신뢰한다.

개성의 70미터급 게이트에 있는 것은 8등급 몬스터만이 아닐 것이다. 인류가 감당할 수 없는 위험이 그 안에 도사리고 있는 게 분명하다.

'절대로 게이트 브레이크가 일어나게 두진 않는다.'

다니엘 윤은 각성자 누군가가 죽을 때까지 기다리지 않았다.

아공간에 보관하고 있던 각성자의 시신을 써서 곧바로 게이트 안으로 강림했다.

*　　　*　　　*

개성의 70미터급 게이트 제압 작전은 다른 작전들과는 비교를 불허하는 대규모 작전이었다.

인원과 물자 모두 한국 헌터계와 국방부의 모든 것을 퍼붓고 있었다.

정보가 빠르게 쌓여간다.

그리고 이미 전장 형성 작업이 시작되었다.

[포인트 B—23 폭격 진행 중. 트롤들이 산개해서 이동하고 있습니다.]

[4등급 코어 에너지 반응 포착. 트롤 중에 지휘관 개체가 있습

니다.]

[D—31 지역에서 강철거인이 움직입니다. D—30지점으로 유도하겠습니다.]

[2번째 악마숲 발견. 서로 200미터밖에 떨어져 있지 않습니.다.]

70미터급 게이트 내부에는 상당히 까다로운 상황이 중첩되어 있었다.

일단 지휘관 개체가 2마리나 있어서 휴머노이드 몬스터들이 발 빠르게 움직이는 중이다.

그리고 6등급 몬스터가 4마리, 7등급 몬스터가 2마리나 있었다.

거기에 8등급 몬스터는 가이아드래곤이다. 땅속을 헤엄치듯이 이동하기에 타격하는 것 자체가 까다로운 개체였다.

[어?]

그때 문득 무전으로 얼빠진 소리가 울려 퍼졌다.

[악마숲 A가… 소멸했습니다.]

[뭐?]

다들 놀라서 관측 영상을 살폈다.

[고스트……!]

서포터들이 신음처럼 중얼거렸다.

순백의 갑옷을 입고 온통 빛으로 이루어진 검을 든 자, 다니엘 윤이 전장에 출현했다.

[악마숲 B의 반응도 소멸!]

[고스트라니, 아무도 안 죽었는데 나타나기도 하는 건가?]

[그걸 따질 때가 아니야! 빨리 저 지역 정찰부터 진행해!]

지휘부를 짜증 나게 하던 악마숲들을 치워 버린 다니엘 윤의 모습이 사라졌다.

텔레포트로 공간을 뛰어넘은 그가 나타난 곳은…….

[고스트가 가이아드래곤과 교전합니다!]

8등급 몬스터, 가이아드래곤 앞이었다.

그르르르르…….

강대한 힘의 출현을 감지한 가이아드래곤이 움직이기 시작했다.

땅이 진동하면서 숲이 마치 물결처럼 출렁거린다.

쿠과과과과과!

반경 1킬로미터 안의 흙과 암석이 살아 있는 것처럼 꿈틀거리면서 터져 나갔다.

그리고 그 한가운데서 거대한 뱀 같은 존재가 모습을 드러낸다.

표면이 암석과 금속이 뒤섞인 것 같은 질감으로 가득한 그것은 거대했다. 몸통 굵기가 5미터에 달했으며 땅 위로 솟구친 몸의 길이만 해도 50미터가 넘었다. 그 아래쪽에는 분명 그보다 더 긴 몸체가 존재하고 있으리라.

〈가이아드래곤인가. 엔조 모로, 그 빌어먹을 인종차별주의자 놈이 그리워질 때가 다 있군.〉

세상 모든 것에는 상성이 있다.

구세록의 계약자들의 전투 능력도 예외는 아니다. 그들은 자신이 다루는 힘과 동질의 힘을 다루는 몬스터 상대로는 훨씬 강력한 힘을 발휘한다.

대지의 로드의 주인인 엔조 모로라면 가이아드래곤을 좀 더 쉽게 상대할 수 있었으리라.

하지만 없는 사람을 그리워해 봤자 의미가 없다.

—선다운 버스트!

다니엘 윤은 광휘의 검으로 가이아드래곤을 겨누었다.

동시에 하늘에서 한줄기 가느다란 섬광이 떨어져 내렸다.

콰아아아아아아아……!

어마어마한 폭발이 그 자리를 집어삼켰다.

"맙소사."

지휘부에서 그 광경을 지켜보는 자들이 경악했다.

폭격기를 통해서 투입될 예정인 항공 폭탄, 그중에서도 최대급 파괴력을 자랑하는 TNT 55톤급을 월등히 능가하는 대폭발이었다.

저 폭발이 스펠에 의한 것임을 감안하면 가이아드래곤에게 가해진 타격은 항공 폭탄과는 비교도 안 될 터.

그런데도 다니엘 윤과 가이아드래곤의 싸움에 있어서 그것은 인사를 보낸 수준밖에 안 되었다.

콰과과과!

폭발이 걷히자마자 둘이 격돌하면서 섬광이 공간을 찢고 대지가 폭발한다.

*　　　　　*　　　　　*

'역시 왔군. 하지만 이렇게 일찍 올 줄은 몰랐는데. 브리짓 카르타가 말했던 것과 관련이 있는 건가?'

용우는 하늘에서 다니엘 윤과 가이아드래곤의 격전을 지켜보고 있었다.

그가 있는 지점은 고도 4킬로미터 지점.

수직 이착륙 수송기 아래쪽에 매달린 채로 전술 지시를 기다리는 중이다.

70미터급 게이트의 내부 필드가 광활한 만큼 하늘도 높기에 가능한 일이었다.

[제로. 포인트—17의 바람용을 공격해 주기 바란다. 허공장을 뚫는 시점에서 팀—4th가 투입될 것이다]

"알겠다."

용우는 무전에 대답하고는 서포팅 인공지능에게 지시했다.

"록 오프."

용우가 응답하자 철컥, 하고 뭔가가 풀리는 소리가 났다.

후우우우우……!

위쪽에 드리워져 있던 수송기의 그림자가 사라지면서 푸른 하늘에서 빛이 쏟아져 내려왔다.

[비행 시퀀스 개시.]

[마력 공명 부탁드립니다.]

용우가 서포팅 인공지능의 지시에 따라 마력을 일으키자 기묘한 공명이 일어나기 시작했다.

우우우우우우……!

가늘고 긴 공명음이 울려 퍼지면서 용우의 몸을 둘러싸고 있는 무언가의 표면이 빛을 발하기 시작한다.

그것은 기다란 날개였다.

M슈트를 입은 용우의 몸을 특수 소재로 제작된 강화 외골격이 감싸고 있다.

그리고 그 너머에는 2개의, 용우의 덩치와 필적하는 원통형 금속 구조물이 붙어 있고 거기서부터 좌우 양쪽으로 길이 4미터에 달하는 날개가 뻗어나가 있었다.

서포팅 인공지능의 음성이 들려왔다.

[윙 슈트, 기동.]

그것의 이름은 윙 슈트.

이 작전에서 처음으로 실전 투입되는, 한국 게이트 재해 연구소의 신병기였다.

원통형 금속 구조물의 위아래가 빛을 발하기 시작했다.

수송기에서 떨어져 내리는 순간부터 관성으로 활강할 뿐이었던 윙 슈트의 움직임이 달라졌다.

제트 기류를 뿜어내는 엔진도, 프로펠러도 없는데 자연스럽게 비행을 시작한 것이다.

"게이트 안에서의 비행 기능에는 이상 없음."

용우가 보고했다.

윙 슈트는 권희수 박사가 발견한 새로운 마력석 활용 기술이 도입된 결과물이다.

그녀는 마력석에 특정한 패턴의 반응을 일으키면 반중력 비행 장치로 쓸 수 있다는 사실을 알아냈다.

윙 슈트는 각성자가 쓰면 중력을 거스르면서 비행하는 게 가능한 장치인 것이다.

"바람용의 위치를 확인했다."

용우는 이미 수십 시간 동안 윙 슈트의 테스터 노릇을 해왔다. 실전에서도 컨트롤이 물 흐르듯 자연스러웠다.

"정지 비행 성공. 조준 완료했다."

반중력 비행을 실현한 윙 슈트의 최대 장점은 공중의 한 지점에 정지할 수 있다는 것이다.

그것은, 즉 저격수들이 몬스터를 상대할 때 지금까지보다 현격하게 우위를 점할 수 있다는 뜻이다.

윙 슈트에는 용우가 즐겨 쓰는 대(對)몬스터 저격총, 제우스의 뇌격보다도 훨씬 구경이 큰 35㎜ 포탄을 쏘기 위한 포신이 탑재되어 있다. 탄두 사이즈가 큰 만큼 탑재된 증폭 탄두의 용량 역시 압도적이다.

용우는 3.5미터에 달하는 포신 3킬로미터 아래쪽의 바람용에게 향한 채 서포터의 목소리를 기다렸다.

[듀얼 부스트 기동합니다.]

서포터의 목소리가 들려오면서 윙 슈트에 잠재된 또 하나의 기능이 눈을 떴다.

윙 슈트가 강화 외골격 위에 비행 장치를 덧붙이는 방식으로 제작된 이유.

그것은 바로, 윙 슈트에 M-링크 시스템의 업그레이드 버전이 탑재되었기 때문이다.

"빙설의 창."

허공에서 홀연히 얼음처럼 투명한 질감의 창이 나타났다.

후우우우우우!

윙 슈트 주변 기온이 급격히 내려가면서 광풍이 휘몰아치기 시작했다.

용우의 마력이 빙설의 창과 공명하면서 폭발적으로 증폭된다.

"M—링크 시스템 기동."

뒤이어 용우가 M슈트의 M—링크 시스템을 가동시키자 그의 몸이 빛을 발했다.

그의 체내에서 발생한 마력 파동이 빙설의 창과 공명해서 한 차례 증폭, M—링크 시스템으로 또 한차례 증폭되고……

우우우우우우!

윙 슈트의 듀얼 부스트에 이어서 한 번 더 증폭된다!

'새삼스럽지만…….

3번의 증폭 과정을 통한 증폭률은 상상을 초월했다.

'끝내주는군. 권 박사, 당신은 확실히 최고다.'

빙설의 창을 제외하더라도 이 경이로운 시스템의 마력 증폭률은 아티팩트에 필적할 것이다.

[이 마력은 뭐야?]

[새로운 고등급 몬스터가 나타난 건가?]

무전으로 경악하는 목소리들이 들려왔다.

지휘부는 전술 시스템이 표시하는 마력 수치를 의심하고 있었다.

용우는 시끄럽게 떠들어대는 목소리를 한 귀로 흘리면서 웃었다.

전자식 스코프에 바람용의 모습이 보인다.

그것은 마치 용의 모습을 한 거대한 나무 같다. 나무껍질 같은 질감의 몸을 가졌고 그 위로는 푸르른 나뭇잎과 이끼가 무성하게 자라나 있었다.

자연스럽게 몸이 떠오르는 특성 때문에 꼬리를 나무에 감고 있었으며, 등에는 잠자리의 날개를 수천 배로 확대해 놓은 것 같은 날개가 무지갯빛을 발하고 있었다.

나무껍질을 조각해 놓은 것 같은 얼굴 속에서 녹색의 보석 같은 눈동자가 용우를 향한다.

필시 용우의 마력을 감지한 것이리라.

쿠구구구……!

위기를 감지한 바람용이 마력을 모으기 시작한다.

바람용의 허공장이 가시화되고 주변에 강력한 돌풍이 휘몰아치기 시작했다.

4킬로미터 고도는 바람용에게는 높고, 멀다.

바람용은 저 고도에 있는 표적을 즉시 타격할 수 있는 능력이 없다.

하지만 그렇다고 손쓸 수단이 없는 것은 아니다. 시간은 걸릴지언정 바람을 컨트롤하는 힘을 이용해서 용권풍을 일으킨다면 높은 고도에 있는 적이라도 휩쓸어 버릴 수 있으리라.

'그렇겠지. 그런데 내가 그걸 기다려 주겠냐?'

용우는 악마처럼 웃으며 방아쇠를 당겼다.

─유성의 화살!

동시에 지구상에서 한 번도 모습을 드러낸 적이 없는, 최고위급 원거리 공격 스펠이 발사되었다.

그 순간 모두가 그 광경을 바라보았다.

서포터들은 물론이고 인간들에 의해 유도되고 있던 몬스터들도, 전술에 따라 움직이고 있던 헌터들도……

'저건?'

차원이 다른 격전을 펼치고 있던 다니엘 윤과 가이아드래곤조차도.

그것은 그야말로 찰나였다.

총구에서 발사된 백색의 에너지탄은, 마하 17에 달하는 극초음속으로 달려 나갔다.

지표에 굉음이 도달하기도 전에 섬광이 바람용의 허공장을 꿰뚫고 폭발을 일으켰다.

쏴과과과과꽝……!

빛이 폭발하면서 일순간 시야를 하얗게 덧칠했다.

그리고 뒤이어 충격파가 터져 나오면서 흙먼지가 자욱하게 퍼져 나간다.

키에에에에에!

그 속에서 바람용의 비명이 울려 퍼졌다.

바람용의 거체가 스스로 일으킨 기류에 휘말려서 거세게 흔들리고 있었다.

"바, 바람용의 허공장이… 뚫렸습니다."

단 일격에 7등급 몬스터의 허공장에 구멍이 뚫렸다.

"일격에? 어떻게 그럴 수가?"

"장비가 고장 난 건 아니겠지?"

다들 그 사실을 믿을 수가 없어서 아연해졌다.

M슈트와 연동되는 듀얼 부스트 시스템을 탑재한 윙 슈트는 향후 인류와 몬스터의 전쟁의 판도를 바꿀 비밀 병기다.

고등급 몬스터의 시체로부터 얻은 특수 소재를 이용한 윙 슈트가 다수 갖춰진다면 8등급 몬스터도 충분히 잡아낼 수 있다는 희망이 있었다.

하지만 누구도 이렇게까지 어마어마한 결과를 기대하지 않았다.

"말도 안 돼……."

그 충격적인 결과 앞에서는 다들 기뻐하는 것조차 잊고 얼이 빠질 수밖에 없었다.

3

치이이이익……!

용우는 시스템이 포신을 급속 냉각시키는 걸 보면서 생각했다.

'이런. 포신이 못 버티는군.'

7세대 헌터들조차도 터득하지 못한 최고위급 스펠, 페이즈19의 마력, 거기에 빙설의 창과 M—링크 시스템과 듀얼 부스트 시스템의 증폭 과정까지 거치자 윙 슈트의 포신이 버티지 못했다. 억지로 쏜다면 한 발 정도는 더 쏠 수 있을 것 같지만 정확도가 심각하게 떨어질 것이다.

'아직 시험해 볼 게 남았는데.'

용우에게는 이 시스템을 이용해서 위력을 더 올릴 수 있는 수단이 남아 있었다. 이럴 줄 알았으면 처음부터 모든 수단을 다 동원해 볼 것을.

용우는 개인 회선을 열고 말했다.

"권 박사님, 미안합니다. 너무 거칠게 다룬 것 같습니다."

[설마 그 포신이 일격에 망가질 줄이야. 왜 하필 지금이에요? 이런 트러블을 일으킬 거면 테스트 때 해줬어야죠.]

권희수 박사는 기뻐하는 건지 슬퍼하는 건지 모를 목소리로 말했다.

"그건 미안하군요. 어쨌든 내 윙 슈트는 여기까지인 것 같습니다."

[일단 수송기 편으로 보내줘요. 최대한 빨리 포신을 교체해 볼게요. 설마 당신 말고 다른 사람들한테서도 이런 일이 벌어지진 않겠죠.]

"아마 그럴 겁니다."

용우는 주변을 살폈다.

이 전장에 투입된 윙 슈트는 용우의 것을 포함해서 총 6기였다.

국내 톱클래스라는 평가를 받는 저격수들이 윙 슈트에 탑승해서 6, 7등급 몬스터를 향해 공격을 퍼붓고 있었다.

4킬로미터 고도에서 날아드는, 지금까지 인류가 기록한 한계를 초월하는 공격에 6, 7등급 몬스터들마저도 착실하게 대미지를 입고 있었다.

'훌륭하다.'

권희수의 병기 개발 능력은 최고다. 그녀는 헌터의 입장에서 필요한 것이 무엇인지 이해하고 그들의 전투 능력을 향상시킬 결과물을 만드는 재주가 있었다.

용우가 윙 슈트의 고도를 상승시키자 그를 떨구고 날아갔던 수송기가 되돌아왔다.

철컥!

윙 슈트가 수송기의 수송용 프레임과 결합하자 용우는 강화 외골격을 열고 뛰어내렸다.

"이놈까지는 끝내고 가야겠지."

지상에서는 어마어마한 바람이 휘몰아치고 있었다.

용우의 일격으로 허공장이 뚫리고, 그것으로도 모자라서 몸에 커다란 구멍이 뚫린 바람용이 미쳐 날뛰는 중이다.

나무가 뿌리째 뽑혀 날아가고 바위가 데굴데굴 구르다가 기류에 말려 올라간다. 휘말렸다가는 뼈도 못 추릴 광풍이었다.

하지만 용우는 개의치 않았다.

'구멍을 메꾸지 못하는군.'

바람용은 한 번에 너무 큰 타격을 입어서 회복력이 제대로 기능하지 못하고 있다.

상처를 재생하지 못하는 것은 물론이고 허공장에도 커다란 구멍이 뚫린 채였다.

철컥!

용우는 아공간에서 제우스의 뇌격을 꺼내서 바람용을 조준했다.

굳이 빙설의 창이나 M—링크 시스템을 쓸 것까지도 없다.

저 상태의 바람용이라면 이것만으로도 충분했다.

─염동염마탄(念動炎魔彈)!

고열을 발하는 붉은 에너지탄이 극초음속으로 내리꽂혔다.

콰아아아아앙!

그것으로 끝이었다.

이미 극심한 상처를 입었던 바람용의 코어가 파괴되면서 에너지 반응이 끊겼다.

지금까지 인류가 잡아낼 수 있는 한계치라고 평가되던 7등급 몬스터가 단 2번의 공격만으로 끝장난 것이다.

그리고 그것은 시작에 불과했다.

용우는 넓게 펼쳐진 전장을 누비면서 몬스터들을 학살하기 시작했다.

크워어어어어!

키가 4미터에 달하는 배불뚝이 거인형 괴물, 오우거가 숲을 헤치면서 돌진해 왔다.

"잘 만났다."

─마격탄!

소총 사격 한 발만으로 오우거의 머리통이 날아간다.

오우거의 거구가 달려오던 기세 그대로 땅에 쓰러져서 미끄러졌다.

─뇌전망!

파지지지직!

용우를 중심으로 반경 50미터의 지면을 따라서 뇌전의 그물망이 펼쳐졌다.

그워어어어어!

우렁찬 비명의 합창이 울려 퍼졌다.

산개해서 포위망을 형성하려던 오우거들이 순식간에 무력화되고, 용우는 그 사이를 유유히 누비면서 하나하나 숨통을 끊어놓기 시작했다.

에너지 드레인과 정화를 병행해서 마력을 보충하면서.

"몇 번이든 반복할 자신이 있겠지?"

용우는 오우거들 중 한 마리는 일부러 마지막까지 살려두었다.

텔레파시를 발하며 던진 말에 오우거, 아니, 지휘관 개체인 오우거 로드가 눈꼬리를 추켜올렸다.

〈물론이다. 너희들은 이길 수 없다. 여기서 다 죽게 될 것이다.〉

"설마 저 8등급을 믿고 그런 소리 하는 건 아니지?"

용우는 오우거 로드를 비웃으면서 소총을 아공간에 집어넣었다.

전기 충격으로 몸이 잘 움직이지 않는 오우거 로드가 눈을 빛냈다.

―염동충격탄!

용우가 접근하기를 기다렸다가 기습적으로 스펠을 날린다.

퍼어어엉!

오우거 로드가 발사한 에너지탄이 용우를 꿰뚫었다.

하지만 오우거 로드는 놀라서 눈을 크게 떴다.

〈환영?〉

"그래."

뒤쪽에서 용우의 대답이 들려왔다.

오우거 로드가 급히 뒤를 돌아보는 순간…….

―영파탄!

물리적 영향력은 전혀 없는 투명한 푸른 섬광이 오우거 로드의 몸통을 때렸다.

〈아아악……!〉

소리조차 울리지 않았지만 오우거 로드는 내장이 끊어지는 듯한 통증을 느끼며 주저앉았다.

"어때? 마땅히 느꼈어야 할 고통의 맛은?"

〈이, 이놈……!〉

콰직!

용우는 비틀거리는 오우거 로드에게 나이프를 찔러 넣었다.

〈그아아아아아아악!〉

정신체를 공격하는 투명한 푸른 불꽃, 아스트랄 플레어를 휘감은 나이프였다.

"도망칠 생각은 버리는 게 좋아. 퇴로는 이미 차단했거든."

〈뭐라고?〉

"내가 숨통을 끊기 전까지는 그 몸이 네 감옥이라는 소리지."

〈그, 그럴 리가 없어!〉

오우거 로드가 비명을 지르면서 뭔가를 했다.

하지만 아무것도 달라지지 않았다.

"역시 긴급 탈출 수단도 갖고 있었군."

용우가 오우거 로드를 비웃었다.

그럴 경우를 대비해서 빙의한 몸에서 정신체를 탈출시키지 못하도록 퇴로를 막아버렸다.

〈너는… 너는 대체 뭐냐? 탑에는 이런 힘이 없을 텐데!〉

"구세록과 각성자 튜토리얼에 대해서 잘 알고 있는 것 같군. 차분하게 이야기를 듣고 싶은걸?"

푹!

용우는 유들유들하게 말하며 푸른 불꽃을 휘감은 나이프 또 한 자루를 오우거 로드의 몸에 찔러 넣었다.

〈끄아아아아악! 그, 그만! 제발 그만해……!〉

오우거 로드가 몸을 비틀며 고통스러워했다.

"아무리 다쳐도, 죽어도 아픔이 없으니까 의기양양할 수 있었지? 몇 번이고 계속할 수 있다고? 과연 오늘 이후에도 그럴 수 있을까?"

용우는 악마처럼 웃으며 오우거 로드를 파괴해 갔다.

그 파괴 행위는 단순히 신체를 파괴하는 것에 그치지 않는다. 모든 행동에 철저하게 정신을 파괴하는 힘이 깃들어 있었다.

자신이 절대 맛보지 않으리라 확신하고 있던 것, 고통에 유린 당하는 오우거 로드는 발광했다.

"게임 감각으로 침략자 놀이를 하는 건 여기까지야. 이제부터는 한 놈 한 놈에게 알려주지. 네놈들이 무슨 일을 하고 있는지를."

용우거 오우거 로드의 정신에 다시는 잊지 못할 상처를 새겨주고 있을 때였다.

[포인트 C—34의 트롤들의 행동이 이상합니다.]

신경 쓰이는 무전이 들려왔다.

용우가 귀를 기울이자 서포터들이 정찰 데이터를 이야기했다.

[4, 5등급 몬스터들이 모여서 방어진을 짜고 있습니다. 트롤 족장이 통제하고 있는 것으로 보입니다.]

[현재 팀—5th가 방어진과 교전 중.]

[트롤들은 전투에 가담하지 않고 있습니다. 트롤들이 원형으로 둘러앉아 있고 그 가운데서 트롤 족장이 뭔가를… 잠깐. 저건 설마?]

용우는 전술 시스템이 포착한 관측 영상을 띄워보았다.

그리고 놀랐다.

'이건 뭐야?'

기괴한 광경이었다.

50마리의 트롤들이 원을 그리며 무릎을 꿇고 고개를 숙이고 있다.

그리고 그 한가운데서 지휘관 개체, 트롤 족장이 뭔가를 말하는 중인데 그 손에 들린 것은 바로 빙설의 창이었다.

'아티팩트가 왜 저기 있지?'

7세대 각성자 중 아티팩트 보유자는 7명.

그중 한 명, 남중국 출신으로 빙설의 창을 보유했던 각성자는 사망했다.

그러니까 저기 있는 빙설의 창은 소유주가 죽으면서 행방이 묘연해진 아티팩트일 가능성이 크다.

게다가…….

투콰콰콰쾅……!

4, 5등급 몬스터들이 방어진을 짜고 있다고 해도 공중까지는

어쩔 수 없다.

폭격기가 날면서 투하한 대형 항공 폭탄이 트롤들의 머리 위로 떨어져 폭발했다.

콰아아아아아앙!

반응 탄두가 탑재된 대형 항공 폭탄의 위력은 엄청나다. 지휘부는 3등급 몬스터인 트롤들을 이 일격으로 해치울 수 있으리라 확신하고 있었다.

[저건 뭐야?]

하지만 폭발이 걷히고 드러난 풍경은 그들이 예상했던 것과는 전혀 달랐다.

트롤들은 죽지도, 다치지도 않았다.

투명한 빛의 막이 트롤들을 감싸고 있었기 때문이다.

폭발의 여파로 그 주변이 엉망진창이 되고, 방어진을 짜고 있던 4, 5등급 몬스터들이 나가떨어졌지만 트롤들은 멀쩡했다.

[뭔지 모르겠지만 놔두면 안 좋겠군. 윙 슈트를 저쪽으로 투입하지.]

항공 폭탄이나 원거리 포격이 통용되지 않는다면 가장 유효한 공격 수단은 윙 슈트의 공격이다.

"여기는 제로."

거기까지 듣던 용우가 무전에 끼어들었다.

"내가 가겠다."

그러자 지휘부는 잠깐 침묵한 뒤 대답했다.

[알겠다. 별도의 지원이 필요한가?]

"아니, 혼자서 충분하다."

용우의 결정에 지휘부는 토를 달지 않았다.

제로라는 헌터에게는 그럴 자격이 있다. 모두가 그 사실을 인정하고 있는 것이다.

용우는 오우거 로드를 돌아보며 흥이 깨졌다는 듯 말했다.

"운 좋은 놈."

파악!

움직임이 완전히 봉쇄당한 채로 고통에 시달리던 오우거 로드의 목이 몸통과 분리되면서 숨통이 끊어졌다.

〈크아, 아……!〉

정신체가 육체를 떠날 때, 공포와 안도감이 뒤섞인 정신파가 흘러나왔다.

용우는 오우거 로드의 시신에서 마력을 빨아들이고는 딜레포트했다.

파직!

단번에 트롤들 사이로 진입할 생각이었지만 뜻대로 되지 않았다.

트롤들을 감싼 방어막이 공간 좌표 설정을 방해한 것이다.

"제법 단단하군."

용우가 텔레파시를 발하며 말하자 안쪽에서 반응이 돌아왔다.

〈대적자인가? 아니, 뭔가 이상하군…….〉

"너희들에게 마땅히 치러야 할 대가를 가르쳐 줄 사람이지."

〈정체가 뭔지는 모르겠지만 거기서 손가락이나 빨면서 지켜보는 것 말고는 할 수 있는 일이 없을 것이다.〉

트롤 족장이 용우를 비웃었다.

그러는 동안 주변에 쓰러져 있던 4, 5등급 몬스터들이 일어나기 시작한다. 그대로 두면 용우를 덮쳐 올 것이 틀림없었다.

'이놈들에게 시간을 주면 안 돼.'

용우는 트롤 족장과 눈을 마주하는 순간 그 사실을 직감했다.

후우우우우우!

돌풍이 휘몰아치면서 빙설의 창이 용우의 손에 쥐어졌다.

—형상 복원!

용우는 빙설의 창으로 마력을 증폭하면서 빙설의 창 마이너 카피를 만들어서 쥐었다.

—M—링크 시스템 가동!

M슈트의 양 손바닥과 팔등, 그리고 명치에 설치된 투명한 원형 파츠에 소모재가 채워지면서 푸른빛을 발한다.

뿐만 아니다. 팔과 다리, 몸과 헬멧까지 액상 물질이 흐르는 길이 빛의 띠로 화하기 시작했다.

〈이런……!〉

폭발하듯 증폭되는 마력 파동에 트롤 족장이 경악했다.

저 공격은 방어막을 뚫을 수 있다. 그 사실을 직감한 것이다.

〈하지만 이쪽이 빠르다!〉

트롤 족장이 아티팩트 빙설의 창을 쥔 채로 절박하게 외쳤다.

그의 몸에서 흘러나온 빛의 띠가 빙설의 창을 휘감고 무언가를 진행시키고 있었다.

용우는 그것을 관찰하겠다고 시간을 허비하지 않았다.

―프리징 버스트!

빙설의 창 마이너 카피에 강력한 스펠의 힘을 불어 넣는다.

―초열투창!

그리고 마력이 최대 출력으로 증폭되는 순간, 블링크로 100미터 밖으로 물러나면서 빙설의 창 마이너 카피를 던졌다.

스펠로 '발사'된 빙설의 창 마이너 카피가 한순간에 마하 4까지 가속하면서 트롤들을 감싼 방어막을 강타했다.

콰아아아아아!

새하얀 충격이 대지를 뒤흔들었다.

창끝과 방어막이 충돌하는 순간 폭발한 스펠의 힘이 극저온의 한기 파동을 쏟아낸다.

굳건했던 방어막이 뚫리면서, 그 안에 있던 트롤들이 한기 파동에 휩쓸려 얼음상으로 변해 버렸다.

"늦지 않았다고? 어디가?"

용우는 하얗게 얼어붙은 그들에게 다가가며 비아냥거렸다.

〈…그래.〉

그런데 그때 트롤 족장의 텔레파시가 들려왔다.

〈우리가 빨랐다.〉

콰자작! 콰드드드득!

얼어붙은 트롤들이 연달아 터져 나가기 시작했다.

용우가 주변을 둘러보자 터져 나간 얼음 사이로 트롤들의 피가 마치 살아 있는 것처럼 하늘로 올라가 한 지점에 집결하고 있었다.

"무슨 쓸데없는 의식을 했는지 모르겠지만……."

용우는 핏물이 집결하는 지점에서 마력 파동이 부풀어 오르는 것을 감지하고는 제우스의 뇌격을 겨누었다.

"형태를 갖추기 전에 끝장내 주지!"

방아쇠를 당기자 에너지탄이 쏘아져 나간다.

쫘아아아앙!

폭음이 울려 퍼졌지만 용우의 표정은 굳어 있었다.

'허공장이 전개됐어.'

갑자기 강력한 허공장이 전개되면서 그 공격을 막아냈다.

그리고 용우가 다음 공격을 가하기 전에, 하늘이 열리기 시작했다.

구구구구구……!

70미터급 게이트 내부의 필드, 그 광활한 공간이 통째로 진동하기 시작했다.

하늘이 일그러지면서 그 한복판에 시커먼 구멍이 뚫린다.

'하늘이 열려? 이건 뭐야?'

처음 보는 현상에 용우도 경악했다.

구멍이 열리는 순간, 지금까지 느껴보지 못한 불길한 느낌이 덮쳐왔다.

'잠깐. 이건, 어디선가……?'

용우가 의문에 골몰할 시간은 주어지지 않았다.

구멍이 뚫리는 것은 잠깐이었다. 금방 구멍이 닫히면서 용우가 감지했던 거대한 존재감이 꺼지듯이 소실되었다.

'텔레포트까지?'

놀란 용우가 급히 전술 시스템의 관측 데이터를 볼 때였다.

쉬이이익!

얼음 속에 파묻혀 있던 아티팩트 빙설의 창이 허공으로 날아오르더니 초고속으로 저편으로 날아갔다.

'노리는 건 다니엘 윤인가?'

용우는 그 방향을 보고 적의 목표를 짐작할 수 있었다.

아직 생존해 있는 가이아드래곤과 합세해서 다니엘 윤을 노릴 의도다.

"젠장!"

용우는 곧바로 다니엘 윤과 가이아드래곤이 있는 지점으로 텔레포트했다.

〈처음 뵙겠습니다, 이 세계의 인류여.〉

그리고 그곳에는 지금까지 한 번도 본 적 없는 존재가 기다리고 있었다.

Chapter28

전원 집결

1

텔레포트하자마자 눈에 들어온 그것을 보는 순간, 용우는 직감했다.

'위험해.'

무수한 전투 경험에서 비롯된 위기 감지 능력이 경고해 오고 있었다.

저것은 정말로 위험한 존재라고.

'이런 놈이 있었나.'

그것은 마치 정교한 얼음조각상 같은 존재였다.

전신을 아름다운, 실전성과는 거리가 먼 복잡하고 화려한 장식 가득한 갑옷으로 두른 존재.

다만 그것은 진짜가 아니다. 얼음으로 조각된 가짜에 불과하다.

적어도 겉보기에는 그랬다.

저벅……

키 2미터의 얼음조각상이 한 걸음 나섰다.

온통 얼음으로 이루어진 존재이면서도 의지를 갖고 움직이고 있었다.

하지만 정말로 놀라운 것은 저 존재가 움직인다는 사실이 아니다.

[새로운 코어 에너지 반응이 출현했습니다.]

서포터들의 목소리는 떨리고 있었다. 자신이 말해야 하는 사실이 믿어지지 않는다는 듯.

[…9등급입니다.]

순간 무전이 난리가 났다. 너도나도 비명처럼 그 진위 여부를 물어왔기 때문이다.

9등급 몬스터가 의미하는 것은 하나.

대적 불가의 재앙.

출현하는 순간, 인류는 그곳이 아무리 소중한 곳이라고 하더라도 포기해야만 한다.

지금의 인류가 무슨 수를 써도 어찌할 수 없으니까!

[신이시여……]

다들 갑자기 출현한 절망 앞에서 패닉에 빠져 있을 때였다.

〈나는 눈과 얼음의 군주〉

상대는 우아하게 스스로를 소개했다.

그 텔레파시는 모두가 들을 수 있었다. 드넓은 전장 전역에 울려 퍼졌기 때문이다.

〈하스라.〉

그것은 처음으로 빙의가 아닌 다른 형태로 인류 앞에 모습을 드러낸 군주 개체였다.

그그그그그……

하스라의 뒤쪽으로 가이아드래곤이 꿈틀거린다.

그가 등장하는 순간 폭력적인 본능조차 억누르고 명령을 기다리는 것 같았다.

용우는 하스라를 뚫어져라 관찰했다.

'코어가 없군. 아티팩트가 코어 역할을 대신하고 있는 것 같아.'

아티팩트 빙설의 창이 하스라의 몸속에 자리한 채로 코어 역할을 하고 있었다.

'아티팩트가 코어 역할을 해서 군주 개체를 강력한 형태로 출현할 수 있게 한다……'

용우에게는 모든 것이 누군가가 짜놓은 각본처럼 보였다.

하스라가 그런 용우를 보며 말했다.

〈그대가 바로 에우라스와 볼더를 패퇴시킨 자로군.〉

"그래. 너희들의 목적은 뭐지?"

〈기둥이 둘이나 없어졌다 했더니, 하나는 그대의 손에 가 있었나? 흠, 이상한 일이군. 분명 기둥을 가졌는데 왜 대적자의 존재감이 안 느껴지지?〉

하스라는 용우의 질문을 무시하고 중얼거렸다.

그리고 손가락으로 용우를 가리켰다.

파아아아아아!

다음 순간, 하스라의 손에서 발사된 섬광이 용우에게 작렬했다.

〈이건……!〉

다니엘 윤이 경악했다.

마력을 끌어올리는 낌새도 없었다. 그런데 작렬하는 지점에서 극저온의 한기 파동이 폭발하는 광선이 발사된 것이다.

일순간에 용우가 있던 자리에 수십 미터에 달하는 삐죽삐죽한 얼음덩어리가 생겨났다.

〈아, 제법이구나. 에우라스와 볼더가 깨진 것도 이유가 있었군.〉

하스라의 정신파는 웃는 것 같았다.

투아아앙!

동시에 하스라의 눈앞에서 폭발이 일어났다.

하지만 그뿐이다. 하스라의 막강한 허공장은 전혀 훼손되지 않았다.

"네놈들 세계가 어떻게 생겨먹었는지는 모르겠는데……."

그에게 소총을 겨눈 용우가 말했다.

"군주니 뭐니 하는 계급 놀이는 지구에서는 한물간 지 오래됐어. 1세기 전에 지나간 유행이지."

용우는 그렇게 말하며 방아쇠를 당겼다.

콰아앙!

하스라는 날아드는 에너지탄을 피하지도 않았다.

―오만의 거울!

그가 스펠을 펼치자 허공장이 한순간에 변화하면서 그 앞에 거울처럼 매끈하게 잘린 얼음판이 나타난다.

파아앙!

그리고 그 얼음판을 때린 에너지탄이 온 방향 그대로 되돌아가서 용우를 노렸다.

'반사 스펠? 저런 게 있었나?'

다니엘 윤이 처음 보는 스펠에 경악할 때였다.

―오만의 거울!

용우는 하스라와 거의 동시에 똑같은 스펠을 펼치고 있었다.

하스라가 반사한 에너지탄이 한 번 더 반사되어서 하스라를 노린다.

물론 하스라도 아직 반사 스펠을 펼쳐 둔 상태이기에 다시 되튕겨졌지만…….

콰직!

갑자기 허공에서 출현한 나이프 한 자루가 하스라의 반사 스펠을 꿰뚫었다.

〈이런.〉

반사 스펠은 에너지탄은 반사할 수 있지만 물질이 충돌하는 것에는 취약하다.

그 특성을 알고 있던 용우는 환영으로 감춘 나이프를 투척해서 하스라의 반사 스펠을 노린 것이다.

콰아아앙!

반사 스펠이 깨진 하스라의 허공장 위로 에너지탄이 작렬했다.

잠시 하스라의 시야가 마비된 순간, 블링크로 그의 뒤를 잡은 용우가 양손을 뻗었다.

파지지지지직!

허공장과 허공장이 충돌하면서 격렬한 스파크가 일었다.

그 스파크의 출력이 어마어마했다. 반경 수십 미터를 끓어오르게 할 정도였다.

'큭……!'

용우는 그 막강한 반발력에 이를 악물었다.

페이즈19의 마력을 빙설의 창으로 증폭시키고 있는데도 온몸이 부서질 것 같은 압력이 걸린다.

하지만 용우에게는 특유의 허공장 잠식 기술이 있었다. 놀랍게도 출력이 훨씬 높은 하스라의 허공장이 용우의 허공장보다 빠르게 깎여 나갔다.

〈훌륭해!〉

하스라는 위기감은 눈곱만큼도 느껴지지 않는 정신파로 감탄했다.

〈하지만 유감스럽게도 상성이 나쁘구나. 나와 그대는 서로를 강하게 하는 존재이니.〉

"뭐?"

용우가 의아해하는 순간이었다.

우우우우우우!

갑자기 하스라의 마력이 폭증하기 시작했다.

광풍이 휘몰아치면서 절대영도에 가까운 극저온의 파동이 주변을 하얗게 빙결시킨다.

다니엘 윤과 가이아드래곤조차도 버티지 못하고 그 자리에서 물러나야 할 정도였다.

[군주 개체의 마력이 더 상승합니다! 두 배를 넘었습니다!]

[말도 안 돼! 고장 난 거야!]

무선으로 서포터의 비명이 들려왔다. 9등급만 해도 인류가 기록한 마력 수치의 절정인데 그것이 다시금 폭증하고 있는 것이다.

용우는 과거의 일을 떠올렸다.

'그 볼더라는 놈이 유현애와 만났을 때와 같은 현상인가!'

당시 유현애의 아티팩트 불꽃의 활과 불꽃의 군주 볼더는 공명을 일으켰다. 그리고 그 결과는 양쪽의 마력이 통제에서 벗어날 정도로 폭증하는 것.

"큭······!"

용우는 마력이 날뛰는 것을 버티지 못하고 물러날 수밖에 없었다.

그런 용우에게 하스라가 손을 겨누었다.

"······!"

순간 용우는 눈앞이 아찔해지는 것을 느꼈다.

'정신 공격!'

하스라가 텔레파시를 이용한 정신 공격을 가해왔기 때문이다.

일순간 사고를 단절시켜 버리는 그 공격에 용우가 비틀거리는 순간이었다.

—염동빙결탄!

극초음속으로 날아든 에너지탄이 용우의 허공장을 종잇장처럼 관통했다.

〈호오.〉

하스라가 감탄했다.

용우는 일순간 정신 공격에 당했으면서도 몸을 틀어서 직격 당하는 것을 피했던 것이다.

콰아아아앙!

한참 날아간 에너지탄이 뒤쪽에서 폭발했다.

반경 50미터의 수분이 일순간에 얼어붙으면서 고슴도치 같은 얼음 구조물이 형성되고 주변에 한기가 휘몰아쳤다.

'일격으로 끝날 뻔했군.'

용우는 전율했다.

염동빙결탄은 용우가 즐겨 쓰는 염동염마탄이나 염동뇌격탄과 동급의 스펠이다.

그런데 하스라가 빙설의 창과 공명으로 마력을 폭증시켜서 날린 염동빙결탄은, 용우가 아까 전 윙 슈트에 탄 채로 바람용에게 날렸던 그 일격에 필적하는 파괴력이었다.

'정신 공격이라니, 군주 개체도 쓸 수 있었나?'

어비스에서도 텔레파시를 이용해서 정신을 공격한 적은 언데드와 타락체뿐이었다.

그렇기에 이번에는 허를 찔렸다. 용우가 지닌 특유의 능력, 악의를 통찰하는 능력이 아니었다면 죽었을지도 모른다.

〈하하하. 그대는 정말 유능하구나. 웬만하면 죽이고 싶지 않은데? 어디 한 번 더 시험해 보겠다.〉

하스라는 그렇게 말하며 손을 들었다.

〈피해!〉

별것 아닌 동작이다.

그러나 그 동작을 보는 순간, 용우는 곧바로 다니엘 윤에게 텔레파시로 경고하고 자신은 텔레포트로 수백 미터 후방으로 빠졌다.

……!

모든 것이 하얀색으로 덧칠되었다.

중심부, 바로 하스라가 있던 지점에서는 마치 우뚝 선 탑처럼 하얀 기류가 솟구치고 있다.

그리고 그 반경 700미터가 한순간에 빙결되어서 새하얀 한기가 피어오르고 있었다.

화아아아아악……!

한 박자 늦게 충격파가 터져 나왔다.

7등급 얼음용의 빙결 파동을 몇 배로 증폭시킨 것 같은 공격이다.

절대영도에 가까운 극저온을 어마어마한 압력으로 쏘아낸 것이다.

'텔레포트로 빠지는 게 1초만 늦었어도 위험했다.'

용우는 오싹해졌다.

사실 그는 빙설의 창이 있기에 한기에 아주 강력한 면모를 보인다. 그러니까 직격당했어도 어떻게든 버틸 수 있었을지도 모른다.

하지만 과연 다니엘 윤은 무사할까?

'그놈이 벌써 당해 버리면 곤란한데.'

용우가 위기감을 느낄 때였다.

투앙……!

모든 것이 순백으로 바뀐 필드 한복판에서 굉음이 울리면서 뭔가가 하늘로 쏘아져 올라갔다.

'저건……'

투앙! 투아앙! 투아아아앙!

6발 연속으로 쏘아 올려진 것은 사람보다도 커다란 얼음덩어리들이었다.

그것을 본 순간 용우는 무전을 켜고 외쳤다.

"모두 방어 태세 갖춰! 얼음꽃이 간다!"

[얼음꽃? 그, 그게 뭐요?]

"항공 폭탄보다 더 위험한 빙결 폭탄이 가고 있다고 생각해! 죽고 싶지 않으면 모든 방어 수단을 동원해서 막아! 그리고 서포터 팀은 전술 시스템으로 예상 피격 지점을 계산해서 경고해!"

얼음덩어리들이 포물선을 그리며 필드 곳곳으로 낙하해 가고 있었다.

쾅!

그러자 지상에서 저격수가 쏜 에너지탄이 그중 하나를 요격했다.

하지만 소용없다.

대구경 저격총으로 쏜 염동염마탄인데도 그 얼음덩어리의 궤도를 바꾸지 못했다.

용우도 가만있지 않았다.

제우스의 뇌격을 꺼내서 그중 하나를 겨냥했다.

그것만이 아니다. 빙설의 창으로 마력을 폭증시키면서 방아쇠를 당겼다.

—염동염마탄!

극초음속으로 날아간 초고열의 에너지탄이 얼음덩어리를 때렸다.

콰아아아아앙!

조금 전 다른 헌터가 쏜 것과는 비교도 안 되는 위력이다.

그 일격으로 얼음덩어리가 깨져 나갔다.

용우는 포물선을 그리며 떨어져 내리기 시작하는 얼음덩어리 하나를 추가로 격추시켰다.

콰아아아아앙!

그리고 저편에서 쏘아져 올라간 섬광 한 발이 또 하나를 쳐서 격추시키는 데 성공했다.

'무사했군.'

용우는 그것이 다니엘 윤이 한 일임을 알아차렸다.

하지만 요격은 거기까지였다.

쾅……!

10킬로미터 저편에서 폭음이 울려 퍼졌다.

콰아아아앙……!

더 가까운 곳에서도.

쿠아아아아앙!

그보다 더 가까운 곳에서도 폭음이 울려 퍼졌다.

얼음덩어리가 떨어진 지점에서 한기와 충격파가 폭발하면서 반경 500미터가 새하얗게 얼어붙었다.

그 한복판에는 높이 20미터가 넘는, 꽃처럼 아름다운 얼음 구조물이 생겨나 있었다. 몽환적이고 아름다운 풍경이다.

하지만 그것을 보는 자들은 아름다움에 감탄하는 대신 비현실적이고 기괴한 공포를 느꼈다.

[팀 5th?]

문득 서포터들이 소란스러워졌다.

'당했나.'

용우가 이를 악물었다.

현재 이 필드에서 전술 행동 중인 전투 팀은 5개.

그중 하나가 당했다.

피격 지점에 너무 가까이 있던 탓에 충분한 거리까지 이탈하지 못한 것이다.

[여, 여기는 팀 5th.]

팀 5th의 생존자가 덜덜 떨리는 목소리로 보고했다.

[대장과 여진이가… 아, 아니, 다들…….]

보고하는 그는 제정신이 아닌 것 같았다.

용우는 곧바로 그들의 위치를 파악하고는 텔레포트했다.

'아.'

현장에 도착한 용우는 자기도 모르게 탄식했다.

4개의 얼음상이 부서지고 있었다.

팀 5th의 구성원 중 4명이 전면에 나서서 바디 벙커까지 들고 전력으로 방어막을 펼쳤다.

하지만 전면에 선 4명은 모두 얼어붙어서 충격파에 두들겨 맞고 산산조각이 났고, 그들의 뒤에 있던 자들도 숨만 붙어 있을 뿐 처참한 몰골이었다.

"정신 차려. 지금부터 치료할 테니까 정신 꼭 붙들고 있어."

용우는 빙설의 창의 힘을 끌어내서 그들의 몸에서 한기를 걷어내고, 증세가 심각한 자부터 치료 스펠로 치료하면서 상황을 살펴보았다.

'놈은 움직이지 않고 있다.'

하스라는 처음 나타난 지점에서 움직이지 않고 있다. 마치 자신의 공격이 불러일으킨 인간들의 혼란을 지켜보면서 즐기고 있는 것 같았다.

'음?'

문득 용우가 고개를 들었다.

쫘르릉! 쫘릉!

한줄기 벼락이 하스라를 강타하면서 천둥소리가 울려 퍼졌다.

'왔군.'

용우는 그 벼락이 발생한 지점에서 빠르게 강하하고 있는 실루엣을 발견했다.

2

다니엘 윤은 팀 3rd, 즉 팀 이그나이트 앞에 와 있었다.

팀 5th와 마찬가지로 얼음꽃의 영향 범위에서 벗어나지 못한 그들을 지켜준 것이다.

'크로노스 쪽은… 어처구니가 없군.'

떨어진 것은 3발.

팀 1st로 불리는 팀 크로노스와 3rd로 불리는 팀 이그나이트, 그리고 여러 헌터 팀의 혼합 부대인 팀 5th가 그 영향 범위에 들어 있었다.

다니엘 윤은 스펠로 팀 크로노스의 상황을 살피고는 어이가 없었다.

그들은 다수의 허공장과 방어막 스펠, 거기에 한기 대응용 방어막까지 중첩해서 방금 전의 위기를 넘겼다.

그리고 이것은 헌터계의 상식으로는 불가능한 일이다.

각 팀에 체외 허공장 보유자가 8명씩이나 있을 리가 없지 않은가?

게다가 한기 대응용 방어막 스펠도 그렇다. 공식적으로는 아직 지구상에 존재하지 않는 스펠이다.

'제로.'

서용우가 팀 크로노스와 팀 블레이드에 체외 허공장과 스펠을 제공해 주었음이 분명하다. 그 외에는 어떤 가능성으로도 설명될 수 없는 상황이니까.

'그 힘을 독점할 생각은 없는 것인가. 역시 너는……'

다니엘 윤은 그 사실에 안도했다.

서용우는 맹목적인 복수귀는 아니다. 복수의 불길을 사를지언정 자기가 발 디디고 있는 이 세상이 소중하다는 사실을 인지하고 있다.

만약 그렇지 않았다면 다니엘 윤은 결국 서용우와 적대했을 것이다.

서용우가 인류에 필요한 존재라면 구세록의 계약자의 수가 줄더라도 그를 보호할 가치가 있다. 하지만 미친 복수귀에 불과했다면 다니엘 윤은 설령 죽는 한이 있더라도 서용우를 막아야만 했으리라.

문득 다니엘 윤의 시선이 한 사람과 마주쳤다.

그의 제자이자 광휘의 검의 계승자, 차준혁이었다.

다니엘 윤은 그에게 살짝 고개를 끄덕여 보이고는 그 자리를 떠났다.

동시에 그의 정신이 현실을 떠나서 정보 공간으로 들어갔다.

*　　　*　　　*

"모두들 보고 있겠지?"

"아, 그래."

"저게 군주 개체의 본모습인가?"

"생각도 못 한 사태로군."

구세록의 계약자 전원이 정보 공간을 통해서 한국에 열린 게이트 내부의 상황을 보고 있었다.

애비게일 카르타가 말했다.

"이쪽은 이미 스페어로 시작했다. 곧 브리짓이 강림할 거야."

"용감하군. 잘해보라고. 난 재밌게 관람할 테니."

허우룽카이의 말에 다니엘 윤과 애비게일 카르타가 그를 노려보았다.

그때 한 사람이 나섰다.

"마침 전사자가 발생했군. 나도 간다."

"뭐?"

허우룽카이는 놀라서 그를 쳐다보았다.

일본인 사다모토 아키라가 전사자의 시신을 통해서 강림하기 시작했기 때문이다.

"저놈이 어째서?"

9등급 몬스터에 대한 공포는 구세록의 계약자 모두가 공유하는 것이다.

몇 번이나 패배하면서 그들의 정신은 심각하게 피폐해졌다. 9등급 몬스터와 싸우는 것을 상상하는 것만으로도 몸이 덜덜 떨릴 정도로.

그런데 다른 인물도 아니고 사다모토 아키라가, 일본에서 일어나는 일이 아니면 관심을 두는 것조차 싫어하는 인물이 적극적으로 나서다니?

"머리가 있으면 상상력을 발휘해야 하는 것 아닌가?"

인도인 구세록의 계약자, 프리앙카가 비아냥거렸다.

"저것은 그냥 9등급 몬스터가 아니다. 명쾌한 지성을 가졌지."

지성을 갖고 스펠을 쓸 수 있다는 것만으로도 동급의 몬스터보다 훨씬 강력한 존재다. 저것의 위험성은 이제까지 싸워온 9등급 몬스터보다 월등히 높을 것이다.

"그리고 무엇보다 다른 몬스터들을 통제할 수 있지. 8등급 몬스터까지 통제하는 모습을 보여줬다. 그런 놈이 게이트 바깥으로 나오면 그게 이전에 9등급 몬스터가 나왔을 때하고 같은 수준의 재앙일 것 같은가?"

"……!"

그 말에 허우룽카이는 비로소 상황의 심각성을 깨달았다.

지성과 통솔력을 지닌 9등급 몬스터가 세상에 나온다.

그것은 즉 세계 곳곳에 흩어져 있는, 영역 의식으로 인해서 일정 권역 바깥으로 나오지 않는 고등급 몬스터들이 목적의식을 부여받고 인류의 영역을 공격할 수 있다는 뜻이다.

"이미 한국만의 문제가 아니야."

프리앙카 역시 전사자의 시신으로 강림할 준비를 하면서 말했다.

"여기가 세계의 운명을 가르는 분수령이다."

＊　　　　＊　　　　＊

자신이 만들어낸 순백의 필드 위에서 하스라가 중얼거렸다.

〈이런, 너무 막 썼나?〉

지금 그를 이곳에 존재할 수 있게 만들어주는 것은 아티팩트 빙설의 창이다.

침략당하는 인류에게 주어진 힘이지만, 동시에 침략자들의 힘이 될 수도 있는 열쇠.

하지만 그 열쇠의 내구도는 무한한 게 아니다.

군주를 강림시키는 순간부터 내구도가 급격히 깎여 나간다. 하스라의 강림은 시간제한이 명확한 것이다.

온전한 모습으로, 본질 그 자체로 강림하기 위해서는 아티팩트가 아니라 그 원본인 성좌의 무기를 손에 넣어야 한다.

즉, 서용우가 지닌 빙설의 창이야말로 하스라를 완전하게 만들 수 있는 물건이었다.

〈하지만 시작하자마자 모든 걸 달성하는 것도 재미가 없지 않은가.〉

본래 설정된 규칙대로라면 그는 아직 저열한 몬스터들에게 빙의해서 이보다 훨씬 빈약한 힘을 휘두르는 것이 고작이었어야 했다.

하지만 왜인지 모르겠지만 규칙이 무너지고 있다.

침략자들로 하여금 모든 단계를 밟아야만 움직일 수 있게 강제하던 7개의 기둥 중 하나가 소실되었고, 그 결과 하스라가 지금 이 자리에 있을 수 있었다.

〈어쨌든 제일 먼저 열쇠를 차지한 값을 해야겠지.〉

하스라가 한 걸음 내디디자 가이아드래곤이 그 뒤에서 꿈틀거리기 시작한다.

구구구구구……!

하스라의 한기는 가이아드래곤에게는 전혀 타격을 입히지 않았다.

그러나 모든 몬스터들이 그런 배려를 받은 것은 아니다.

하스라의 공격으로 50개체가 넘는 몬스터가 죽어버렸다. 인간보다도 더 많은 아군을 죽인 것이다.

그래도 하스라는 전혀 개의치 않는다. 종말의 7군주에게 있어서 몬스터들은 소모품일 뿐이니까. 가격이 높은 소모품인지 싸구려 소모품인지의 차이가 있을 뿐이다.

그런데 그때였다.

꽈르릉! 꽈릉!

한줄기 벼락이 하스라를 강타하면서 천둥소리가 울려 퍼졌다.

〈오호.〉

흩어지는 뇌광 속에서 멀쩡하게 걸어 나온 하스라가 하늘을 올려다보았다.

하늘 저편에서 두 개의 실루엣이 낙하해 오고 있었다.

〈기둥이 셋이나 모이다니 열쇠를 써서 강림한 보람이 넘치는구나.〉

백색 바탕에 청금색의 파츠들이 섞여 있고 황금으로 장식된 화려한 갑옷을 입은 존재였다. 그리고 왼팔에는 청백색을 띤 금속 사슬을 휘감은 존재가 허공에 빛의 궤적을 그려내면서 강하해 온다.

지상에 있던 용우는 곧바로 그 정체를 알아보았다.

'브리짓 카르타.'

사태를 지켜보다가 위험하다고 판단해 나선 것이리라.

그녀는 혼자가 아니었다.

옆에는 용우에게는 익숙한 모습의 존재가 함께하고 있었다.

'셀레스티얼?'

팬텀의 연구 성과, 팔라딘과 셀레스티얼.

새하얀 갑옷으로 전신을 감싸고, 머리 위에는 굵직한 빛의 고리가 떠서 일렁이고 있었으며, 등 뒤로는 펄럭이는 망토처럼 보이는 새하얀 빛을 분출하고 있었다.

또한 그 왼팔에는 브리짓 카르타와 마찬가지로 뇌전의 사슬을 휘감은 채였다.

'뭐지? 설마 애비게일 카르타도 팬텀과 손잡은 건가?'

그런 의문을 품었던 용우는 곧 셀레스티얼의 마력 파동을 감지하고는 묘한 표정을 지었다.

'휴고 스미스잖아?'

어느 순간, 브리짓이 휴고와 서로 갈라져서 다른 지점으로 떨어진다.

브리짓은 하스라에게, 그리고 휴고는 멀리 떨어진 다른 지점으로.

'성좌의 힘을 저런 식으로 쓸 수도 있는 거였군. 애당초 팬텀의 연구 자체가 애비게일 카르타의 활용을 보고 재현한 거였나?'

미켈레와 엔조 모로는 애비게일 카르타에게 의문을 품고 있었다. 전투만을 브리짓에게 대행시킨 것부터 시작해서 그녀가 성좌의 힘을 쓰는 방식이 이질적이었기 때문이다.

애비게일 카르타는 용우가 물은 것에 대답해 주었지만, 모든 것을 말하지는 않았던 모양이다.

용우는 휴고가 셀레스티얼의 모습으로 나타난 것만으로도 많은 것을 알아낼 수 있었다.

'하지만 지금 중요한 건 아니지.'

용우는 휴고에 대한 생각을 뒤로 미뤘다.

지금은 하스라를 쓰러뜨릴 방법에 모든 사고능력을 집중해야 할 때였다.

〈제로.〉

그런 용우에게 브리짓이 텔레파시를 보냈다.

〈이 군주 개체는 우리가 막겠습니다.〉

〈다니엘 윤과 너, 둘만으로 승산이 있다고 생각하는 건가?〉

〈둘이 아닙니다.〉

브리짓의 말과 동시에 용우의 앞쪽에서 폭발적인 마력 파동이 발생했다.

콰지직!

얼음상으로 변했던 시신 중 하나가 전신에 갑옷을 두른 존재로 변신한다.

뿐만 아니다. 그 옆의 시신 역시 변신하기 시작했다.

브리짓의 텔레파시가 이어졌다.

〈우리 다섯 명이 저것을 막겠습니다. 당신과 저것이 가까이 있으면 끔찍한 사태가 벌어지니, 전장을 분리해서 가이아드래곤 처리를 부탁합니다.〉

그리고 구세록의 계약자들이 강림했다.

눈부신 빛이 퍼져 나간다.

그 속에서 영롱한 빛을 발하는, 헤드가 인간의 머리통보다도 두 배는 큰 전투 망치가 모습을 드러냈다.

그것을 한 손으로 쥐고 어깨에 걸쳐 든 것은 백은과 황금의 화려한 갑옷을 입은 자였다.

새벽의 해머의 주인, 일본인 구세록의 계약자 사다모토 아키라.

〈먼저 가지.〉

사다모토 아키라는 그렇게 말하고는 텔레포트로 공간을 뛰어넘었다.

화르르르륵……!

다음으로 불꽃이 휘몰아치기 시작했다.

춤추는 불꽃이 한곳으로 모여서 무기와 사람의 형상을 그려낸다.

이윽고 모습을 드러낸 무기는 한국의 대중들에게도 익숙한 모습을 하고 있었다.

불꽃의 활.

새빨간 광택을 흘리는 서양식 대궁이 모습을 드러내고, 불꽃속에서 나온 갑옷 입은 손이 그것을 잡았다.

화려한 디자인의, 그것도 여성형임을 알 수 있는 새빨간 갑옷은 강렬하게 시선을 붙잡았다.

인도인 구세록의 계약자, 프리앙카.

〈…….〉

프리앙카는 모습을 드러내자마자 용우를 빤히 바라볼 뿐 움직이지 않았다.

"내게 볼일이 있으면 말을 하지그래?"

용우의 물음에 그녀가 말했다.

〈설령 어떤 원한이 있든 지금은 서로 다툴 때가 아니다. 그 사실을 알아줬으면 좋겠군.〉

"혹시 너도 팬텀 관계자라고 고백하는 거냐?"

〈내 이야기를 한 게 아니다.〉

그녀의 뒤쪽에서 공기가 진동하며 육중한 소음이 울리기 시작했다.

둥! 투우웅! 쿠우우우우웅!

그 소리가 점차 커져가면서 공간을 뒤흔드는 굉음으로 화한다.

"그렇군. 저 녀석도 오는 거였나?"

용우가 헬멧 속에서 싸늘하게 웃었다.

울려 퍼지는 굉음의 한가운데에서 거대하고 새카만 도끼가 모습을 드러낸다.

그리고 서양의 드래곤을 형상화한 것 같은 생김새의 검은 갑옷이 나타나 그것을 쥐었다.

"허우룽카이."

대만인 구세록의 계약자, 허우룽카이가 강림했다.

그리고 싸늘한 살기가 용우와 허우룽카이, 서로를 꿰뚫었다.

〈허우룽카이, 너도 그만둬라. 난 먼저 싸움을 거는 쪽의 반대편을 들 거니까.〉

프리앙카의 싸늘한 말에 허우룽카이가 움찔했다.

용우가 잠시 허우룽카이를 쏘아보다가 피식 웃으며 한 걸음 물러났다.

"뭐, 좋아. 어차피 당장 처리할 생각도 아니었으니까. 오늘은 열심히 싸우고, 살아남아서 남은 삶을 즐기도록 해. 특별히 허락해 주지."

〈핏덩이 같은 애송이가 함부로 지껄이는구나.〉

"그래그래. 지금 마음껏 허세를 부려둬라. 미켈레와 엔조 모로가 그랬던 것처럼. 둘이 죽을 때쯤의 태도가 어땠는지는 조만간 알게 될 거야."

〈…….〉

그 말에 허우룽카이가 움찔했다.

그를 바라보는 용우의 눈에는 허세를 부리는 기색이라고는 조금도 없었다. 허우룽카이의 목숨 따위는 냉장고에 있는 음료수를 꺼내듯이 쉽게 여기는 듯한 오만함이 철철 흘렀다.

용우가 문득 생각난 듯 말했다.

"아, 그렇지. 정신 공격을 조심해라."

〈정신 공격?〉

"저 하스라라는 놈은 텔레파시를 이용해서 정신을 공격한다. 너희들이 지금까지 겪어본 적이 없는 공격일 테니 정신 방어계 스펠이 있다면 미리미리 쓰고 싸우는 게 좋을 거야."

용우는 그렇게 충고까지 남기고 텔레포트해서 사라졌다.

〈…뭐든지 뜻대로 될 거라고 착각하지 마라, 애송이.〉

허우룽카이는 이를 갈며 프리앙카와 함께 텔레포트했다.

온통 새하얗게 얼어붙은 전장에서, 전신이 얼음으로 이루어진 기괴한 존재가 그들을 반겼다.

〈반갑구나, 사랑스러운 대적자들.〉

인류 문명을 좌지우지할 수 있는 힘을 지닌 5명을 앞에 두고, 빙설의 군주 하스라는 들떠 있었다.

쿠구구궁……!

그 뒤쪽에서 가이아드래곤의 거체가 얼어붙은 땅을 헤치며 꿈틀거린다.

하스라가 주변을 휘 둘러보더니 말했다.

〈흠, 나와 가이아드래곤을 떨어뜨려 놓고 싶은 모양이군. 빙설

의 창을 가진 저 이상한 대적자를 나와 가까이 두는 건 위험하
니까…… 그렇지?〉

〈종말의 7군주, 너희들의 목적은 뭐냐?〉

다니엘 윤이 그 말을 무시하고 묻자, 하스라 역시 그 말을 무
시하고 대답했다.

〈그대들이 원하는 대로 해주지.〉

그러자 가이아드래곤이 포효하며 땅속으로 들어갔다.

그 기척이 고속으로 서용우에게로 향하는 것을 느낀 구세록
의 계약자들은 당혹감을 느꼈다.

〈자, 이제 그대들이 바라는 상황이 되었다.〉

하스라가 양팔을 펼치며 말했다.

〈이 귀중한 만남을 즐길 시간이다.〉

그리고 순백의 충격파가 그들을 덮쳤다.

3

용우는 10킬로미터 떨어진 지점에서 상황을 지켜보고 있었
다.

'못 이긴다.'

용우는 싸움이 시작되기도 전에 승패를 단정 지었다.

'다섯 명 전원이 최소한 브리짓 카르타 수준이어야 해볼 만
해.'

구세록의 계약자 5명이 모여 있으니 그들의 마력 수준 격차가
일목요연하게 보인다.

브리짓의 마력은 다른 4명보다 확실히 높다. 성좌의 무기로 증폭된 출력이 거의 9등급 몬스터에 가까운 수준이다.

브리짓을 제외한 구세록의 계약자 개개인의 전투 능력은 7등급 몬스터를 압도하지만 8등급 몬스터를 상대로는 대등한 수준이다.

확신할 수 있다. 5명이 아니라 7명 전원이 모였어도 승산이 적었다.

하스라는 마력만을 따져도 9등급, 그중에서도 중위권은 된다.

그것만으로도 구세록의 계약자들의 승산이 절반 미만일 텐데, 높은 지성과 다수의 스펠까지 갖추고 있다. 구세록의 계약자들이 싸워온 그 어떤 적보다도 절망적인 재앙인 것이다.

'그래도 여기서는 이겨야 해.'

용우도 구세록의 계약자들과 똑같은 결말을 상상하고 있었다.

여기서 지면 개성이라는 도시가 멸망하는 정도로 끝나지 않는다. 인류 문명은 멸망의 위기를 맞이하게 될 것이다.

"…어쩔 수 없군."

용우가 짜증을 내면서 최후의 수단을 고려할 때였다.

〈언제 공격할 거지?〉

셀레스티얼의 모습을 한 휴고 스미스가 멀찍이 떨어져서 물었다.

아무래도 용우에게 접근하는 것을 꺼리는 것 같은 모습이다.

용우는 코웃음을 치고는 말했다.

"100미터 지점까지 들어왔을 때."

가이아드래곤은 다니엘 윤과 싸우면서 입은 타격을 완전히 회복하지 못한 상태다.

'허공장은 52퍼센트, 출력은 65퍼센트.'

이 정도면 반 이상 공략이 끝난 상태다.

전술 시스템으로 가이아드래곤의 상태를 파악한 용우는 차분하게 기다렸다.

하스라에게서 충분히 떨어진 곳에서 싸울 필요가 있기 때문이다.

[박사님, 포신 교체 상황은 어떻습니까?]

[포신만 망가진 게 아니라서 한창 고치는 중이에요! 앞으로 7분은 더 걸려요!]

"……."

용우는 잠시 할 말을 잃었다.

여러 곳이 망가졌는데 그 짧은 시간 동안 수리할 수 있다고?

곧 권희수가 말했다.

[어차피 또 망가뜨릴 거죠?]

"그렇습니다."

[역시 거침없네요. 그럼 이거 고치는 동안 다른 걸 타요.]

"음?"

[어차피 지금은 당신의 한 방이 가장 중요하니까. 다른 사람을 내릴게요. 스탠바이되는 대로 알릴 테니까 회선 차단하지 말아요.]

"알겠습니다."

용우가 대답하는 동안 가이아드래곤이 100미터 안쪽까지 들어왔다.

크아아아아아!

그리고 가이아드래곤의 포효와 함께 지면이 폭발했다.

땅울음용의 그것과 같은 공격이다.

차이점이라면 위력이 비교도 안 될 정도로 강하다는 것뿐.

콰과과과과과!

가이아드래곤이 고개를 내민 지점으로부터 전방 700미터까지의 지면이 부채꼴로 터져 나갔다.

물론 용우는 그 공격이 자신에게 닿기 전에 블링크로 회피를 완료한 터였다.

〈휴고 스미스.〉

그 말에 휴고가 움찔했다. 그의 입장에서는 어떻게 알아본 건지 알 수가 없었으니까.

〈가이아드래곤의 눈길을 끌어. 그 정도는 할 수 있겠지?〉

〈내가?〉

〈유효타 먹일 수 있는 능력이 있으면 먹이고. 내가 신호하면 바로 빠져. 그 상태면 블링크나 텔레포트도 가능하겠지?〉

용우는 텔레포트로 단숨에 4킬로미터 상공까지 올라갔다.

"서포터 팀, 들리나?"

[드, 듣고 있다. 무슨 일인가, 제로?]

서포터들의 동요가 느껴졌다. 전혀 예상치 못한, 그리고 감당할 수 없는 상황이 연이어 덮쳐 오고 있으니 그럴 수밖에 없으리라.

"벙커 버스터를 써서 가이아드래곤을 처리할 거다. 내가 신호하면 점화하도록."

서포터 팀은 그것만으로도 용우가 무엇을 하려는지 알아들었
다.

이미 여러 차례 고등급 몬스터를 상대로 놀라운 성과를 거둬
온 전법이 다시금 펼쳐지려 하고 있었다.

크아아아아아아!

가이아드래곤이 울부짖는다.

그 시선이 아득한 고도에서 낙하 중인 용우에게로 향했다. 빙
설의 창으로 마력을 증폭시키고 있는 용우의 존재를 포착한 것
이다.

가이아드래곤이 아가리를 다물었다가 무언가를 뱉어내었다.

투아앙!

그러자 사람 몸통만 한 암석 덩어리가 초음속으로 날아와 용
우를 강타했다.

사정거리의 문제로 쉽게 당해 버린 7등급 바람용과 달리 가이
아드래곤에게는 4킬로미터 고도의 표적까지도 타격할 수단이 있
는 것이다.

'멍청한 땅뱀. 이 거리에서 그게 통하겠냐?'

하지만 용우는 멀쩡했다.

거의 머리 위 수직 각도에 위치한 적, 그것도 4킬로미터 고도
를 타격할 수 있는 유효사거리는 놀랍다. 하지만 용우는 허공장
을 약간 변화시키는 것만으로도 쉽게 그것을 튕겨내었다.

콰아아아앙!

그리고 그렇게 용우에게 한눈을 판 사이, 휴고가 마력을 모아

서 발사한 스펠이 대폭발을 일으켰다.

'셀레스티얼로 변신하니 마력이 지금의 나를 능가하는군.'

변신한 휴고의 마력은 6등급 몬스터 수준이다. 그 말은 최소한 페이즈20을 넘는다는 뜻이다.

그것을 다시 뇌전의 사슬 마이너 카피로 증폭해서 쓰고 있으니 파괴력이 대단하다. 확실히 가이아드래곤의 눈길을 붙잡아둘 수 있는 화력이 나온다.

'자, 그럼……'

용우가 게이트 진입 전에 백원태에게 부탁한 것은 벙커 버스터를 나눠 받는 것이었다.

'이렇게 될 줄 알았다면 군부대에 들러서 대형 항공 폭탄까지 가져오는 건데……'

대형 항공 폭탄들은 인근 군부대에서 출격하는 폭격기에 탑재되기에 게이트 앞 캠프에는 없었다. 그렇기에 그보다는 위력이 좀 떨어지는 벙커 버스터를 쓸 수밖에 없었다.

하지만 가이아드래곤 상대라면 이것으로도 충분히 유효타를 먹일 수 있다.

콰아아아아아앙!

용우가 초열투창으로 발사한 벙커 버스터가 가이아드래곤을 때리며 폭발했다.

휴고를 잡으려고 사방팔방을 뒤집어놓으면서 날뛰던 가이아드래곤의 거체가 그대로 땅에 주저앉았다.

'세 발이면 뚫겠군.'

용우는 거기서 멈추지 않았다.

곧바로 벙커 버스터를 또 한 발 꽂아 넣는다.

키에에에에에에!

일어나려던 가이아드래곤이 다시 충격으로 주저앉으면서 비명을 지른다.

마력을 실어 내지른 그 비명은 그 자체로 죽음을 불러일으키는 공격이다. 주변이 휩쓸리면서 반경 500미터의 지면이 원형으로 터져 나갔다.

〈젠장! 무지막지하군!〉

죽을힘을 다해 그 공격을 막은 휴고가 그대로 튕겨 나가서 대지에 처박혔다.

하지만 하늘 높이 있는 용우에게는 쓸데없는 몸부림일 뿐이다. 용우는 몸을 웅크리는 가이아드래곤을 향해서 또 한 발의 벙커 버스터를 꽂아 넣었다.

꽈아아아앙!

마침내 가이아드래곤의 허공장이 뚫렸다.

허공장 안쪽으로 충격파가 전해지자 토사와 암석으로 이루어진 가이아드래곤의 거체가 끊어져서 떨어졌다.

〈지저스!〉

그 광경을 본 휴고가 믿을 수 없다는 듯 외쳤다.

아무리 다니엘 윤과 싸우면서 반 정도 깎여 나간 상태라고는 하지만 8등급 몬스터의 허공장이 이렇게 쉽게 뚫리다니?

용우의 막강한 마력과 벙커 버스터쯤 되는 막강한 위력의 현대 병기가 조합될 경우의 시너지효과는 무시무시했다.

'찾았다, 코어.'

용우는 허공장이 뚫리자마자 가이아드래곤의 코어를 찾아냈
다.

─형상복원!

용우의 손에 빙설의 창 마이너 카피가 나타났다. 용우는 그것
을 던지기 전 휴고에게 텔레파시를 보냈다.

〈휴고 스미스, 준비해.〉

〈뭘?〉

〈놈의 행동을 막을 거다. 이 위치에 코어가 있으니까 단번에
쳐.〉

〈이, 이건 뭐야?〉

다음 순간 휴고는 깜짝 놀랄 수밖에 없었다.

텔레파시를 통해서 용우가 보고 있는 시야, 가이아드래곤의
코어가 있는 지점이 전해져 왔기 때문이다.

지금까지 텔레파시로는 음성과 문자에 해당하는 정보, 그리고
감정 정도만을 전할 수 있다고 여겼던 휴고 입장에서는 놀랄 수
밖에 없었다.

"그 코어, 내가 잘 써주지."

용우는 그렇게 중얼거리면서 빙설의 창 마이너 카피를 던졌
다.

─초열투창!

빙설의 창 마이너 카피가 초음속으로 쏘아져 나가서 가이아드
래곤을 강타했다.

콰아아아아아아!

용우가 거기에 실은 스펠, 프리징 버스트가 발동하면서 어마

어마한 한기 파동이 폭발했다.

일순간에 가이아드래곤을 중심으로 삐죽삐죽한 얼음산이 솟아나고 반경 100미터가 새하얗게 얼어붙었다.

〈막았다. 쳐!〉

땅을 자유자재로 헤엄쳐 다니는 가이아드래곤이지만 땅속 깊숙한 곳까지 침투해서 얼려 버리는 냉기 앞에서는 행동이 구속될 수밖에 없었다.

하지만 그것도 잠시다. 충격에서 벗어나면 곧바로 빠져나올 것이다.

그 전에 승부를 내지 못하면 귀찮아진다.

〈분부대로 해주마, 젠장!〉

파지지지지직!

휴고 스미스가 왼팔을 하늘로 들어 올리자, 거기에 감겨 있는 뇌전의 사슬이 격렬한 뇌광을 발하기 시작했다.

동시에 벼락이 쳤다.

꽈르르르릉!

낙뢰가 휴고 스미스의 왼팔에 떨어지면서 그의 전신이 망막을 불태울 것 같은 빛을 발했다. 일순간 그의 마력이 폭증하면서 대규모 파괴력을 자랑하는 스펠이 발동한다.

―라이트닝 버스트!

빛이 폭발했다.

꽈과과과과광!

낙뢰를 받아서 증폭한 에너지가 한 지점에 집결, 대폭발을 일으켰다.

얼어붙어서 꼼짝도 못 하던 가이아드래곤의 몸체가 터져 나가면서 푸른빛을 발하는 코어가 허공으로 떠오른다. 그것은 성인 장정보다도 더 큰, 빛을 발하는 원석 덩어리처럼 보였다.

쾅!

그리고 블링크로 공간을 뛰어넘은 용우가 양손 대검 일격으로 그것을 쪼개놓았다.

파지직……!

용우가 검을 휘두르면서 지나치는 순간, 코어가 솟구치던 기세를 잃고 그 자리에 정지했다.

콰아아아아아아!

그리고 둘로 쪼개지면서 폭발했다.

〈휴고 스미스.〉

지상에 착지한 용우는 주변에 후두두둑 떨어져 내리는 코어 파편들을 보며 텔레파시로 말했다.

〈주변 경계를 맡겨도 되겠냐?〉

〈음? 주변 경계라니, 뭘 하려고?〉

의아해하는 휴고에게 용우가 저편을 바라보며 말했다.

〈저대로는 못 이겨.〉

용우가 바라보는 저편에서는 하스라와 구세록의 계약자들의 격전이 벌어지고 있었다.

그 전투는 그야말로 국지적 재난의 퍼레이드다.

파괴적인 빛이 격렬하게 춤추고, 뇌광이 울부짖고, 불의 소용돌이가 휘몰아치고, 진동파의 해일이 모든 것을 깨부수고, 그리고 정체불명의 어스름이 공간을 찢는다.

구세록의 계약자 5인이 한자리에 모이자 그 화력은, 순수하게 화력만으로도 현대 병기를 능가하고 있었다.

그러나 그들의 적은 너무나 강대하다.

아무리 강대한 공격을 퍼부어대도, 그 모든 것을 무위로 돌리듯이 순백의 충격파로 모든 것을 뒤덮어 버린다.

〈브리짓……!〉

휴고가 주먹을 불끈 쥐었다.

마음 같아서는 당장에라도 달려가고 싶었다.

하지만 알고 있다. 지금의 자신은 저 전장에 발 디디는 순간 하얗게 얼어붙은 시체가 되어버릴 것임을.

애비게일 카르타가 보존해 두었던 각성자의 시신을 써서 강림한 브리짓 카르타와 달리 휴고는 본인의 몸에 성좌의 힘을 받아서 변신한 상태다. 여기서 죽으면 그대로 끝이다.

〈제기랄!〉

무력함에 몸을 떠는 휴고에게 용우가 말했다.

〈반격의 카드를 준비할 거다. 나를 지켜.〉

〈어떻게?〉

〈너한테 설명해 주는 시간만큼 브리짓 카르타의 위험이 높아질 텐데?〉

〈젠장, 알았다. 뭐든 좋으니까 해봐.〉

휴고의 대답을 들은 용우가 빙설의 창을 땅에 꽂았다.

"이 짓을 또 하게 될 줄이야."

용우는 심호흡을 한 번 하고는, 가이아드래곤을 죽여서 얻은 마력석을 한곳으로 모았다.

역시 8등급 몬스터라 마력석의 양만도 엄청나게 많았다. 200킬로그램을 훌쩍 넘을 것 같다.

"빌어먹을, 지출이 막대하군."

용우는 아공간을 열어서 마력석을 쏟아내기 시작했다.

〈도대체 뭘 하려는 거야?〉

갑자기 마력석이 산처럼 쌓이자 휴고가 경악해서 물었다.

용우는 대답하지 않았다.

'인류의 수호자 제군, 잘 버텨봐라.'

용우는 심호흡을 한 뒤 정신을 집중했다.

지금부터 하려는 일은 그에게도 막대한 심력 소모를 필요로 하는 일이다. 하지만 이 전투에서 승리하기 위해서는 반드시 거쳐야만 하는 과정이었다.

그렇게 주변을 잊고 한 가지 작업에만 몰두했기에, 용우는 알 수 없었다.

간과해서는 안 되는 일이 벌어졌다는 사실을.

Chapter29

문틈으로 엿본 진실

1

지구가 속한 우주가 아닌 다른 어딘가.

두 사람이 테이블을 앞에 두고 마주 앉아 있었다.

청년이 신나서 말했다.

"마침내 나갈 때가 됐군."

"……"

소녀는 말이 없었다.

"길었어. 정말로 너무 길었다고. 빌어먹을 거울상의 저주 같으니!"

"……"

소녀는 여전히 말이 없었다.

"넌 거기 있을 때 어떤 기분이었어?"

"……"

"차라리 악몽이었으면 좋겠다고 생각하지 않았어? 난 그랬던 것 같은데."

"……."

"역시 그때의 기분은 전부 잊어버린 거야? 하긴 나도 그래. 말로 내뱉었던 것만 기억하고 있어."

"……."

혼자서 떠들던 청년은 그러거나 말거나 신이 나서 몸을 일으켰다. 그리고 소녀에게 손을 내밀며 말했다.

"그럼 가자. 네 고향을 구경하러."

"……."

소녀는 마지막까지 말이 없었다.

*   *   *

구세록의 계약자들은 빠르게 지쳐가고 있었다.

고등급 몬스터와의 전투 경험이 풍부한 그들에게 있어서도 하스라는 미지의 강적이었다.

지금까지 경험을 통해 축적한 힘을 모조리 퍼붓고 있는데도 통용되지 않는다.

하스라는 지성 없는 몬스터처럼 공격을 명중시키기 쉬운 상대가 아니다.

때로 하스라는 공간을 이동해서 구세록의 계약자들의 뒤를 잡고 위험한 공격을 해왔다.

때로 하스라는 정신파 공격으로 그들이 엉뚱한 곳을 치게 하거나, 행동을 지연시켰다.

'제로의 충고가 아니었다면 몰살당했겠군.'

브리짓은 등골이 오싹했다.

용우가 프리앙카에게 정신 공격에 대해 경고하지 않았더라면 벌써 몰살당했을지도 모른다.

성좌의 무기에 내재된, 정신 공격에 대응하는 스펠을 써가면서 싸우고 있는데도 완벽하게 막아내지 못하고 있었다.

그리고…….

〈구경할 거면 끝까지 구경이나 할 것이지 왜 남이 노는 데 끼어드는 거지?〉

하스라가 불쾌감을 표했다.

허우룽카이를 발로 차서 날린 하스라의 측면을 노리던 다니엘 윤의 공격을 누군가 끼어들어서 막았기 때문이다.

"너무 딱딱하게 굴지 마."

히죽 웃으며 말한 것은 챙 넓은 검은 모자를 쓴 청년이었다.

청년이라고는 했지만 그의 모습은 다소 기괴하다.

눈부신 금발에 피부는 색도 질감도 상아처럼 보였고 눈동자는 핏빛이었다. 그리고 귀가 양쪽으로 뾰족 솟아 있었다.

인간 청년처럼 보이지만 판타지 영화에 출연하기 위해 정교한 특수분장이라도 한 것처럼 이질적인 외모였다.

허공장을 펼쳐서 다니엘 윤의 공격을 막아낸 그가 말했다.

"이 기회에 하나 정도는 동료로 만들고 싶어서 그런 거니까. 너희들 입장에서도 여기서 기둥을 하나 회수할 수 있어서 좋잖아? 다섯이나 있으니까 너무 욕심부리지 말라고."

하스라와 달리 그는 육성으로 말하고 있었다.

그러나 그가 말하는 내용을 구세록의 계약자 중 누구도 알아 듣지 못했다.

'어느 나라 말이지?'

청년이 쓰는 말이 그들 중 누구도 모르는 말이었기 때문이다.

그들은 몰랐지만 그것은 지구상에는 존재하지 않는 언어였다.

〈그런 거라면…….〉

하스라가 잠시 청년을 바라보다가 말했다.

〈허락해 주지. 뜻대로 해라.〉

"관대한 결정에 감사하지, 군주 하스라."

청년이 우아하게 몸을 숙여서 인사를 하는 순간, 다니엘 윤이 움직였다.

콰아아아아아!

허공장에 가로막혔던 광휘의 검의 힘을 폭발시켜서 청년을 튕 겨낸 것이다.

그리고 곧바로 블링크로 뛰어들면서 스펠을 발하는 순간이었 다.

─염동뇌격탄!

측면에서 날아든 뇌전의 에너지탄이 다니엘 윤을 강타했다.

쫘과광!

다니엘 윤이 그대로 튕겨 나갔다.

〈큭……!〉

다니엘 윤이 공격자를 확인하는 순간이었다.

─오버 커넥트!

다니엘 윤이 튕겨 나가던 뒤쪽에 새카만 워프 게이트가 열리면서 그를 집어삼켰다.

'이런……!'

다니엘 윤이 경악했다.

완전히 허를 찔렸다.

그가 출구로 나오자마자 방어막을 펼칠 때였다.

"아, 끼어들 필요 없었는데."

그 앞에 나타난 청년이 히죽 웃었다.

그리고 그 옆에 한 소녀가 공간을 뛰어넘어서 나타났다.

'교복?'

그녀를 본 다니엘 윤은 당혹감을 느꼈다.

중학교 혹은 고등학교 교복으로밖에 보이지 않는 옷을 입은 검은 단발머리의 동양인 소녀였기 때문이다.

이 전장에 그런 차림새의 소녀가 나타났다는 것만으로도 이질적이다. 그런데 소녀는 눈동자가 홍옥처럼 붉었고 허리의 벨트에는 서양식 장검이 매달려 있었다.

그녀는 감정이 없는 인형처럼 무표정한 얼굴로 다니엘 윤을 응시하고 있었다.

'이것들은 대체 뭐지?'

겉모습으로 보면 하나는 인간에 가까운 존재, 그리고 하나는 아무리 봐도 인간이다.

그런데 자신을 바라보는 그들에게서는 인간이라고는 생각할 수 없는 어마어마한 마력이 느껴지고 있었다.

'마력으로 치면 브리짓과 동급이다.'

놀랍게도 청년과 소녀의 마력은 다니엘 윤의 본신 마력을 상회한다. 거의 8등급 몬스터 수준이다.

다니엘 윤에게 광휘의 검이 없었다면 전혀 승산을 볼 수 없는 적들.

"무서워할 것 없어."

상아빛 피부의 청년이 웃으며 말했다.

이번에는 그가 말하는 뜻을 알아들을 수 있었다. 텔레파시를 발하면서 말했기 때문이다.

"죽일 생각은 없으니까. 그냥 좀 친해지고 싶을 뿐이야."

〈네놈들은 뭐냐?〉

"아, 친해지고 싶다면서 인사도 안 하고 있었군."

청년은 챙 넓은 검은 모자를 벗어서 가슴에 대면서 인사했다.

"나는 라지알."

스스로의 이름을 소개한 청년이 붉은 눈동자를 빛내며 말을 이었다.

"우리 세계의 인류에게 '타락체'라고 불렸던 존재다."

*   *   *

브리짓 카르타는 조금씩 절망감이 발목을 붙잡는 것을 느꼈다.

'이대로는 승산이 없어.'

그들이 필사적으로 공격했는데도 하스라에게 별 타격을 주지 못했다. 허공장을 3할 정도 깎아낸 것이 전부다.

그것조차도 하스라가 전투에 임하는 태도가 워낙 오만방자했기 때문에 가능한 일이었다.

　하스라가 진지하게 효율을 추구했다면 벌써 전투가 끝났을 수도 있었다.

　하스라는 피할 수 있는 공격을 일부러 맞아주기도 했고, 정신 공격으로 치명적인 허점을 만들어내고도 가벼운 공격만을 가하기도 했다.

　구세록의 계약자들을 철저하게 때려눕히기보다는 무력감과 절망감을 심어주는 것에 더 집중하고 있다.

　그 결과 구세록의 계약자들은 확실히 지쳐가고 있다.

　그런 상황에서 미지의 적들이 나타나서 다니엘 윤을 그들에게서 멀리 떨어진 곳으로 데려간 것은 타격이 컸다.

　〈크악……!〉

　허우룽카이가 비명을 질렀다.

　진동파를 자유자재로 컨트롤해서 얼음을 깨부수고 하스라의 움직임을 지체시키는 것이 그의 역할이었다.

　그런데 지친 틈에 하스라가 힘으로 밀고 들어와서 극저온의 파동을 폭발시키자 몸의 절반이 얼어붙었다.

　〈허우룽카이!〉

　프리앙카가 급히 불꽃의 활을 쏘았다.

　파지지지직!

　그러나 하스라는 피하지도 않는다. 허공장의 출력을 높여서 그것을 받아내면서 중얼거렸다.

　〈역시 너무 약하군. 어차피 제물로 준비된 자들이라지만, 그

래도 기둥의 힘을 가진 대적자들이 이렇게까지 약할 수가 있나?〉

하스라는 이해할 수 없다는 듯 고개를 갸우뚱했다.

그러더니 브리짓을 보며 말했다.

〈그대 하나만이 그나마 봐줄 만하고 나머지는 모조리 실격이군. 이래서야 고작 9등급 몬스터도 못 막을 만도 해.〉

〈뭐라고?〉

브리짓은 하스라가 하는 말을 이해할 수가 없었다.

그들이 약하다고 하는 부분이 아니다. 실제로 하스라는 스스로의 말을 증명하고 있었으니까.

그러나 9등급 몬스터가 별것 아니라는 것처럼 말하는 부분만큼은 도저히 그냥 넘어갈 수 없었다.

〈고작이라니… 9등급 몬스터가?〉

〈너희들이 약하다는 부분은 납득하고 그 부분은 납득이 안 가는가? 하긴 이 세계의 인류 입장에서는 그럴 수도 있겠군.〉

심드렁하게 말한 하스라가 손을 뻗었다.

〈아.〉

순간 강력한 정신파가 쏘아져 나가서 허우룽카이의 행동을 멈추게 만들었다.

콰직!

〈크아아아악!〉

그리고 하스라에게서 뻗어나간 얼음송곳들이 허우룽카이를 관통했다.

콰아아아아아!

허우룽카이가 산산조각 나면서 순백의 해일이 주변을 덮쳤다.

〈사다모토!〉

브리짓과 프리앙카가 사다모토 아키라 뒤에 서면서 허공장을 전력으로 펼쳤다.

그러자 빛을 발하는 해머를 든 사다모토 아키라가 마치 몸을 내던지는 듯한 기세로 전방의 공간을 때렸다.

─천지를 가르는 빛!

일순간 주변이 캄캄해지면서 모든 것이 정지했다.

그리고 그 한복판을 가르듯이 날카로운 빛살이 뻗어나간다.

마치 산 저편에서 어스름을 찢으며 새벽을 알리는 태양빛처럼.

콰아아아아아아!

한순간 정지했던 공간의 시간이 다시금 흐르면서, 그들을 덮치던 순백의 해일이 둘로 갈라진다.

경이로운 광경이었다.

그러나 이 전투에서 몇 번이고 반복해서 벌어진 현상이기도 하다.

〈으윽······.〉

사다모토 아키라가 비틀거렸다.

그의 몸을 붙잡아 부축한 브리짓이 물었다.

〈괜찮습니까?〉

〈앞으로 두 번··· 잘해봤자 세 번 막는 게 한계일 거다.〉

사다모토 아키라가 담담하게 자신의 상태를 고했다.

새벽의 해머는 성좌의 무기 중에서도 가장 경이로운 권능이 깃들어 있다.

바로 시공간을 조작하는 힘이다.

권능의 규모는 성좌의 무기 중 가장 작고, 엄청난 마력을 잡아먹었지만 유사시에는 절대적인 방어책을 제공할 수 있었다.

저벅……

모든 것이 얼어붙은 공간 속에서 하스라의 발소리가 울린다.

〈9등급 몬스터도 결국은 병기일 뿐이지.〉

하스라는 방금 전의 일이 없었던 것처럼 자연스럽게 말을 이었다.

〈그대들이 이 전장에서 써대는 무기들처럼 말이다. 저렇게 하늘에 날아다니는 것들이라거나…….〉

하스라가 2킬로미터 고도를 날고 있는 드론을 가리키며 말했다.

퍼어어어엉!

그리고 몇 초 차이로 드론이 폭발, 산산조각 나면서 추락하기 시작했다.

'뭐야?'

그 광경을 본 브리짓은 등골이 서늘해졌다.

2킬로미터 고도의 드론을 아무런 조짐도 없이 파괴하다니?

'전에 봤던 그건가?'

서용우가 광학미채 기술로 모습을 감춘 드론을 파괴했을 때와 흡사했다.

〈그런 것들 중 하나일 뿐이지. 물론 좀 더 귀중한 병기이긴 하지만, 그럼에도 얼마든지 대체품이 있는 병기라는 사실은 변하

지 않는다.〉

우우우우우우!

하스라의 마력 파동이 한층 거세지기 시작했다.

〈그런데 세계를 지키는 기둥들이 고작 그것조차 어쩌지 못해서 침식을 허용하다니 어이가 없군. 너무 약해서 흥이 깨졌으니 이 판은 여기서 끝내겠다.〉

〈마음대로 될 것 같아?〉

브리짓이 뇌전의 사슬에 힘을 집중했다. 그녀가 지닌 최대 위력의 스펠로 하스라를 저지할 생각이었다.

"젠장, 늦어버렸군. 누가 당한 거지?"

그때 짜증이 묻어나는 목소리가 들려왔다.

〈음?〉

갑자기 끼어든 목소리에 하스라가 의아해하며 돌아볼 때였다.

쾅!

푸른 섬광이 그를 강타했다.

〈의미 없는 짓이라는 걸 알면서도 해보는 건 혹시 이 세계 인류의 관습 같은 것인가?〉

"단순히 짜증이 났을 뿐이다."

제우스의 뇌격으로 사격을 가한 용우가 그렇게 말하며 걸어왔다.

"허우룽카이와 다니엘 윤이 당한 건가?"

〈다니엘 윤은 아직입니다.〉

"음?"

브리짓의 대답에 용우가 주변을 휘 둘러보았다. 그러자 전술 시스템이 그가 원하는 답을 알려준다.

"이건 또 뭐야?"

다니엘 윤은 혼자 20킬로미터 정도 떨어진 곳에서 전투 중이었다.

하지만 정보가 불분명하다. 빛을 왜곡시키는 거대한 정육면체가 그곳을 감싸고 있어서 관측이 불가능한 상태였다.

'일루전 큐브?'

용우가 브리짓과 휴고 상대로 썼던 스펠이다.

적이 어떤 존재이기에 저런 스펠로 존재를 감춘단 말인가?

"정체불명의 적들이 나타나서 그를 데려갔습니다."

"정체불명의 적이라니?"

용우가 의아해할 때 하스라가 물었다.

〈왜 다시 왔는가? 괴이한 대적자여. 설마 내게 충성을 바치고 싶은 것인가?〉

"아니."

〈결과적으로 그렇게 될 것인데?〉

하스라는 그렇게 말하며 공명을 일으켰다.

우우우우우우우······.

용우가 지닌 빙설의 창과 공명하면 구세록의 계약자들을 쓸어버리는 것은 손쉽다. 그리고 나면 빙설의 창을 손에 넣어서 완전한 모습으로 지구로 나갈 수 있으리라.

〈음?〉

하지만 곧 하스라는 이상함을 느꼈다.

공명을 일으켰는데 아무런 반응이 없었다.

'뭐지?'

그가 당혹감을 느끼는 순간이었다.

용우가 뛰어들어서 양손 대검을 휘둘렀다.

콰아아아아!

순백의 에너지 칼날이 뿜어져 나와서 하스라를 때린다.

하스라가 주춤하는 순간, 그 발밑이 폭발했다.

쿠콰과과광!

지면이 폭발, 거기서 솟구친 토사와 암석이 하스라를 때려서 위로 솟구치게 만들었다.

스펠도 발하지 않았는데 그런 권능이 발현되자 브리짓이 놀라서 중얼거렸다.

〈대지의 로드?〉

엔조 모로의 무기, 대지의 로드가 지닌 권능이 아닌가?

"너희들의 무능함을 메꿔주느라 내 마력석을 2톤이나 썼다, 젠장."

〈그게 무슨…….〉

브리짓은 어리둥절해졌지만 용우는 대답해 주는 대신 대지의 로드를 들어 올렸다.

쿠구구구구구구!

주변의 대지가 진동하며 살아 있는 것처럼 움직인다.

대량의 토사와 암석이 거대한 용의 형상을 취하고 일어난다.

〈하……!〉

그것을 본 하스라가 어처구니없다는 듯 웃었다.

〈이건 정말로 놀랍군! 한 명이 두 개의 기둥을 갖고 그걸 때에 따라서 바꿔 쓴다?)

그 말대로였다.

용우는 빙설의 창을 봉인하고, 대지의 로드를 봉인에서 풀었다.

그것으로 하스라와의 상성 문제를 해결한 것이다.

2

〈전력으로 두들겨!〉

용우는 구세록의 계약자들에게 텔레파시로 말하고는 공격을 시작했다.

콰광! 콰과과광!

거대한 흙과 암석의 용이 춤추며 하스라를 덮친다.

하스라는 가소롭다는 듯 허공장을 확장해서 부숴 버리지만 흙과 암석의 용은 부서져도 금방 다시 복원되면서 그를 위로 쳐 올리고 있었다. 순식간에 하스라가 고도 1킬로미터 이상까지 올라가 버린다.

그것을 본 구세록의 계약자들은 더 말하지 않고 행동에 나섰다.

그들도 지금이 승부처임을 이해했기 때문이다.

—박제된 찰나!

사다모토 아키라가 새벽의 해머에 비장된 스펠을 끌어내었다.

순간 그로부터 퍼져 나간 어스름이 브리짓 카르타와 프리앙카를 휘감았다.

그러자 놀라운 일이 벌어졌다.

발동까지 상당한 집중 시간이 필요한, 최대급의 파괴력을 자랑하는 스펠을 둘 다 순식간에 완성한 것이다.

'엄청난 가속이다. 스펠이 아닌 건가?'

용우가 놀랐다.

시공간 특성을 가진 용우는 다수의 가속 스펠을 보유하고 있다. 하지만 그중에 지금 사다모토 아키라가 쓴 것만큼 어마어마한 가속 효과를 보이는 것은 없었다.

프리앙카가 먼저 공격에 나섰다.

―만군(萬軍)의 화살!

그녀의 공격은 일격이 아니었다.

활시위를 놓는 순간, 거기에 걸려 있던 불꽃의 화살이 수만 조각으로 분화하면서 하늘로 날아올랐다.

솨아아아아아아!

불꽃의 소나기가 중력을 거슬러 올라가는 것 같은 광경이었다.

심지어 그 화살들은 직진하지 않았다.

단 한 발도 빗나가는 것을 용납할 수 없다는 듯, 허공에서 궤도가 변하면서 하스라를 포위한다. 그리고 쉴 새 없이 몰아치며 폭발했다.

콰과과과과과광!

폭발이 끊임없이 일어나면서 화염의 폭풍이 휘몰아쳤다.

그 공격은 용우가 대지의 로드로 만들어낸 토사의 용도 함께 찢어발겼지만 상관없다. 어마어마한 열기가 휘몰아치면서 하스라를 붙잡아두고 있었으니까.

〈뭘 하려는지는 모르겠지만 저놈의 허공장을 최대한 깎아내
주면 되겠지?〉

프리앙카가 수만 개의 불꽃 화살들을 통제하며 물었다.

한 발, 한 발의 위력은 하스라 입장에서는 가소로울 것이다.

그러나 수만 발이 끊임없이 날아들어서 폭발, 열기를 계속 증
폭시키는 상황은 빙설의 군주인 그에게는 상당히 짜증 날 수밖
에 없었다.

〈그래.〉

용우는 대답하면서 대지의 로드를 잡았다.

그때 브리짓 카르타가 공격에 나섰다.

─천둥신의 진노!

�꽈과과과광!

천둥소리가 터지는 것보다 빠르고 불규칙하게 떨어져 내린 뇌
격이 브리짓을 강타했다.

그것도 한 발이 아니다.

꽝! 꽈광! 꽈과과과……!

하늘은 청명한데 마치 여기가 아닌 어딘가, 폭풍우가 휘몰아
치는 곳과 연결되기라도 한 것처럼 낙뢰가 연속적으로 브리짓을
때린다.

그리고 그 에너지가 모조리 브리짓의 왼팔에 휘감긴 뇌전의
사슬에 집중되었다.

〈하아아아아아!〉

브리짓은 그 어마어마한 에너지를 컨트롤하기 위해 온 신경을

집중했다.

이 순간 그녀가 지배하는 마력은 9등급 몬스터 수준까지 상승했다. 하스라도 간과할 수 없는 위협이었다.

〈브리짓 카르타, 놈이 받아치려고 한다. 서둘러!〉

용우가 휘몰아치는 불꽃 소용돌이 너머를 보며 말했다.

브리짓의 공격을 간과해서는 안 된다고 여긴 하스라도 받아치기 위한 스펠을 발동했다.

쿠구구구구구구!

하늘이 진동하며 기상이 격변하고 있다. 불꽃의 소용돌이 너머의 기온이 순식간에 떨어지고 있을 것이다.

하지만 사다모토 아키라의 서포트를 받은 브리짓이 더 빨랐다.

〈죽어!〉

브리짓이 왼팔에 집중된 에너지를 해방시켰다.

순간 모든 것이 새하얗게 물들었다.

피할 시간 따위는 없었다. 브리짓이 그 힘을 해방한 순간, 뇌전의 사슬은 벼락 그 자체의 속도로 하스라를 강타했으니까.

……!

일순간 모든 무전이 침묵했다.

관측 시스템도 폭심지에서 발생한 전자파 때문에 기능이 정지되면서 전술 시스템의 실시간 데이터 업데이트가 잠시 중단되는 사태가 벌어졌다.

쿠구구구구구……!

폭발 지점에서 터져 나온 충격파와 후폭풍이 주변을 거세게 때려대었다.

하스라가 등장한 순간부터 헌터 팀들이 전부 5킬로미터 이상 떨어져서 다행이었다. 안 그랬으면 아군도 휩쓸려 버렸을 것이다.

그 한복판에서, 구세록의 계약자들은 허공장과 방어 스펠을 펼쳐서 그 여파를 받아내고 있었다.

〈타격을 입었겠지?〉

프리앙카가 불안한 듯 물었다.

이 일격으로 끝났을 거란 기대는 아무도 하지 않는다. 왜냐하면 그들은 9등급 몬스터가 어떤 존재인지 아주 잘 알기 때문이다.

〈잘하면 허공장은 거의 깎아냈겠지.〉

사다모토 아키라가 냉정하게 판단했다.

하지만 그때였다.

콰직!

소름 끼치는 소리가 울렸다.

"크윽……."

그 신음 소리의 주인을 본 모두가 놀랐다.

용우의 가슴팍이 날카로운 얼음송곳으로 꿰뚫려 있었다.

"좌표 겹치기… 이것도 할 줄 아는 놈이었군."

용우가 쓰게 웃을 때였다.

〈인상 깊은 재롱이었다.〉

하늘에서 광풍이 휘몰아치면서 폭연이 걷히고, 쏟아지는 빛을 받으며 하스라가 내려왔다.

〈…그것도 안 통했나.〉

사다모토 아키라가 지친 기색이 역력한 모습으로 새벽의 해머를 들었다.

〈그래도 거의 다 깎아냈어. 몇 번이고 다시 해주지.〉

브리짓이 투지를 불태웠다.

용우 덕분에 하스라의 의표를 찌른 공격은 확실히 통용되었다. 하스라의 허공장은 2할 정도까지 깎여 나간 상태였다.

물론 시간이 지날수록 급속도로 회복되겠지만, 그럴 틈을 주지 않고 몰아친다면 승산은 있다.

문제는 하스라의 마력이 건재하다는 것이다. 집중 공격으로 허공장이 대폭 깎여 나간 데 비해 마력 출력은 아직도 7할 이상이다.

〈인정하마. 너희들은 내 생각보다는 재주가 좋군.〉

그가 용우를 바라보았다.

〈자, 괴이한 대적자여. 더 재롱을 피울 수 있겠느냐? 되도록 죽이고 싶지 않았건만…….〉

"한 방 먹였다고 우쭐함이 하늘을 찌르시는군."

용우가 가슴을 관통한 얼음송곳에 손을 대었다.

파삭!

그러자 얼음송곳이 부서지면서 치료 스펠이 발동, 상처가 급속도로 낫기 시작했다.

다른 이들이라면 즉사했어야 할 상처다. 그런데 아무렇지도 않게 재생을 시작하는 용우의 모습에 하스라가 흥미를 보였다.

〈이 셋과 달리 여기서 죽으면 그걸로 끝인 자라 조심했거늘, 좀 더 거칠게 다뤘어도 되었을 것 같군.〉

"고맙다."

〈음?〉

"끝까지 오만방자해 줘서."

다음 순간, 용우가 취한 행동은 모두가 상상도 못 한 것이었다.

블링크로 공간을 뛰어넘어서 하스라와 격돌했다.

파지지지직!

〈미쳐 버린 건가?〉

하스라가 어이없어했다.

심지어 용우는 아까 전과 달리 허공장 잠식조차 쓰지 않았다. 마력을 최대 출력으로 전개하면서 대지의 로드를 뻗고 있을 뿐이다.

용우의 허공장이 급격하게 깎여 나갔다.

"웬만하면 이건 하고 싶지 않았는데… 같이 싸우는 놈들이 너무 무능해서 어쩔 수가 없군."

〈뭐?〉

하스라가 당혹스러워하는 순간이었다.

우우우우우우!

용우가 하스라에게 뻗은 대지의 로드에 마력이 집중되면서 부서질 듯이 떨리기 시작했다.

〈자폭하려는가? 재미없군. 그건 허락지 않겠다.〉

하스라는 실망한 기색으로 강력한 정신파를 발했다. 그대로 용우의 행동을 멈춰서 구속해 버릴 생각이었다.

그런데 그때였다.

한줄기 섬광이 그를 관통했다.

〈어……?〉

순간 하스라는 무슨 일이 벌어진 건지 이해하지 못했다.

그뿐만이 아니다.

그 자리에 있는 전원이 마찬가지였다.

오직 용우만을 제외하고.

콰아아아아아아아아!

하늘에서 내리꽂힌 섬광이 하스라를 관통하는 것을 모두가 인식한 직후, 대폭발이 그 자리를 집어삼켰다.

〈뭐, 뭐야? 뭐가 일어난 거야?〉

프리앙카의 의문은 구세록의 계약자 전원의 의문이었다.

〈이, 무슨……!〉

폭발 속에서 경악과 불신에 찬 하스라의 정신파가 흘러나왔다.

몸통에 커다란 구멍이 뚫려 버리고, 그 속에 있던 아티팩트 빙설의 창이 두 동강 나버린 그가 하늘을 올려다보았다.

〈이건, 대, 체… 무슨……?〉

그의 시선이 닿은 곳은 고도 4킬로미터 지점.

윙 슈트를 탄 채로 하늘을 날고 있는 용우가 있었다.

"한 발로 끝났나. 생각보다는 쉬웠군."

용우는 발사 시의 충격을 버티지 못하고 부서진 포신을 보며 중얼거렸다.

모든 것은 이 한 방을 위한 속임수였다.

처음에 하스라에게 접근해서 싸운 용우는 가짜였다.

용우는 미켈레와 싸울 때 이미 원격조종의 리스크를 알고 있었다.

왜냐하면 그 자신도 그런 전투 방식이 가능했기 때문이다.

용우에게는 대량의 마력석을 투입하여 본인과 구분할 수 없을 정도로 정교한 복제체를 만들어내는 기술이 있었다.

그 복제체가 들고 있던 대지의 로드도 형상 복원으로 만들어낸 마이너 카피다. 다만 대량의 마력석을 투입해서 평소보다 훨씬 진품에 가깝게 만들어졌을 뿐.

이런 복제체는 활동 시간이 짧아서 용우 입장에서는 가격대 성능비가 형편없었다. 하지만 여기서는 딱 한 번만 속여 넘기면 되니까 상관없었다.

본체는 윙 슈트에 타고 근방의 하늘에 은신한 채로 때를 기다리고 있었다.

구세록의 계약자들이 하스라의 허공장을 충분히 깎아낼 때까지.

그리고 용우의 분신이 자폭하는 것에 정신이 팔린 하스라가 하늘에서 발생한 거대한 마력 파동을 눈치채지 못하는 순간까지.

모든 상황이 의도한 대로 맞춰지는 순간, 용우는 모습을 드러내고 공격을 가했다.

페이즈19에 달하는 마력을 최대 출력까지 전개했다.

마력석을 대량으로 투입, 연소시키는 것으로 마력을 일시적으로 폭증시켰다.

마력 컨트롤 기술인 배틀 서클로 마력을 한 번 더 증폭했다.

대지의 로드와의 공명으로 그 마력을 또 폭증시켰다.

M—링크 시스템으로 한 번 더 증폭시켰다.

윙 슈트의 듀얼 부스트 시스템으로 또 한 번 증폭했다.

그리고 마지막으로 포신 앞에 배치된 마력 컨트롤 기술 '사냥꾼의 축복'으로 포격의 위력을 한 번 더 증폭시켰다.

그 결과물은 그야말로 역사상 최고의 일격.

어비스에서 최후까지 살아남은 자가 터득한 마력 증폭 기술과 지구의 인류가 일궈낸 기술, 그리고 성좌의 힘이 연동된 증폭의 연쇄가 하스라를 부숴 버렸다.

〈이, 이노옴……!〉

부서져 가는 하스라가 손을 들어 올린다.

하지만 용우가 더 빨랐다.

쾅!

텔레포트로 지상에 내려온 용우의 주먹이 하스라에게 꽂혔다.

"아무래도 직접 패주지 않고서는 직성이 안 풀리거든."

용우가 물 흐르는 듯한 움직임으로 하스라에게 따라붙으면서 연타를 날린다.

〈크윽……!〉

이미 코어, 정확히는 코어 역할을 하던 아티팩트가 부서진 하스라는 무력하게 두들겨 맞고 있었다.

한 방, 한 방이 꽂힐 때마다 하스라의 몸이 터져 나갔다가 원상 복구되기를 반복한다.

하지만 파괴와 회복의 균형은 빠르게 무너지고 있다. 점차 파괴 속도가 회복 속도를 압도해 간다.

무엇보다…….

〈내게 고통을 가르치겠다는 거냐?〉

용우가 가하는 모든 일격은 정신체를 파괴하는 힘이 깃들어 있었다.

하스라는 용우의 일격이 꽂힐 때마다 격통을 느꼈다.

"아니, 그저 고통을 주고 싶을 뿐이지."

용우는 그렇게 말하며 하스라를 두들겨 댔다.

'정신을 가둘 수가 없군. 역시 군주 개체라고 으스댈 만해.'

용우는 하스라의 정신을 부서지는 몸에 가두려고 시도해 보았으니 실패했다. 군주 개체에게는 정신을 보호하는 특수한 능력이 있는 것 같았다.

'하지만 잠깐씩 구속하는 건 된다. 그걸로 충분해.'

완벽하게 우위를 점한 상태로 정신 가두기를 걸면 10초 가까이 효과가 통용되는 것 같다.

그리고 그 정도면 용우가 생각하는 작전을 실행하기에 충분했다.

〈괴이한 대적자여, 오늘은 네가 이겼다. 그러나…….〉

"다시 돌아오겠지. 안다."

용우는 그렇게 말하며 하스라의 머리를 잡았다.

"그런데 말이지. 난 그 패턴이 슬슬 지겨워."

〈뭐라고?〉

"여기서 끝내자, 종말의 7군주. 너를 위한 종말의 날은 없어."

용우가 그렇게 말하자마자 허공에서 뭔가가 쏟아져 내리기 시작했다.

후두두두두두……!

트레일러로 쏟아내는 것 같은 기세로 쏟아지는 것은, 푸르스름한 빛을 발하는 마력석들이었다.

"죽여도 죽지 않는 놈들을 한두 번 상대해 본 게 아니거든. 게임 감각에 취해서 불완전한 상태로 쳐들어온 것을 뼛속 깊이 후회해라."

용우의 눈이 시퍼런 빛을 발했다.

그리고 마력석들이 불타오르기 시작했다.

눈이 멀어버릴 듯한 빛을 토해내면서, 그 빛 속에 녹아 사라져 간다.

마력장이 미칠 듯한 기세로 폭증하는 가운데, 용우가 스스로에게도 악몽으로 남아 있는 스펠을 발동시켰다.

—봉인(封印)!

산더미 같은 마정석이 연소되면서 발생한 초고밀도의 마력장이 하스라를 감싸고 수축되기 시작한다.

〈……!〉

하스라는 용우가 발한 스펠의 정체를 깨닫고 경악했다.

그는 즉시 몸을 포기하고 빠져나가려고 했다.

하지만 안 된다.

용우가 계속해서 그를 구속해 두기 위해서 힘을 발하고 있었다.

〈아, 안 돼! 고작 일곱 번째 문을 연 인류 따위에게 내가……!〉

여유가 사라진 하스라가 절규했다.

어떻게든 빠져나가려고 하지만, 강림한 화신이 철저하게 파괴된 지금의 그에게는 그럴 힘이 없다.

"공포를 즐겨보라고. 너희들에게는 드문 체험일 테니."

용우는 봉인의 힘이 하스라를 구속하는 것을 보며 그를 비웃었다.

'잘도 속아 넘어가는군.'

그리고…….

용우의 의식이 어딘가로 날아갔다.

3

그곳은 색이 없는 세계였다.

마치 현실을 멋대로 왜곡해서 연필로 스케치해 놓은 것 같다.

그런데도 눈길이 가는 곳의 디테일은 정밀하고 입체성이 살아 있다는 점이 기괴하다.

온통 더 옅은 회색과 더 짙은 회색으로만 이루어진, 그리고 노이즈로 가득 찬 세계.

용우는 그곳을 걸었다.

아니, 걷는다는 표현이 올바를까?

그곳에 용우는 존재하지 않는다. 꿈속의 한 장면인 것처럼 의식만이 그곳을 배회할 뿐이다.

그럼에도 불구하고…….

저벅.

용우는 단단한 바닥 위를 걷는 자신의 발소리를 들었다.

동시에 세계가 변화한다.

'정보 세계로군.'

용우는 자신을 둘러싼 이 세계가 물질이 존재하지 않는, 정보만이 존재하는 세계임을 알아차렸다.

이미 어비스에서 여러 차례 유사한 경험을 했기 때문에 가능한 통찰이었다.

'제한된 범위 안에서의 체험이 아니라 완전히 정보만으로 이루어진 세계라.'

정보만으로 이루어진 세계는 대부분 지극히 제한적인 공간이다.

예를 들어 타인의 정신에 침투하거나, 꿈을 현실로 확장해서 타인을 끌어들이거나, 혹은 마력을 이용해서 자신이 법칙을 뜻대로 통제할 수 있는 정보 공간을 만들어내는 자들이 있었다.

하지만 이곳은 그렇게 인위적으로 만들어낸 작고 볼품없는 모형 정원이 아니다.

용우는 그 사실이 경이로웠다.

또한 기꺼웠다.

'이러면 일이 쉬워지지.'

용우는 차갑게 웃었다. 그리고 자기 앞에 있는 존재를 보며 중얼거렸다.

"하는 짓이 너무 비슷해서 혹시나 했는데……."

그곳은 돔 형태로 만들어진 거대한 의전용 홀처럼 보이는 공간이었다.

무대처럼 주변보다 높이 솟구친 그 한복판에는 크고 화려한 의자가 놓여 있었고, 거기에 앉아 있는 것은…….

"정말로 언데드였군?"

죽은 자였다.

어비스에서 만난 최악의 적, 언데드와 타락체.

용우는 종말의 7군주 중 하나, 하스라의 정체가 언데드임을 알아보고 웃었다.

백색과 푸른색 바탕에 백은과 황금으로 치장된 화려한 예복을 입고, 그 위에 두꺼운 푸른 가죽 망토를 두른 해골이 거기에 앉아 있었다.

그것은 단순한 시체가 아니었다. 전신에서 강력한 냉기가 뿜어져 나와 주변을 얼어붙게 만들었으며, 그 안쪽에서 거대한 힘이 샘솟는 것이 느껴졌다.

용우는 해골을 가만히 바라보았다.

뻥 뚫려 있는 해골의 눈구멍 속에서는 흐릿한 빛이 흘러나오고 있다. 하지만 그것은 마치 잠든 자의 무의식이 빛을 발하는 것처럼 보인다.

"너도 구세록의 계약자들과 수준이 똑같은 놈이야."

용우는 그 현상이 무엇을 의미하는지 알고 있었다.

하스라의 의식은 이 몸에 없다.

그의 의식은 지구의 게이트에 강림한 채로, 자신의 몸에 무슨 일이 생기는지 모르고 있는 상태다.

"절대적으로 안전한 장소에서 남에게만 일방적으로 위험을 강요하는 게 가능하다고 믿었겠지?"

원래대로라면 하스라의 의식은 이곳과 지구에 동시에 존재했을 것이다. 언제라도 어느 한쪽에 더 깊게 의식을 둘 수 있었을 것이며, 어쩌면 정보 공간의 특성상 양자의 시간 흐름을 달리하여 동시적으로 집중하는 게 가능했을지도 모른다.

하지만 지금 하스라의 의식은 오로지 지구에만 존재한다.

그것은 용우가 하스라를 속여 넘겼기 때문이다.

용우가 이곳으로 의식을 날리기 전에 발동시킨 봉인은, 사실 하스라 정도 되는 거대한 존재를 봉인하기에는 위력이 턱없이 부족했다.

하지만 하스라를 파괴된 화신 속에 한동안 구속해 두기에는 충분한 위력이었다.

"오만함을 달고 살다 보니 자기가 할 수 있는 일은 남도 할 수 있다는 걸 모르지. 자기가 하는 행동에 리스크가 있다는 사실도 모르고."

용우는 하스라의 본체와 화신의 연결 고리를 거슬러 올라왔기에, 그의 본체 바로 앞에 나타날 수 있었다.

하스라는 무대 주변에는 강력한 방어 조치를 취해두었지만,

이 거리에서는 무방비하게 노출된 상태였다.

용우는 해골의 머리를 붙잡으며 말했다.

"왜 너희들이 지구에는 그렇게 불완전한 모습으로 나타나는지 알겠어. 이 정보 공간이 너희들의 현실이라면 그럴 수밖에 없지."

오로지 정보만으로 이루어진 세계의 존재가, 물질로 이루어진 세계에 자신을 투영한다.

그것이 가능하다는 것만으로 기적이다.

정보가 실체화되는 것은 대단히 어려운 일이다.

누구나 머릿속으로는 쉽게 현실을 초월하는 상상의 나래를 펼칠 수 있다.

하지만 그것을 현실화하는 것은 너무나 어려운 일이다.

그런 상상의 내용은 현실에 존재할 수 없는 것들이 많다. 누구나 알 수 있는 예술이라는 형태로 현실화시키는 데도 뛰어난 재능과 고도의 기술이 필요하게 마련이다.

하물며 그것이 단순한 이미지가 아니라 인간 수준의 지성을 가진 존재를, 허구의 존재도 아니라 현실에 실재하게 만든다면?

그건 이미 기적이라고 불릴 만한 일이다.

열화된 형태로나마 그 일이 가능하다는 점에서 종말의 7군주는 확실히 기적을 일으키는 힘을 갖고 있는 것이다.

'내게는 그 반대가 숙제가 되겠지.'

용우는 그렇게 생각하며 손에 힘을 주었다.

콰직!

하스라의 두개골이 부서지고, 용우가 주입한 힘이 뼈만 남은 그 몸을 산산조각으로 부수기 시작했다.

키에에에에에에!

의지가 없는 몸에서 끔찍한 비명이 울려 퍼졌다.

용우는 멈추지 않았다.

쾅!

일격이 꽂히며 하스라의 옷과 망토가 갈가리 찢기고 몸통뼈가 부서졌다.

용우는 그 안쪽에서 심장처럼 맥동하며 청백색 빛을 발하는 덩어리를 쥐었다.

하스라의 코어였다.

파지지지지직!

격렬한 스파크가 발생했다.

무시무시한 압력이 퍼져 나가면서 모든 것을 부숴 버린다.

하스라의 옷이 산산조각 나서 흩어지고 의자까지도 박살 나서 날아가 버린다.

그 마력은 9등급 몬스터의 그것을 훨씬 초월하는 수준이었다.

하지만 용우는 주변이 초토화되는 상황에서도 멀쩡하게 버티고 있었다.

〈이, 이놈……!〉

그리고 가느다란 목소리가 들려오기 시작했다.

"이제야 돌아오고 있나?"

하스라의 목소리였다.

〈나를 속였구나! 우리에게 바쳐질 기둥의 제물 주제에 감히!〉

"호오."

용우는 재미있다는 듯 눈을 빛냈다.

"그 이야기를 더 자세히 들어보고 싶군. 하지만 그렇게 여유 부릴 때는 아니니까, 그냥 끝내자."

〈망상은 거기까지다.〉

하스라는 분노 속에서도 차분함을 되찾은 것 같았다.

〈네놈이 놀라운 존재라는 것은 인정하마. 내 화신을 파괴한 것도, 나를 속여 넘긴 것도, 그리고 지금 여기에 있는 것도… 모두 내 예상을 초월하는 일이었으니.〉

쿠구구구구구!

코어의 반발 작용이 더욱 강해지기 시작한다.

하스라의 의지가 돌아오면서 코어 주변에 그의 환영이 나타났다. 해골의 눈구멍 안쪽에서 흉흉한 빛이 뿜어져 나와서 용우를 노려보았다.

〈그러나 네가 서 있는 그곳은 너의 세계가 아니다. 네 부족한 힘을 채워줄 도구도 없다.〉

지구에서 용우가 하스라를 쓰러뜨릴 수 있었던 것은 부족한 힘을 채워줄 도구들 덕분이다.

그리고 이곳에서는 그 도구들을 쓸 수 없다.

이유는 간단했다.

이곳이 정보만으로 이루어진 세계이며, 용우는 의식만을 이곳으로 보냈기 때문이다.

인간은 머릿속에서 상상하는 것만이라면 무엇이든 할 수 있다.

하지만 그 상상은 언제나 엉성하다. 타인을 설득할 수 있을 정도로 현실적인 디테일을 갖추는 것은 너무나 어려운 일이다.

그저 상상하는 것만으로도 그런데, 거기에 현실의 인간관계처럼 상호작용의 법칙이 적용된다면 어떨까?

누군가와 상상이 공유되고, 그로 인해 상상으로 구현할 수 있는 것에 엄격한 제한이 걸린다면?

이 정보세계가 바로 그런 법칙이 적용되는 공간이었다.

단순한 냉병기 같은 것들이라면 모를까, 고도로 발달한 기술이 집약된 현대 병기들을 정보세계로 가져오기 위해서는 그것에 대해서 속속들이 알고 있어야만 한다.

"확실히."

용우는 부정하지 않고 피식 웃었다.

"문명의 산물이란 건 스마트폰 같은 거야. 그 속에 뭐가 들어가 있는지, 어떤 원리로 작동하는지 몰라도 아주 잘 쓸 수 있지. 물질을 정보화해서 여기로 가져오는 방법이 있다면 모를까, 지금의 나는 확실히 지구의 무기는 쓸 수 없다."

용우는 이곳에서 아공간을 열고 현대 병기를 꺼내려고 시도해 보았지만 실패했다.

〈이제야 주제를 파악…….〉

"그런데 말이야."

용우가 하스라의 말을 잘랐다.

"이상하다는 생각은 전혀 하지 않은 모양이지?"

〈뭐?〉

"잘 생각해 봐. 내가 왜 네 의식이 돌아올 때까지 기다려 줬을까?"

용우는 이 정보 세계에 온 후로 이상할 정도로 여유를 부렸다.

물론 하스라의 코어를 제외한 부분, 몸과 의복을 파괴하기는
했다.

하지만 그것은 코어의 중요성에 비하면 사소한 손상이었다.

코어만 멀쩡하면 하스라는 얼마든지 몸을 재생할 수 있었으
니까.

〈허세를 부리는구나. 파괴할 능력이 없었을 뿐이면서.〉

아무리 하스라의 의식이 없다고 하더라도, 그의 코어를 파괴
하는 것은 쉬운 일이 아니다. 9등급 몬스터에게 타격을 줄 정도
의 위력이 아니면 코어에 작은 흠집조차 낼 수 없다.

그리고 현대 병기를 쓸 수 없는 용우에게는 그만한 힘이 없
다.

하스라는 그 점을 확신했기에 동요하지 않았다.

"그렇군."

용우가 피식 웃었다.

"역시 너도 별로 똑똑한 놈은 아니었어."

〈떠드는 것은 거기까지다. 무엄한 자여, 무릎을 꿇어라!〉

하스라의 환영이 크게 부풀어 오른다.

치직…….

동시에 보이지 않는 힘이 해일처럼 밀려왔다.

치지지지직……!

그것은 어비스에서 언데드와 타락체가 다루었던 힘.

정신을 농락하고, 굴복시키는 힘이었다.

연약한 인간의 정신은 그 힘에 노출되는 것만으로도 부서져
버린다.

의지력의 문제가 아니다.

정신에 대한 인식과 그것을 다루는 힘의 총량이 개미와 고래만큼이나 크게 차이가 나기 때문이다.

하스라는 지구에 강림한 화신체로도 정신 공격을 사용했지만, 그 위력은 지금 발한 것에 비하면 새 발의 피였다.

"……."

정신파의 해일에 휩쓸린 용우의 눈이 풀렸다. 잠깐 정신이 나간 것 같았다.

〈어리석은 놈.〉

하스라가 그런 용우를 비웃는 순간이었다.

콰아아아아앙!

대폭발이 일어났다.

〈……!〉

의식이 본체로 돌아오고 있는 하스라의 허공장을 날려 버릴 정도의 폭발이었다.

일격에 돔 형태의 건축물이 박살 나고, 그러고도 모자라서 그 바깥쪽까지 여파가 미친다.

"신이 난 꼴을 보니 내 연기력도 나쁘진 않은 모양이야."

용우는 그 폭발의 중심부에 있었으면서도 아무렇지도 않게 걸어가면서 쿡쿡 웃었다.

"힘으로 찍어 누르려고 하다니, 웃는 걸 참느라 힘들었다."

용우는 언데드, 타락체와의 전투 경험이 수도 없이 많다.

그 수많은 싸움에서 살아남았다는 것은 용우가 언제나 승리했다는 뜻이다.

"네놈이 지구에서 맛본 공포는 테마파크의 절규 머신 같은 거야."

텔레파시를 발하고 있기에 육성으로 말하고 있는데도 주변의 굉음을 뚫고 하스라에게 닿는다.

"한번 즐겨보라고 선물한 거였지. 난 그걸로 네놈한테 열받은 게 풀릴 만큼 성격이 좋질 못해."

〈무, 무슨……!〉

하스라가 당황했다.

방금 전의 폭발은 그의 허공장 안쪽에서 터졌다.

허공장이 깨져 나가면서 코어에 흠집이 났다. 그만큼이나 강한 폭발이었다.

"아무것도 모르는 채로 평온하게 죽는다. 네놈이 그런 사치를 누리게 할 수는 없잖아?"

그런 용우를 보며 하스라는 오싹한 감정을 느꼈다.

〈너는…….〉

그가 믿을 수 없다는 듯 물었다.

〈누구냐? 그놈이 아니구나!〉

의식이 본체로 돌아오면 돌아올수록 뚜렷하게 느껴진다.

거침없이 개방된 용우의 마력이.

〈정체를 밝혀라!〉

그 힘은 아무리 봐도 지구에서 그를 쓰러뜨렸던 존재와 동일한 존재라고 볼 수 없었다.

"하하하."

용우가 어처구니가 없다는 듯 웃었다.

'하긴 그럴 만도 하군.'

몸속에서 힘이 용솟음치고 있다.

현실에 밀려 기억 속 한구석에만 존재하던 예전의 자신이 되살아나고 있다.

어비스에서의 마지막 순간, 아무리 강력한 적이라도 쳐부술 수 있을 것 같았던 그때의 자신이.

'확실히 스트레스가 심하긴 심했어.'

잃어버린 힘은 어쩔 수 없다. 손에 없는 것을 그리워해 봤자 미련에 발목 잡혀서 약해질 뿐이다.

용우는 지구로 돌아온 후로 그렇게 생각하며 살아왔다.

하지만 그럼에도 전투를 치를 때마다, 자신이 약해진 것을 실감할 때마다 극심한 스트레스를 느끼는 것은 어쩔 수가 없었다.

식후 운동거리도 안 되는 놈들이 힘으로 자신을 찍어 누를 때마다 얼마나 울화통이 터졌던가?

'어차피 금방 깨어날 꿈이지만, 지금은 즐겨볼까?'

인식하는 것으로 지금의 자신을 과거의 자신으로 바꾼다.

정보 세계에서는 그런 일도 가능했다.

"아예 기다려 주는 것도 괜찮겠다는 생각마저 들다니, 안 되지. 이러면 안 돼……."

용우는 스스로가 힘에 취해 있음을 깨달았다.

평소의 그라면 굳이 하스라의 의식이 돌아오기를 기다려 주지 않았을 것이다. 아무리 과거의 상태를 재현해서 승산이 높다고 판단했어도, 혹시 모를 변수를 염두에 두고 철저하게 파괴했으리라.

하지만 지금의 그는 하스라에게 공포와 절망을 안겨주기 위해 굳이 위험을 감수했다. 그동안 쌓인 스트레스 때문에 냉정하지 못했다는 뜻이다.

쾅!

폭음이 울리며 하스라의 코어가 땅속에 박혔다.

하스라가 뭔가 하려는 순간, 용우가 그보다 더 빠르게 공격을 가한 것이다.

"이제는 알겠지? 내가 왜 너를 기다려 줬는지."

다시금 폭음이 울리며 대지가 붕괴했다. 그리고 튀어 오른 하스라의 코어가 용우의 손에 잡혔다.

〈아, 안 돼…….〉

하스라가 공포에 떨었다.

이제는 인정할 수밖에 없었다.

눈앞의 존재는, 자신의 코어를 파괴할 수 있다는 것을.

"아, 좋군. 네 얼굴을 재생해 놓고 표정을 보고 싶을 정도야. 하지만 이 정도로 만족하지."

용우는 하스라의 코어를 쥔 채로 스펠을 발했다.

─필멸자(必滅者)의 세계!

그러자 용우를 중심으로 주변 반경 10미터가 흐릿해졌다.

모든 것이 열화된 것 같은 세계 속에서 용우가 손을 뻗었다.

〈안 돼애애애애애애!〉

하스라의 처절한 비명이 울려 퍼지기도 전에, 용우의 손이 하스라의 코어를 부숴 버렸다.

……!

소리는 없었다.

눈이 멀어버릴 것 같은 빛이 퍼져 나가면서, 그 빛이 닿는 범위에 있는 모든 것이 얼어붙었다.

이미 붕괴한 돔 형태의 공간은 물론이고 그 너머에 자리했던 거대한 궁전까지 모든 것이 한순간에 새하얀 얼음으로 뒤덮였다.

4

투둑…….

시간조차 얼어붙은 것 같은 풍경 속에서 뭔가가 떨어지는 소리가 소름 끼칠 정도로 뚜렷하게 울려 퍼졌다.

후두두두두둑!

그리고 마른땅에 갑자기 굵직한 빗방울이 떨어지는 것 같은 소리가 울려 퍼졌다.

용우에게는 익숙한 소리였다.

어비스에서 누군가를 죽일 때마다 어김없이 들려왔던 소리였으니까.

"많군."

산더미처럼 쏟아지는 것은 대부분 마력석이었다. 용우가 하스라의 전투에서 쓴 것보다도 훨씬 많은, 어쩌면 용우가 지닌 마력석의 총량에 필적하지 않을까 싶을 정도로 어마어마한 양이었다.

그런데 그중에는 마력석 같지만 뭔가 다른, 특이한 것들이 섞여 있었다.

용우는 그것들을 자신의 아공간에 넣어보았다.

'마력석은 지구에서나 여기에서나 공통적인 존재인가?'

아공간에서 물건을 꺼낼 수 없기에, 이곳의 물건을 아공간에 수납할 수도 없는 상황을 걱정했다.

그런데 마력석은 깔끔하게 수납이 되었다.

'그리고 역시… 군주 개체라 불리는 놈답게 거느리고 있는 백성이 있나 보군.'

정보만으로 이루어진 세계라고는 하지만 수많은 의념이 상호작용하면서 형성된 그 모습은 물질로 이루어진 세계와 닮아 있었다.

이 세계는 광활했으며, 그리고 그 속에는 하스라 말고도 수많은 존재들이 있었다.

'도시.'

용우는 하늘로 날아올라서 지상을 굽어보았다.

무너진 돔형의 건물을 중심으로 지름이 20킬로미터를 넘는 도시가 형성되어 있었다.

특이한 점은 그 도시가 온통 얼어붙어 있다는 것이다.

하스라의 죽음과 함께 폭발한 한기 폭발이 아니더라도 처음부터 새하얀 얼음으로 뒤덮인 도시였다.

인간이라면 도시에 발 들이는 순간부터 죽어갈 수밖에 없는, 도저히 생존 불가능할 정도의 혹한이 지배하는 공간이다.

'전부 다 언데드다.'

그렇기에 시민 중에 산 자는 하나도 없었다. 용우가 감지한 5만을 넘는 존재가 모조리 언데드였다.

용우는 지금까지 싸운 존재들의 정체를 알 것 같았다.

"선물을 주지."

용우가 지상을 향해 손을 내밀었다.

ㅡ선다운 버스트!

그의 손바닥에서 가느다란 한줄기 섬광이 도시로 떨어져 내렸다.

콰아아아아아아앙!

전술핵에 필적하는 대폭발이 도시를 집어삼켰다.

지구에서 다니엘 윤이 썼을 때보다 훨씬 강력한 위력이었다.

게다가 용우는 한 발로 끝낼 생각이 없었다.

'버틸 수 있는 시간이 얼마 안 남았어.'

용우는 하스라를 죽인 순간부터 자신의 의식이 현실의 인력에 이끌리는 것을 느끼고 있었다.

처음부터 하스라의 존재를 붙잡아서 여기 왔고, 존재하고 있기에 어쩔 수 없는 현상이었다.

'최대한 많이 죽인다.'

지금 상황은 용우에게는 황금 같은 기회였다.

이번 일로 이 정보 세계에 올 방법을 알아냈지만, 다음에 다시 왔을 때 적들이 이렇게 무방비하다는 보장은 없다. 용우가 오는 상황을 상정하고 함정을 준비할 위험성도 고려해야 한다.

'이걸 버틴 놈이 한둘이 아니라니.'

다시금 도시의 언데드들을 감지해 본 용우가 혀를 내둘렀다.

단 일격으로 5만에 달했던 놈들 중에 1만 정도가 소멸했다.

그런데 분명히 폭발 범위에 있던 놈들 중에도 버틴 놈들이 있다는 사실이 놀라웠다.

군주 개체인 하스라에는 미치지 못할지라도 강력한 놈들이 수두룩하다는 뜻이다.

용우는 빠르게 제2격을 날렸다.

콰아아아아아아앙!

또다시 대폭발이 일어나면서 도시를 쓸어버렸다.

'그럼 물러나 볼까?'

용우는 더 상황을 살펴보는 대신 곧바로 물러나는 쪽을 택했다.

이 정도로 요란하게 대파괴를 일으켰으니 적들이 가만히 있을 리 없다. 이 도시의 고위 언데드들은 그렇다 치고 다른 군주들이 올 수도 있으리라.

"다음에 다시 보지. 그때는 이 정도로 끝나진 않을 거야."

그리고 용우의 모습이 허깨비처럼 흩어져 사라졌다.

                    *   *   *

용우의 의식이 하스라의 본체가 있는 정보 세계로 날아갔다가 다시 돌아오기까지는 꽤 많은 시간이 걸렸다.

그리고 용우가 돌아오는 순간, 바로 앞에서 둔탁한 소리가 울렸다.

콰직!

하스라의 코어 역할을 하던 아티팩트 빙설의 창이 두 동강 나는 소리였다.

―형상복원!

용우는 그것을 잡고 복원하려고 시도해 보았다.

하지만 소용없었다. 겉모습은 복원할 수 있지만 아티팩트를 아티팩트이게 하는 근본적인 무언가가 부서져 버린 것 같았다.

'빙설의 창의 봉인을 풀어보기 전에는 답이 안 나올 것 같군.'

용우는 나중을 기약하기로 하고 그것을 아공간에 넣어두었다.

그리고 의식을 집중해서 아공간을 살펴보았다.

'있다. 확실하게 가져왔어.'

정보 세계에서 하스라를 죽이고 얻은 부산물은 확실하게 아공간에 수납되어 있었다.

용우에게는 최고의 결과였다.

〈뭐가 어떻게 된 겁니까?〉

브리짓이 물었다.

용우는 설명하는 대신 질문했다.

"그동안 있었던 일을 말해봐."

〈…….〉

"싫으면 관둬. 대답해 줄 사람이 너밖에 없는 건 아니니까."

브리짓은 한숨을 쉬고는 대답해 주었다.

〈당신이 그 군주 개체를 붙잡고 있는 동안 접근할 수도 없을 정도로 강력한 힘의 폭풍이 휘몰아쳤습니다. 그리고 그게 멎고 나니 그런 상황이군요.〉

하스라가 저항하면서 발생한 현상인 모양이었다.

용우가 말했다.

"군주 개체는 죽었다."

〈네?〉

"자세한 이야기는 나중에 하지. 그리고 확실히 말해두겠는데……."

용우는 브리짓과 프리앙카, 사다모토 아키라를 보며 경고했다.

"군주 개체의 부산물, 손댈 생각은 버려."

〈……〉

하스라가 죽으면서 대량의 마력석과 부서진 화신이 남았다.

용우는 그것을 저들에게 넘겨줄 생각이 없었다. 그들이 보는 앞에서 그 모든 것을 아공간에 쓸어 담으면서 말했다.

"그리고 아직 상황이 끝나지 않은 것 같군."

8등급 몬스터 가이아드래곤에 이어 군주 개체인 하스라까지 쓰러뜨렸다.

그런데 아직까지 게이트가 소멸할 조짐이 없다.

"코어 몬스터가 남아 있어서만은 아닌 것 같은데. 다니엘 윤은 어떻게 됐지?"

용우는 일루전 큐브가 펼쳐진 지점을 전술 시스템으로 살펴보았다.

그 지점은 아직도 일루전 큐브가 펼쳐진 상태라 관측 시스템이 정보를 얻지 못하고 있었다.

〈예감이 안 좋군……〉

사다모토 아키라가 그렇게 말하더니 텔레포트로 그 지점으로 향했다.

프리앙카와 브리짓도 그 뒤를 따르고, 용우는 하스라의 부산물을 수거해서 아공간에 넣으면서 생각했다.

'마력 반응까지 사라졌다.'

관측 시스템은 거대한 일루전 큐브 안쪽에서 일어나는 일을 전혀 감지하지 못하고 있었다.

그 안에서 무슨 일이 벌어지고 있는지는 물론이고 누가 있는 지조차 알지 못한다는 뜻이다.

'직전에 기록된 마력은……'

전술 시스템에 기록된 데이터 로그를 검색해 본 용우가 경악 했다.

'이건?!'

관측 불가 상황이 되기 전, 다니엘 윤과 마주하고 있던 존재 들은 둘 다 8등급 몬스터 수준의 마력을 갖고 있었기 때문이다.

'게다가 인간형?'

거기까지 데이터 로그를 본 용우의 머릿속에 벼락이 쳤다.

"타락체!"

용우는 급히 구세록의 계약자들의 뒤를 따랐다.

*   *   *

일루전 큐브 안은 외부의 관측으로부터 자유로웠다.

그것은 일루전 큐브만이 아니라 소리와 마력까지도 완벽하게 차단하는 별도의 스펠이 추가적으로 펼쳐졌기 때문이다.

거기에 다니엘 윤의 도주를 막기 위한 안티 텔레포트 필드까 지도.

"역시 인류는 너무 섬세해. 망가뜨리지 않고 손에 넣기가 어럽군."

　격전에 의해 초토화된 대지에서 그렇게 중얼거린 것은 상아빛 피부와 뾰족한 귀를 가진 붉은 눈의 청년, 라지알이었다.

　그 앞에는 다니엘 윤이 갑옷이 반쯤 부서진 채로 한쪽 무릎을 꿇고 있었다.

　〈크윽……!〉

　그런 그의 앞에 서 있던 소녀가 돌아선다.

　"왜?"

　"……"

　소녀는 말없이 스펠을 발동했다. 오버 커넥트가 발동하면서 워프 게이트가 열렸다.

　"가려고? 뭐 네가 해줄 일은 끝났기는 한데……."

　"……"

　소녀는 대답하지 않고 워프 게이트로 사라져 버렸다.

　"협조성 없기는."

　라지알은 어깨를 으쓱하고는 다니엘 윤에게 다가갔다.

　그러자 다니엘 윤이 몸을 일으키며 광휘의 검을 라지알에게 겨눈다.

　"아직도 나를 공격하고 싶은 마음이 남아 있나?"

　라지알은 안쓰럽다는 듯 다니엘 윤을 바라보았다.

　다니엘 윤은 그에게 광휘의 검을 겨눌 뿐, 그 이상의 공격 행동은 하지 못하고 괴로워했다.

　행동이 구속당하거나 힘이 남아 있지 않은 게 아니다. 그런데도 라지알을 공격할 수가 없다.

'이, 이대로는……'

다니엘 윤은 뇌에 안개가 낀 것 같은 감각을 느꼈다.

사고가 제대로 이어지지 않는다.

기억의 연결이 불규칙하게 무너져 내린다.

눈앞의 현실을 분명히 인식하고 있는데, 오감이 멀쩡하게 작동하는데도… 그 정보를 받아들여 해석하는 정신만이 고장 나버렸다.

'눈앞의 존재는 적이다.'

그런데 적의가 일어나지 않는다.

'눈앞의 존재를 쓰러뜨려야 한다.'

그런데 공격할 방법도, 이유도 떠오르지 않는다.

'그럼……'

다니엘 윤은 의문을 품었다.

'왜 적이지?'

적의도 없고, 공격할 이유도 모르겠다.

그런데 왜 상대를 적이라고 생각한단 말인가?

〈아아아아아악!〉

다니엘 윤이 비명을 지르면서 광휘의 검을 휘둘렀다.

파지지지직!

그러나 라지알은 놀란 기색조차 없이 맨손으로 그것을 막아낸다.

공간이 진동하면서 격렬한 스파크가 일지만 라지알은 전혀 밀려나지 않고 속삭였다.

"괴롭겠지. 나도 알아."

속삭이는 라지알의 몸을 감싸고 붉은 기운이 넘실대고 있었다.

우-우-우-우-우-우!

그 기운이 나타나는 것과 동시에 라지알의 마력이 폭증한다.

8등급 몬스터 수준에 준했던 마력이 9등급 몬스터 수준까지 올라가고 있었다.

"네 안에서, 네가 당연하다고 생각했던 것들이 하나하나 사라져 갈 거야."

타락체가, 자신이 타락했던 과정을 되새기며 말했다.

"네가 아팠던 기억들이, 하나둘씩 아무렇지도 않아질 거야."

상처로 남은 기억만이 아니다.

즐거웠던 기억도.

화가 났던 기억도.

그리워할 기억조차도 모두…….

"전부, 아무렇지도 않아질 거야."

그것이 자신의 삶이라는 것을 전혀 실감할 수 없게 될 것이다.

아무런 상관없는 타인의 사진을 보는 것처럼 무감동해진다.

"그리고 알게 될 거야."

자신이 집착했던 모든 것들이 길가의 쓰레기보다도 무가치했다는 사실을.

인생을 살아오면서 경험한 희로애락 모든 것이 부질없는 꿈에 불과했다는 것을.

〈아아아아아아악!〉

다니엘 윤이 비명을 질렀다.

사고력이 흐려지면서 생각이 가닥가닥 끊어져서 난잡하게 흩어진다.

논리가 사라졌다.

인과를 모르게 되었다.

자신이 누구인지.

왜 이곳에 있는지.

무엇을 하는 건지.

아무것도 알 수가 없다.

의문은 떠오르는 순간 흩어져 버리고, 답까지 가는 길은 모두 끊어져 버렸다.

그렇게 인간이 '마음'이라 이름 붙인 것이 퇴색되어 간다.

"이런."

문득 라지알이 고개를 들었다.

"하스라가 당한 건가? 잘난 척은 다 하더니만. 아무리 불완전한 강림이라고 해도 군주씩이나 되는 작자가 어쩌다가 이런 약해 빠진 놈들한테 당한 거야?"

라지알은 생각지도 못한 상황에 혀를 내둘렀다.

그리고 그와 동시에 그가 외부와 격리해 버린 공간 속에서 새벽의 해머를 든 사다모토 아키라가 뛰어들어 왔다.

"쯧."

라지알이 혀를 찼다.

다니엘 윤이 텔레포트로 사라졌기 때문이다.

사다모토 아키라 때문이다. 그가 새벽의 해머로 외부와의 격리를 위해 라지알이 펼쳐둔 모든 스펠을 파괴하며 들어왔기에 안티 텔레포트 필드도 깨져 버렸다. 다니엘 윤은 거의 무의식중에 그 사실을 감지하고 도피를 선택했을 것이다.

"뭐, 어차피 다 끝난 일이지."

하지만 라지알은 걱정하지 않았다.

어차피 그가 다니엘 윤을 타락체로 만들기 위해 해야 할 작업은 끝났다. 이제는 무슨 수를 써도 도망칠 수 없다.

남은 것은 그저 지켜보는 것뿐.

"오늘은 더 동료를 늘릴 힘이 안 남았는데. 비연이도 돌아가 버렸고……"

라지알은 내키지 않는다는 듯 중얼거렸다.

그와 함께 왔던 타락체 소녀는 다니엘 윤을 제압한 시점에서 돌아가 버렸다. 자기 일은 끝났다는 것처럼.

"후우, 나도 집에 가고 싶군. 남은 시간이 아깝기는 하지만……"

한숨을 쉰 라지알은 사다모토 아키라를 보며 붉은 눈동자를 빛냈다.

『헌터세계의 귀환자』 5권에 계속…